张丽君◎编

潞水长流

中国文史出版社

图书在版编目（CIP）数据

潞水长流／张丽君编． -- 北京：中国文史出版社，
2022.10

ISBN 978-7-5205-3603-5

Ⅰ．①潞… Ⅱ．①张… Ⅲ．①中国文学-当代文学-
作品综合集 Ⅳ．①I217.1

中国版本图书馆 CIP 数据核字（2022）第 136775 号

责任编辑：卢祥秋

出版发行：**中国文史出版社**
社　　　址：北京市海淀区西八里庄路 69 号院　邮编：100142
电　　　话：010-81136606　81136602　81136603（发行部）
传　　　真：010-81136655
印　　　装：北京温林源印刷有限公司
经　　　销：全国新华书店
开　　　本：720×1020　1/16
印　　　张：17.5　　字数：260 千字
版　　　次：2022 年 10 月第 1 版
印　　　次：2022 年 10 月第 1 次印刷
定　　　价：56.00 元

目　录

1

水润诗情

流芳向远

潞河教育　若水长流

徐　华

上善若水——水化身形于大地，融生命于万物，实"乃天德之象"。由此我想，以水来形容教育的春风化雨浸润生命之功，赞教育的润物无声滋养灵魂之德，贴切而又生动。

潞河教育，从中国近现代教育的深处走来，一路汇聚时代风云，培育国之桢干，纵使不免迂回曲折，仍然蜿蜒至今渐趋磅礴。正如长河奔流终归大海一样，在盛世今朝得到更为广阔的发展——潞水长流，形容潞河教育一百五十五年的历史征程，也颇为精当。岁月峥嵘，山河为证；征程万里，弦歌永扬。

教育若水，不择细流，博大包容，化育众生。潞河教育创始之初，就以海纳百川的胸怀包容着来自五湖四海的学子，如今更是引来了世界各地的少年成长在她的怀抱。学生的构成空前多元——国家多元，民族多元，地域多元，文化、风俗多元，智能多元，禀赋、情趣多元，但在潞河大家庭里，不同文化背景下资质禀赋各异的孩子们其乐融融，茁壮成长。

教育若水，意兴灵动，不拘一格，顺性扬才。教育之功确如水之神奇——因为教育，世界愈发神奇瑰丽；因为教育，生命愈发充满意义。好的教育，会点亮人的一生。1928年，潞河中学工作计划中有这样一段话："我们都承认普通无缺陷的人，不是万能的，可是，同时更承认人不是一无所能的，不过是你我各有所能罢了。若就各人所长、个人所能而施教，是没有不成功的。"回顾潞河教育的历史，培养学生的健全人格，尊重学生的健康个性并发展之，即是舒畅其性情，鼓舞其心灵，如春风化雨点点入心，日长月化，才有共和国院士、将军、作家等各行各业的栋梁、精英，成长在这一片沃土之上。如今，为满足多元、多层次的学生发展需求，潞河教育建立起"一切为了学生发展"的课程体

1

系。除了新课标规定的各类课程之外，还包括学生成长指导类、人文与社会知识拓展类、科学领域知识拓展类、艺术领域活动类、体育与健康活动类、社团活动类等十余类课程的校本选修课程。在多元化课程滋养下茁壮成长的新生代潞河学子，执着于自己的梦想，尝试、选择着自己发展的方向，学习中增长着智慧，体验中丰盈着灵魂，带着日渐养成的自信走出潞园，在社会主义新时代建设的各个岗位贡献着自己的力量。

中国教育学会名誉会长顾明远先生曾说："人的天赋是不同的，人的特长、爱好也是不同的，生活的环境也有所不同，因此，好的教育就要因材施教，为每个学生提供适合的教育，使他的潜能得到好的发挥。这样的教育才是最好的教育，也是最公平的教育。"我欣慰而坚定地感到，历代潞河人坚持的教育理想和育人目标，就是在顺应学生不同的意兴情趣与文化背景条件下，为每个学生提供适合的教育，促进学生优势潜能明朗化，也就是在"顺性扬才，玉成众生"。

教育若水，润物无声，源流相续，久久为功。著名作家王梓夫老师在《潞河中学赋》里写道，"潞河精神，年积月蕴；人格教育，植根承源"，简洁而深刻地道出了潞河教育的底蕴丰厚和一脉相承。1927年6月，德高望重的陈昌祐先生作为第一位国人校长掌校潞河，明确提出"智德体三育齐备"的"人格教育"理念，从那时起，"人格教育"就成为潞河教育的品牌，吸引着一代代青年学子走进潞河中学，度过他们人生的黄金时光。如今，潞河教育倡导"五育并举"学有特长，"人格教育"的理念传承有序且与时俱进。"一切为了祖国"的校训，"自律、修身、爱国、乐群"的校风，"主动发展，追求卓越"的潞河精神，如闪亮的明镜，规范着孩子们的言行，内化为孩子们的性情，做拥有健全人格的潞河人成为他们努力追求的目标。

无论社会怎样发展，时代如何变迁，百多年来，潞河教育始终把家国情怀作为培养学子健全人格的重要内容，并在不同的历史时期身体力行，以达到熏陶渐染的教育之功。无论是创办平民夜校还是各种社会志愿服务，无论是不甘做亡国奴的辗转办学还是克服重重困难成为内地新疆高中班的排头兵，潞河教育始终与国家命运和民族复兴紧紧联系在一起，无愧百年府庠的使命与担当。我想，一所百年老校之所以朝气蓬勃、历久弥新，并在时代大潮中不断发展壮大，原因就在此吧。

人们把培育自己成才的学校称为"母校"，就是把精神的成长与身体的成长看得同样重要，学校的涵养教化堪比母亲的辛勤养育。于是，离开校门奔赴各地的学子，像惦念母亲的游子一样，用自己不同的方式，向母校表达自己浓浓的眷恋和感激。不论是前途坦荡还是命运多舛，一谈起她都会有"让我如何不想她"的感慨。从《潞河年刊》《协和湖》《半月刊》，再到《潞园》《足迹》，翻开百年间学子们留下的文字，对母校的赞美和眷恋每每充溢于字里行间。今年春天，一位九十多岁的老校友，把他为母校庆生的文字发给学校办公室，一定要表达他对母校的怀念和祝福……凡此种种，都可以称之为潞河教育的力量！

潞河教育一脉相承，潞河学子的情怀气韵也息息相通。学校档案室陈列的书刊里，一行行文字，或一幅幅图画，都生动地描绘着不同时代潞河学子的青春芳华——矢志报国的情怀，灵动飞扬的个性，幽默诙谐的风度，又是那样趋于相同。这，就是传承的力量！

大河奔流，一路向前，真正"逝者如斯夫，不舍昼夜"，留下的是时光和生命的无尽思考。卢梭在其名著《爱弥儿》中说道："最好的教育就是无所作为的教育：学生看不到教育的发生，却实实在在地影响着他们的心灵，帮助他们发挥了潜能，这才是天底下最好的教育。"也许，这是对"春风化雨，润物无声"的教育功效的另一种解读吧！我想，潞河学子对母校的热爱与怀念，也就是这样催化心灵、唤醒生命的教育。不论读者心中有多少个哈姆雷特，但是万千潞河学子的心中只有一个母校！只不过不同时代、不同性格的人表达抒怀的形式不同罢了。

有一种说法，"文脉"是负质之魂，有文脉显现的地方有文曲昌兴之象。我不懂风水学，但我相信，潞河教育承载着为国育人、为学生的终身发展奠基的神圣使命，凝聚着人格健全、追求卓越的精神血脉，历经一百五十多年，跨越三个世纪，依旧卓然挺立，风采焕发，是得益于"人格教育"理念的一脉相承，"爱国、乐群、自律、修身"校风的发扬光大。继承中有创新，创新带来新的发展。正所谓"文化因创新而辉煌，文明因发展而精彩"。

"潞水长流"作为潞河教育一百五十五年文脉传承的生动载体——百年师生作品集的书名，再合适不过。从学生到教师再到校长，作为潞河教育的深度参与者、体验者，我衷心希望潞河教育像愈发生机勃勃的潞水一样，汇聚更美的天光云影，一路向前，长流不断，润泽万物生命，美化两岸风景！

百年潞河　弦歌不绝

张洪志

2022 年是潞河中学建校一百五十五周年校庆年。虽然已近 6 月，可北京还在经历着严峻疫情的考验。校庆活动究竟如何组织仍然未见明确的计划，但有关校庆各类活动的筹备已在有条不紊地展开。张丽君老师主编的《潞水长流》文集就属于众多校庆活动之一。张老师邀我给集子写一篇序，开始觉不妥，因为我已退休多年，但转念一想，作为多年潞河校史研究的实际参与者何不借此机会，把校史的开发与研究的历程回忆一下，并与读者们分享，也是一件非常有意义的事。

我可以很自豪地说，北京潞河中学（以下简称"潞河"）作为一所中学，较之其他学校，更注重学校历史的积累与研究是毋庸置疑的。以学校的历史文献为例，就目前能见到的资料，其中有两套是记录正史的，一套是中英文对照本《私立潞河中学详章》，里面记录了学校的办学宗旨，每年的教师、学生名册，课程及课程要义，收费及年度计划，历史沿革等，一应俱全，这也是保存最为完整的学校章程；另外一套是《潞河年刊》，由当年毕业班学生负责编制，每年一期，全方位记录了当时潞园里的生活、教学活动、大事记等，甚至还有同学给每位毕业生的留言，是一份翔实珍贵的文字和图片资料。20 世纪三四十年代，是潞河各类学生刊物极为丰富的年代，目前仍可见到的有《协和湖》《潞河旬刊》《潞河月刊》等，这些资料大都保存在北京大学（原燕京大学）图书馆、中国书店，甚至在美国耶鲁大学图书馆也有收藏。所以，潞河展现给后人的不仅仅是年代、校长、大事年表等，更多的是办学理念、校园图景和生活的细节等，这无疑给后人研究潞河教育提供了丰富的史料和广阔的空间，这也是潞河人最值得骄傲的地方。

除了那些文献资料外，也许更直接的文化感悟就是潞河校园了。记得20世纪80年代，潞河第一次大规模校园改造时，对潞河校园景观特色定位有些不同的观点，一些人主张要建成花园式学校，也有人认为体现郊野风光更适合，不一而足，最后也只能定位潞园，不需要戴上人为定制的帽子，这也就是今天我们见到的潞河校园。我们现在还应该感谢那个时代通州（通县）和学校的领导，在大兴土木之风的20世纪80年代并没有刻意追求建筑的功能和容积，而是把处于核心的老校区和原有建筑及格局保留了下来，成为潞河之魂寄托的地标。甚至在2000年之后还在入德之门（东校门）被拆除三十年后又在距原址不远的地方恢复重建了这幢最沉稳且最富潞河气质的建筑，进一步丰富了潞河建筑的遗存。2013年，潞河这些老建筑及通州二中（原富育女中）、护士学校（原华美学校）的原有建筑被北京市文物局统一划定为"通州近代教育学校建筑群"，成为通州城区的宝贵历史遗产。正是由于潞河独具魅力的校园，才使得历届学生从各个角度描写个人眼里的潞河风物成为他们的作品中绕不开的题材。历史如此，现如今也是一样，也许这足以说明潞河校园在学子心目中的位置。

潞河早期的校史研究多见诸于馆藏文献和众多老校友的回忆文字，包括历年重复的历史沿革、办学宗旨，以及在学校教育实践中的各种教育举措。但后期有很长一段时间在潞河校史研究方面出现了断层，而关于潞河的往事也多留于民间的口口相传，包括各种奇闻逸事，这种状态一直到20世纪80年代开始才出现了转机。首先是北京市教科所为抢救北京老学校的历史，主持编辑了一套关于北京学校历史的小册子，其中通县一中的《百年老树开新枝》绿色封皮的小册子给我留下了很深的印象，也是我们研究改革开放之后学校历史最早的一份资料。再有就是我来到潞河之后，1982年，以纪念校友周文彬烈士的名义召集了一次校友联谊会，聚集了最早一批热心母校教育的校友，记得那次活动还商定次年成立校友基金会（潞河校友会前身）的有关事宜，并倡议在校园设立烈士纪念碑等，以彰显潞河的革命传统。1988年，学校大规模改造后首次组织了潞河建校一百二十周年校庆活动，那是联络老校友最多，也是最隆重的一次校庆活动。此后，校庆活动、校友联谊等成为常态，每十年一大庆，每五年一小庆成为惯例。学校也设立了专门机构负责校友联络与活动管理，关于潞河教育的各类文集的编制和展览也日渐丰富，从那时起，对潞河历史的研究数量也开始步入峰值期。

1999年12月，潞河中学受北京市教委委托承办"华夏园丁迎2000大联欢"活动，其中一个板块"教育·社会·人——潞河中学百年图片展"引起强烈反响，得到教育部、北京市教委领导的高度评价。这也成为后来潞河中学跨世纪发展的重要支点和引擎。在此基础上，2002年，潞河中学建校一百三十五年，学校编辑出版了《百年潞河》大型画册，画册由陶西平先生作序，首次将潞河馆藏的大量历史照片呈现给各届校友，有些甚至成为潞河人的珍藏。也是那年，学校首次设立了正规的校史馆，并举办了"潞河中学校史陈列"大型展览，系统梳理了潞河中学自创办以来，学校办学理念、思想、实践的演进过程，使学校的人格教育传统与爱国主义教育特色清晰地展现给世人。由于其脉络清晰及特点突出，校史馆也被批准为北京市爱国主义教育基地，同时，也成为潞河中学所独有的德育基地。

2002年的校史陈列展设计也独具潞河特色。在展览设计之前，我们参照了不少学校的类似展览，但潞河校史展并没有按照常规的年代线索，或校长任职来划分板块，而是按照主题与年代兼有，实践与活动优先，突出学生与教师的原则，设立了四个展室和一个实物展区，分别是：潞河之光（校友篇）、潞河之韵（历史篇）、潞河之梦（发展篇）、潞河之恋（爱校篇）四个板块。为后期校史研究的深入，以及时代的发展进步，为展览的充实与改版留下了充裕的操作空间。目前这个校史陈列展自2002年开展以来，共经历了2012年、2017年两次大的改版，较之第一版，品质大有提升，内容也愈加充实，体现出了时代的进步与布展技术的提升，但四个板块最初的设计模式，始终保留了下来。

应该说，人格教育是潞河教育之魂。今天看来，在历史不同时期，顺应时代对教育的要求，人格教育经过历代潞河人的梳理与扬弃，其内涵也在不断丰富与精练，更体现出与时俱进的风格。但其中以人为本，关注学生发展并为其终生发展奠基的精髓，始终是潞河教育的根基。如果说，潞河早期"人格教育"校训是集中体现了对"人本位"教育理念的追求，而20世纪五六十年代的"一切为了祖国"的校训则是当时"社会本位"教育理念最直白的表述，两种理念均不约而同聚焦于学生发展且相向而行，这也是潞河目前仍保留两则校训的重要原因。在1999年"学校十二年发展规划"中，首次明确诠释了21世纪健全人格三个方面十八个要素的内涵，并提出了以"坚持人本位与社会本位相统一的教育观，坚持一切为了学生发展的办学宗旨，坚持健全人格的培养目标，坚持多元开放的办学方向"为核心内容的办学思想，首次将百余年潞河教育理念一以贯之，为潞河21世纪的发展奠定了坚实的理论基础。2010年之后，又衍化为"秉承一切为了学生发展的办学宗旨，践行爱国、乐群、自律、修身的校风，主动发展，追求卓越，做具有健全人格的潞河人"的开学誓词，从而使得潞河教育理念融汇在学校教育行为之中，无论是潞河教育集团本部，还是潞河附属学校，以及潞河三河校区，以及之前承担的职教贯通项目、对口帮扶项目等都在秉持这一理念，使潞河教育社会影响不断外溢且发扬光大。

潞河校史及教育文化以其完整的历史、翔实的资料、清晰的演绎区别于一般学校，成为其重要的特色，也是潞河人引以为傲的理由。为迎接一百五十五周年校庆，张丽君老师受学校委托编辑的《潞水长流》文集，是一个非常有特色的文本。我们翻开电子版就可以看出，为编辑这本集子，她参照了大量历史文献资料，当然也包括学校档案室编辑的《潞河校史文献汇编》和社科文献出版社史话中国出版的《潞河中学史话》，以及多版校友回忆录，并撷取了其中非常经典的篇章，编辑入册。同时，也收入了多年《潞园》杂志积累的不同届别的学生作品，使这本集子内容非常丰富且充实。《潞水长流》包括了几个板块，其中有"潞河溯源""水润诗情""长歌以颂""流芳向远"等，单从篇名就可以看出其体裁、风格偏向文学性，符合学生口味，可读性强。当然，文集也恰似一个平台，聚拢起不同时代的潞河人，从不同视角、历史与现实的站位，按照各自理解，隔空讨论潞河教育，给读者以体悟潞河教育真谛的时间和空间，这也许正是编者独具匠心之处。

作为中学，学校的主角永远是学生，学生的所思、所想都应该是校长、老师最关心的，也是施教的关键。记得潞河老校长陈昌祐先生1928年上任伊始在《本校今后之计划》里讲过一句话："我们都承认人不是万能的，但也承认人不是一无所能的，若就个人所长、个人所能而施教是没有不成功的……"这是我见过对孔圣人"因材施教"古训最通俗、最接地气的解读。我们学生究竟有何长、何才、何能，不是仅凭独具慧眼的伯乐就可以锁定的，而必须对他们对事态度、人际交往、活动表现、文字发表……进行长期细心的观察才能够发现。学校这里所能做的，就是尽量提供更为丰富的资源供给、更加自由的选择机会，旨在让学生能够在丰富的活动中，发现自我，发展自我，教育则是顺势而为。我们以《潞河年刊》为例，《潞河年刊》每年的编委都是由学生承担的，校长表面上只负责广告和筹钱，其实，我们都知道校长的功夫藏在背后。当年《年刊》上活跃的人物，特别是有重量级作品发表的同学，步入社会后的成长历程都可圈可点。在潞河的历史文献中，编入文字最多的都是学生，他们所表现出的那种幽默、洒脱、风趣，为我们呈现出一幅幅当年校园生动的场景，生活气息扑面而来。他们对潞河办学理念的理解和赞同都融入了具体的生活情景当中。这种发乎理念、绵延不绝的传统至今还深刻地影响着潞河教育。还是以校刊为例，目前，潞河延续时间最长的当属《潞园》杂志，其刊名还是由著名乡土文学作家、潞河校友刘绍棠先生题写，可见年代之久远。刊物从最早半年一刊，到如今一年四刊，里面收编的几乎全是风格各异的学生作品，有些活跃分子，在高中读书期间就出版了长篇、中篇小说，诗集等，短篇更是多得数不胜数。有些孩子带着深厚的文学修养，走入社会、职场并呈现出良好的发展势头。

如上所谈，一所学校的办学理念是教育之魂。但办学理念并不是写在纸上或贴在墙上，用标语形式就可以展现出来的。理念是在长期的教育实践中，逐步深入到校长、教师，乃至学生的内心深处，并被他们接受且外显为全部教育决策及教育行为当中。我们在描述潞河传统与特色时，常常用"在一百五十多年的办学实践中，潞河中学的历任校长和代代教师不断探索积淀，逐步形成了潞河一脉相承的教育传统和独具特色的办学风格"，这句话所讲的就是这个道理。

今年是潞河中学建校一百五十五周年校庆年。潞河也面临着新时代的新挑战，探索新理念、构建新格局是时代赋予潞河教育的新使命。我相信，有潞河百年的教育积淀，有潞河人革命创造的精神，古老潞河一定会焕发青春，志存高远，行无止境，去携手开创潞河教育更加灿烂的明天。

百年潞河　桃李更芬芳

孙会芹

"春生、夏长、秋收、冬藏，潞河少年，快乐上学堂……我们自信、自立、自律、自强，人格健全，志正修远成栋梁。五育并举，一生受益，百年潞河，满园桃李更芬芳。"

我站在晨光长廊的入口，迎着洒在香远亭翼顶的朝阳，静静地聆听着至真楼教室里传出的天籁般的童声，刹那间有一种穿越时空的恍惚，仿佛回到潞园，看到文彬路、洛宾道、博唐亭；又仿佛听到百多年前，唐氏大操场啦啦队的呐喊和"白脖老鸹"合唱团的歌声——光影交叠，歌声回响，百年潞河的生动映像在眼前一一闪过……"哗啦"一声，荷园里一尾锦鲤高高地跃出水面，在我眼前画出一道金光闪闪的彩虹，又迅疾落入水中。我的神思也从时空交错中清醒，穿过长廊，走过操场，欣然在"我的潞园里"漫步。

2014年9月，按照通州区教工委要求，潞河中学承办潞河中学附属学校，至今已近八年。我作为新建学校的执行校长，带着百年潞河为学生终身发展奠基的教育使命，走出蓊郁苍翠的潞园，来到这片尚待开垦的教育处女地，与附属学校的老师们一道，在潞河中学"人格教育"文化品牌的基础上，借助潞河中学厚重的文化底蕴，努力传承"人格教育"的优良传统，构建起属于潞河中学附属学校的学校文化——确立"人格担当、志正修远"的核心价值观，提出"培养人格健全、志正修远的潞河好少年"的育人目标。我深知，"人格健全"是潞河中学"人格教育"文化基因的精髓，"志正修远"是对潞河教育高扬爱国旗帜的传承，是潞河中学附属学校基于学生年龄与认知特点提出的个性化表达，将"培养人格健全、志正修远的潞河好少年"作为育人目标，既承袭了潞河教育基因，又凸显了潞河附属学校的特色。

今天，潞河中学附属学校已经成为北京市首批文明校园、北京市中小学生综合素质评价先进单位、北京市排球传统项目学校、通州区棒球传统项目学校、通州区总工会文明职工之家、通州区体育工作优秀学校、通州区科技工作优秀学校……教师、学生也在相应领域的各项评比中屡创佳绩，为潞河教育赢得广泛赞誉。这片教育的处女地已是花团锦簇，欣欣向荣。作为潞河教育的传承人，也作为一位深怀潞河情结的潞河人，我感到深深的欣慰和满足。

潞河中学今年一百五十五岁，我的潞河教育生涯也已接近尾声。"我们的人生画面，宛如一幅粗糙的镶嵌画，近看毫无效果，只有站在远处，才可发现它的美丽之处。"今天想来，深以为然。

潞园文学社张丽君老师主持编辑了一本百年潞园师生作品集《潞水长流》，为纪念潞河中学建校一百五十五周年，约我作一篇书序。看到文稿中那些似曾相识倍感亲切的文字，不免引动我的万千感慨。想起当年在潞河中学一百四十五年校庆前夕，我有幸参与学校校史馆的建设工作，为丰富史料，我和办公室的同志多次前往北京大学图书馆。在那里我们看到了印刷精美、保存完好的《协和湖》。封面上潞河中学图书馆和燕京大学图书馆的印章清晰可见。每每捧读潞河中学《年刊》，我都以十分虔敬的心情欣赏其中的文字和图片，惊叹当年学生们研究内容之广泛，思考问题之深刻，文字表达之优美，更敬佩他们在国家危难之时表现出的浓浓的爱国热情和强烈的社会责任感。他们敢于担当，倾心奉献，为潞河教育乃至中国现代教育史谱写了一首首壮丽的诗篇。

我缓步走过字画满目、书声琅琅的教学楼大厅，就像走在绿意葱茏、典雅宁谧的潞园。我感到欣慰与满足。在潞河中学附属学校建立之初，我便提议承袭潞河中学潞园文学社刊物《潞园》，创办潞河小学自己的刊物《潞园·尖尖角》，坚定地支持了潞河文脉的传承——一百五十多年的风雨沧桑，潞河教育涵养了厚重的文化底蕴。如今，这文化的根须已在附属学校的园地里逐渐深入，慢慢延伸，在孩子们质朴的童心中发育成长，为潞河教育的百年交响谱写着新的乐章。尽管它稚嫩非常，但它植根于百年潞河的沃土，沐浴着人格教育的雨露，在新时代和煦的阳光下，与我们崭新的学校一起茁壮成长！如今《潞园·尖尖角》

已编辑十六期，孩子们的诗结集为《写诗的孩子》也已正式出版。

　　岁月不居，春秋代序。朝朝竭力弦歌奏，百年间无限风流。站在潞河教育一百五十五年的时光节点，回顾百年沧桑，一路辉煌，献上一份纪念，也是一种传承。潞水长流，文脉悠悠——潞河代有才人出，各领风骚一百年！

　　是以为序。

回顾与展望

孟洪峰

感叹时间如白驹过隙，潞河中学建校一百五十周年庆典的盛景仿佛还在昨天。2022 年的金秋时节，我们将迎来潞河中学建校一百五十五周年。按惯例，潞河中学的校庆是十年一大庆，五年一小庆，今年算是小庆之年，不会搞大规模的庆典和校友返校活动。但我们也要因为校庆，为潞园增加些欢乐，平添些祝福，留下些财富。

张丽君老师想为一百五十五周年做点儿什么，就像她所言："心怀潞河情结的人，在自己职业生涯行将结束之际，给一百五十五岁的潞河献上一份薄礼，以做纪念。"

这是一份什么样的"薄礼"呢？一本书，一本可以记录过往、留下记忆、送给未来的书，名叫《潞水长流》。张老师不辞劳苦，不怕麻烦，在潞河的历史中去寻找那些带给我们时代印记的人和事，那些字和文，为读者展示了潞河教育的丰厚历史、人格教育、家国情怀，为读者展现了潞河教育历经清朝、民国、中华人民共和国三个时期以来的一脉相承、时代之变、创新发展。

文集分为四个部分，分别以"潞河溯源""水润诗情""长歌以颂""流芳向远"为题，对历史回望，对未来展望，每一篇文章皆出自潞河人之胸臆，他们当中有作古之人，有耄耋之辈，有束发之年，有豆蔻年华，时空穿越近百年，学子涵盖数代，如星火变炬火，如集腋成其裘，如江河汇海洋，为读者铺陈了一幅潞河百年图谱，为后人读懂潞河出具了一份通关宝典。我相信，从这些文字中，你会感受到潞河学子对母校之爱，对母校之恋，对母校之盼，对母校之感。正如歌里唱的，"不管时空怎么转变，世界怎么改变，你的爱总在我心间"，诚如斯矣！

在潞河中学建校一百五十五周年之际，今年4月，潞河中学教育集团成立，集团由四所学校组成，分别是潞河中学（含初中部）、潞河中学附属学校、北京潞河中学三河校区（三河市燕昌中学）、潞河中学附属学校次渠家园校区。在凝聚集团文化共识的基础上，两地四校实现有机融合，各成员校制度同规、资源共享、课程同构、教育同质、教师专业发展同标、教育过程和结果同诊，共同发力，打破壁垒，贯通学段。潞河教育在新的时代又迈出新的步伐，奔向新的目标。潞河中学以集团化办学的形式再发展，也奠定了潞河教育事业发展的一个新起点，潞河教育迎来新机遇，再做弄潮儿，取得新业绩——办人民满意的教育，潞河人诚信也！

百年潞河，滋兰树慧；潞水长流，文脉悠悠。我觉得，《潞水长流》这本书对于潞河来说，是一份厚礼，它让历史又鲜活了起来，也让学子们又"协和"起来。

在潞河一百五十五岁生日之际，让我们所有潞河人祝愿我们的母校，克昌厥后，斯文在兹！我们定会踔厉奋发，踵事增华，以"源远"而骄傲，为"流长"而自豪！

是为序。

2022年5月10日于潞园红楼

潞河溯源

Lu He Su Yuan

我们都承认普通无缺陷的人不是万能的，可是，更承认不是一无所能的，不过你我各有所能罢了。若就各人所能而施教，是没有不成功的。为补救这一层，学校应有择业指导一门课程，又要尽力添设些个属于实用的职业科，以便学生选择与自己天性相近的学校。否则，不能受教育的终是不能受教育，受教育的也多半是不中用的。所以本校今后的计划大纲就是本着以上的原则编成的。

——陈昌祐

潞河校史梗概（1867—1928）

田和瑞 Harry S. Martin （美）①

物有本末，事有始终，欲求收效之巨，须知发轫之艰，潞河中学校校史之作盖由斯也。西历 1863 年姜戴德牧师奉美国传教会之派遣来华，察知在英美及中国之公理会，创设大学数处，成绩甚优，世界皆知，牧师亦因之发起振兴教育之念，于 1867 年创一小学于通州城内之北后街。越二年，谢子荣博士来华，遂继姜而掌理斯校，历数年之久，同时，谢夫人亦设帐于中也。

本校进行诚有新敏之势，在 1885 年全校生徒不过半百，皆由直隶、山东、山西公理会送来者，如全、崔、龚、孟、张、商、仁、吴，诸先生皆当年之旧桃李也，今皆供职于社会并送其子孙来校受教。后岁异日迁，课程亦随之增益，将现实中学所订之课程，遂实行教授，本校袭用通州旧名，称为潞河书院，后因神学校产生于其中，又更名为八境。

至 1895 年，本校遂选通州城南，距城里许，重楼耸立，风景怡人，观此新校址之优美，得悉将来校务之蒸蒸，本校第一次毕业典礼则在该处举行。孰料，美花正含葩吐艳，风雨爆发于意外，至 1900 年，惨遭回禄，数十载之苦心规划悉化为灰烬矣。本校师生俱移居于北京赵公府，是年毕业典礼则在都门举行。风波定后，博雅各先生则用唐欧德夫人之遗产，购置通州沿城土地，广百五十余亩作为校址之用。当是时也，村庄星列，树本繁荫，虽至今日，古木所存尚逾十株，对吾校景，

---

① 田和瑞（Harry S. Martin），美教会牧师，1919—1926 年潞河中学校长。1927 年之后，任学校会计主任和农科教师，1943 年返回美国。临终前委托旅居美国的潞河校友将其在三四十年代拍摄的潞河照片送回学校。1995 年，这些珍贵照片历经辗转回到潞河。

增色匪浅，校中楼宇谢氏楼耸立于南，卫氏楼横卧于北。

当 1903 年时，长老会、伦敦会与华北公理会联合共组一大学名为协和大学校，中学则附属其间，校历相沿，十有六载，在此期间，校长两易，最初为谢博士，次为高博士，最末博先生为代理校长，于 1912 年，谢博士与世长辞，而重返帝乡矣。是时，负笈来学于斯者百五十余人，校中当轴，力求校务进展。

至 1918 年，华北各基督教公理会联合建立北京燕京大学校，即今海甸之燕京大学也，协和大学归并其中。是时，潞河中学完全实现矣，所有协和大学之楼房、院舍，以及各种器具等，俱为本校享有，仍用潞河旧名，定为潞河中学校。田和瑞先生返美之前，则被选为本校校长，至 1918 年，由美归来任事，是时仍为四年旧制中学校，学生只有七十四人。校务进行，一日千里，四方学者，闻风咸集。至 1923 年则增至三百六十名，1918—1919 年，学生所交之费仅一千五百元，而 1924 年则为一万三千五百元，发达之情何其速也。

本校英文校名为 Jefferson。因 1919 年，有博士名翟福森（Charles Jefferson）其为纽约城奔走世界和平之牧师，由其教会捐入本校巨款一宗。美金二万，以一万五为本校之基金，以五千建一膳厅。本校饮水思源，得鱼不忘筌，故取用此名以纪念之。又有文博士及其子慨捐美金二万零八百，遂用斯款起建文氏楼焉，于 1925 年又费洋千五百元建博唐亭。

至 1922 年遵教育部之通令，采用三三制，一九二四班则为新学制毕业之第一班，本校除普通科为大学之预科外，并按照学生性情之所近，志愿之所求，并分设农业、教育、宗教，各职科，期一并发展。至 1926 年北京鼓楼西之道学班，亦并入本校，由万卓志博士管理之，于是年之春，本校则在教育部立案定名为私立潞河中学校。

由 1918 年李清贤、陈昌祐、樊恩荣三位先生相继为副校长，至 1926 年田和瑞先生返美休息，遂辞却校长职任，校中组织校务委员会，公推靳铁山先生为委员长。次年春，陈昌祐先生由美哈福大学毕业归国，遂被推为本校校长。

当 1926 年春，国奉构兵，在通相持最久，弹丸所落，庐舍为墟，避难人民，流离载道。田和瑞校长、万卓志博士不忍袖观，聚本校之青年会正而计议之。遂设一妇孺救济会，本校学生担任招待，妇孺得免于蹂躏者不下三千人。同时，通州之县公署、车站、邮局、电报局及各商家、各团体之人员，畏兵士之欺凌，亦寻桃源于此地。事过之后，学校虽无望报之心，而受惠者皆具望报之念，故次年春，通城各团体与四乡之公众欲送匾额以表谢忱。虽经本校当局推却再三，而势难终止，遂送匾额两方，一题为"泽被妇婴"，一题为"同心爱戴"。

频年毕业之生，除一部分升入燕京大学、齐鲁大学以及国立各大学外，而留学欧美者亦颇不乏人。他年学成归国，固可大展经纶，协助母校，以求进展。然余者在社会中俱得有高尚重要之地位，为国家谋幸福，为民众策安全，对于学校之精神亦增荣匪浅。

今之所述，不过潞河学校数十年之梗概耳，后如有机会，再为详辑。

原载潞河中学 1928 年《年刊》

本校今后之计划书

陈昌祐①

现今我国中级教育的进步，不得不归功于杜威博士。当杜氏在中国的时候，曾讲到中等教育为中国教育界当务之急。因此，就惹起了国内热心教育者的注意。虽然在此十数年中，对于中等教育的设施，经过多次讨论，有了相当的进展，然其目的尚难一致。所以，我们对于潞河今后的计划，也不过是一种试验，敬待大家的批评和改善。

既然称为计划，自然就少含"以往事实"，多重"未来情形"；也就免不了有因字面的观察，不能了解的地方。又因篇幅的限制，不得不删繁就简，概略而论。所以，下列的乃是"计划大纲"，并不是"计划细则"，更请大众注意的就是这计划的产生。它是从下列五个原则中产生的：

一、遵照国府教育法令；二、顺应世界教育潮流；三、注意知识技术之实用；四、专意中家子弟之工读；五、贯彻本校创立之初旨。

在我没有提及本校组织大纲以前，对于"中等学生出路"还有几句话说：中等学生卒业后，所有的出路也不过是两条，并且只有两条，没有第三条道可走。第一条就是升学，不管他是升入某大学、专门学校，或是出洋留学，全都括在升学以内。第二条就是升学的反面——辍学，不管他是半途而废，或是庸庸碌碌的，在社会上鬼混，都括在辍学以内。若问辍学的缘故，不是因为财力不足，就是因为智力不够。至于那些因品行不端而辍学的，我们这里就不说了。

---

① 陈昌祐，字仲良，潞河中学第一任华人校长。1927—1950 年掌校期间，以"人格教育"作为校训，培养出侯仁之、黄昆等一大批杰出的人才。

学生经济力不足的缘故也有两方面：

1. 因各校所收费用过多。贫苦子弟万不能为中学生，以致念书的都是富家子弟，学校也就渐渐成为贵族式的学校。以贵族式的学校造就贵族式的学生，怎能盼望教育普及呢！

2. 因各校未能给寒家子弟留个念书机会，这个机会就是工读。工读也就是补助寒家子弟现下的唯一办法。（工读的弊病不是我们这里应该说的，所以暂不提它。）为什么说是唯一的方法呢？就拿本校来说：它是不能不收学费的，更是不能减收的。因为它尚未有基金的充足的给养。若遽然减收学费，就更要减到困难；况且，富家子弟也没有减费的必要，所应顾到的寒家子弟而已。所以，助生和工读的办法以外，现在还找不到什么别的补助方法。

若说到学生因智力不足而退学，这更是一件可惜的事。其实，他们的退学，并不是因为智力不足，乃是因为"所学非所能"的缘故。我们都承认普通无缺陷的人不是万能的，可是，更承认不是一无所能的，不过你我各有所能罢了。若就各人所能而施教，是没有不成功的。为补救这一层，学校应有择业指导一门课程，又要尽力添设些个属于实用的职业科，以便学生选择与自己天性相近的学校。否则，不能受教育的终是不能受教育，受教育的也多半是不中用的。所以本校今后的计划大纲就是本着以上的原则编成的。

这大纲可从两方面说起：一、组织计划；二、校则计划。现在我们先说第一，就是组织计划：

（一）校董会

甲　校董以十二人组成，每年更选三分之一。

乙　校董会有下列职权：1. 聘任校长；2. 负筹募经费及校产保管之责；3. 对于校章之制定、变更、撤废予以同意。

（二）校长和教务主任

甲　校长由校董聘任之。其责即总理全校一切事务。

乙　教务主任由校长提名，经校董认可，而聘任之。其责即襄助校长办理全校事务。

（三）校务会议

甲　以校长、教务主任、各科主任，并教职员代表各一人组成之。

乙　教务会议有下列职权：1. 规定校政设施方针；2. 计划本校内部组织；3. 支配岁入款项之用途；4. 预备全年之总报告。

（四）教务会议

甲　以本校全体教职员组成之。

乙　议决本校普通及各科教务项。

（五）各科会议

甲　以本科主任及本科教员组成之。

乙　其职权包括：1. 编定本科课程；2. 规划本科预算；3. 遇必要时得与他科开联席会议。

（六）注册股

甲　设股长一人，股员若干人。

乙　其责务如下：1. 执行教务会议议决事项；2. 编制授课时间表；3. 办理学期内一切考试，并宣布考试成绩；4. 办理入学考试，并保管关于注册事务之各样表册、证书及其他文件；5. 讲义及文件之缮写。

（七）图书股

甲　设股长一人，股员若干人。

乙　其责务如下：1. 执行本股议决事项；2. 图书之出纳和订购；3. 图书之保管；4. 制阅览人与阅览图书之统计表。

（八）出版股

甲　设股长一人，股员若干人。

乙　出版股有下列职权：1. 负本校出版物审察及指导之责；2. 凡个人或团体之出版物涉及本校者，须先经本股许可方能出版。

（九）体育股

甲　设股长一人，股员若干人。

乙　其责务如下：1. 执行教务会议关于体育之议决事项；2. 组织校内外体育运动；3. 保管一切体育用品和其他关于体育文件；4. 检验学生身体。

（十）会计处

甲　设处长一人，处员若干人。

乙　其责务如下：1. 编每年决算；2. 经理金钱之出入；3. 保管一切账簿。

（十一）庶务处

甲　设处长一人，处员若干人。

乙　其职权如下：1. 物件之保管与添置；2. 校舍之保管与修缮；3. 校役勤惰之考核。

（十二）斋务处

甲　设处长一人，处员若干人。

乙　其职权如下：1. 维持学生在宿舍内公共秩序及卫生；2. 襄助庶务处保管校舍与维修。

（十三）基金委员会

甲　纽约某基金委员会。

乙　同学基金委员会。

丙　专事筹募基金，以便扩充校务。

第二是校则计划：

（一）宗旨

本校以造就健全人格、培养升学职业知能并发展共和精神为宗旨。

（二）学制

本校实施新学制普通和职业教育。分初高两级，修业期各为三年。

（三）科目

甲　初级中学只有普通科，并无选修科。

乙　高中共分五科：1. 文理科，又可称为升入大学科，即普通所称之文科理科；2. 农科；3. 教育科；4. 宗教科；5. 体育科。前四科正着手改组，后一科正式筹划。

（四）校规

甲　通则。

乙　细目。

丙　细目又分：1. 课室规则；2. 图书室规则；3. 宿舍规则；4. 食堂规则；5. 体育运动规则；6. 立会规则等。（本校为发展学生自治能力，养成互助精神起见，准许学生成立自治会并其他各团体。然各会社之会章，不得与本校规程相抵牾，以免有碍行政。）

（五）学生课外作业

甲　学生自治会。

乙　师生友谊会。

丙　学艺会。

丁　文学会。

戊　青年会。

己　勉励会。

庚　同乡会。

辛　音乐会。此会又分：1. 国乐部；2. 西乐部；3. 俱乐部。

壬　平民夜学。

癸　新剧团等等。

以上诸项有的是本校已经举办，有的是将行试办，至于将来能有如何的结果，仍是一个疑问。虽然如此，我们仍盼望在最近的将来，农科、教育科、体育科能完全经济独立，购置新地点建设新校舍。不但可以造就各科的专家，更能造成多数人民的幸福，以完成本校设立的初旨。对于学生自主一层，本校也有相当的计划。除每年所用的助生费外，又提倡学生劳动，使寒家子弟做工以自给。校内凡学生所能的工作，概由学生充任，学校照章给以工资，庶几本校有志向学的寒家子弟不致有辍学之忧。此不过计划大概，欲知其细则，请阅本校详章。

原载潞河中学 1928 年《年刊》

教务感言

靳铁山[①]

教学方面

教学之方式和教材之组织，对于学生之学业至关重要。惜乎演讲及注入式之教学，已为一般学校之普遍现象，教员习于其便捷，学生安于其简易，随之顺流而下，因此学校所能与学生者，就其佳境观之，亦不过文字方面之知识；至于学业之心得及对学业所发生之兴趣与信仰恐无足言。为挽救于万一起见，历年来恒提倡辅导式之教学方法，希望能培养学生自行读书、自行求学之习惯，以及能读书、能研究之能力；唯积习已深，兴革非易，又加之近年来学生数目增加，益多一番障碍。所可引为庆幸者，旧日多用讲演教法之国文学科，经现时担任该科教员之努力，竟一变其旧日教学方式，而采用辅导之教法，虽未能即臻完境，然已甚有可观，将来若悉心厉行，则学生对于国文知识及兴趣，定有所深造。

课程及教材方面

自会考厉行，办学者为学校之名誉及地位起见，无不兢兢业业，力求适应之方法；而学生亦各提心吊胆，唯恐会考落第，失去升学之机会；为教员者，既迫于环境之要挟，又逢学生之需求，遂不免以半生不

---

① 靳铁山，1927—1945 年间任潞河中学教务主任。1945 年抗战胜利后，与一部分潞河教师留在西安，创办西安圣路中学。

熟之教材倾注于教席之前，而学生竟以"打者愿打，挨者愿挨"之态度尽量堆积：如此之居心其亦苦矣，唯以大好光阴与精力，尽用之以应付会考，岂不背失教育之正鹄！

且教部所颁课程新章，将学科项目加多，而初中尤甚，向来列为课外作业者，今则并于学课之中；又以各项教材互多重复，故不外徒立名目，占用上课时间。因此，学生之注意力分散，精力疲惫，其学业之成绩，佳者亦不易对学术有深刻之认识。学校对此之补救，力之所及者，亦不过务简择要而已。

教务管理方面

教务管理恒取有效率之方式，如表簿之收存，教员职务之分配，学生名册以及品格学业之记载，皆按便利之系统配列，务希于检查时便于择取，以免虚耗时间与寻而不得之烦苦。

学生之纪律训练，先就其简易者施以相当之指导，以期渐渐输入于其完全生活之中，于课室内学生之座次，收发卷册之系统，以及学生习作、发言之先后，咸令加以注意，是不特减除其散涣之气色，而于时间之经济，亦大有补益。此外，如时刻之持守，则多借日常工作时刻，以及特约接见时间，予学生相当的训练。

原载潞河中学 1935 年《年刊》

一九二八班班史

1928 届　佚　名

我班起 1922，迄 1928。潞校更三三制之后第一个全六年班也。初一时分甲、乙两组，初二、三两年则折为三组。初中毕业时，适值沪案，未举大考及毕业式，唯各获文凭一纸。

至高级则都为文、理、农三科。文科人最多，理科次之，农科又次之。高一时，同班离校颇众，且曾因小节起风波。盖斯年，我班最多扰也。高二及今岁，我班举止就范，悉孜孜于学也。

溯我班班友最多时，几近百人。今所余者，仅三十九人耳。为此，少数人中，长（于）科学者有之，长于文学者有之，长于干事、体育等者莫不有之。虽未敢谓为拔萃之班，然蒙母校培植独厚无疑焉。

噫吁！六年驹驶，毕业期临，忆既往之深情，怜来日之或忘。爰荐为班史。

原载潞河中学 1928 年《年刊》

影

吴志铎（经济、社会教员）

亲爱的潞河，我何曾忘记，巍巍的高楼，青青的草地，山水亭园没有一处不值得我追忆。

亲爱的同学，我何曾忘记，体育场上冲锋陷阵，音乐队里耀武扬威，红脸，爱笑，顽皮，谈天，没有一样不值得我追忆。

现在我要离开你们了，在这种可留恋而不得再留恋的时节，让我很痛快地丢给你们这一把辛酸泪。

我来潞河已经六年，在这刹那的时间，不堪回首。其中奥秘有说不尽的滋味儿——你们有时不努力，令人可哭；你们有时候不理智地傻闹，令人可笑；你们有时狰狞地争持，令人可怕；你们有时细心研求，令人可贺；你们有时奋斗进取，令人可钦；你们有时得到意外的成功，令人可惊——我的情绪在六年之中完全随应着你们而波动。现在，因为我知道你们越深，越体贴你们，留恋你们，所以将以往你们给我那种恶劣的情绪，我全忘掉了，我完全忘掉了。我只记得你们有可贵的研求，你们有可钦的奋斗，你们有可惊的成功。总而言之，你们可爱，你们全是有希望的。

我此一去，也许是一年的暂别。而我切望我的前途，我默祝你们的快乐。春风吹不动的弱柳，钩月照不澈的幽静。旧思依依，顾影迷离。好在这神秘而充满了灵感的时间，最末后，我叮嘱你们几句，听我道来——

潞河的精神是你们的精神，你们的精神，绵长了潞河的寿运。要团结。

读书要认真，上课少顽皮。求知必得虚心，研究不可忽略。要进取。

你们不要以年少自狂。过了今天，再没有今天。一分一秒，可全使历史转动。何况你们只有百年的命运。做就做，读就读。时忽不再来，要惜阴。

你们不能永久住在潞河。潞河只可以供给你们一些个利器。当此社会，期待人才的整理，你们全负有这种使命。事情总要看得远些，不要角逐在考卷上一分两分之间。求真实，是读书应有的品德；能赴社会的需要，确是你们唯一的出路。要努力。

团结、进取、惜阴、努力，是何等的名贵。

我走了，我一定走了。一年之后，也许变得苍老，也许更胖得难堪，或者你们辨不清我的面目。但是，我六年的光阴消逝在潞河，心血洒在潞河。纪念周，你们曾听得我的声音；黑板上，你们曾看见我的字迹。潞河的刊物上，斑斑点点缀满些个痕印。过去的校刊、半月刊是我栽培的。不幸，它受了摧残。《年刊》是我一手扶植的，我希望你们保守而光大之。我自问我在潞河的成绩，实在惭愧。但承蒙同事的指导、同学的琢磨，已足以堪自慰。

好，我走了。此后，你们各自珍重，互相砥砺，维护潞河。

1931 年 5 月 15 日

原载潞河中学 1931 年《年刊》

余　音

1931 届　刘文锦

光阴驹隙。六年的工夫，好像闪电风驰般地在梦寐中过去了。回忆这六年作业的光景，虽然有师长的琢磨、同学的切磋，而真正自己的努力却是乏善可陈。

每班毕业总是不嫌俗气地说些无聊的话，似乎不觉得这是奋斗人生中的段落，并不是尽头，所以与其追思以往的人才济济、建树重重，倒不如希望将来的风雨同舟、萁豆互助。

现在国内各校的骚动真是多得不可胜数。什么学生自治的腐败、师生间的排挤毁谤，似乎成了现在教育界的流行病。所幸，我们所遇到的不尽是与世浮沉，觍颜媚世，只会搬一点儿欧美、日本零碎的教育知识拿来欺人的名义的教育者，所以平平安安地度过了这六年的生活。在我们将要别离的前夕，怎能不故情思义、聊表谢忱呢？

别了，从此各奔前程，荷枪实弹地干去了。人格教育是我们的盾牌，我们靠着它——人格教育——便不会把那噬人的恶魔当作了善美的君子；我们靠着它，便不会迷于含笑的面孔而遭于咂血的蛇蝎；我们靠着它，便会认清解放与束缚的界限；我们靠着它，便会决定举止动静的标准。人格教育，是这样的万能吗？我们信，我们信，我们永远地相信，我们坚决地相信！

诸位师长、同学，聚散本是人间常事。我们有了以往的聚，才有今日的散。有了今日的散，才会产生来日的聚。现在虽然形体别离，而精神却是永久团聚。更可喜的，我们潞河电台已经成立。从此，纵使远隔千里，而师长的训诲，依然可以随时接受的。所望各自珍重，后会哪能无期？

最后再提醒班友，我们分手后，升学也罢，做事也罢，总不要暴弃你的职责，舍掉你的盾牌，因为漆一般的前途，谁能知道生之源有多么宽广，死之窟有多么幽深呢？

1931 年 6 月 25 日

原载潞河中学 1931 年《年刊》

为日本进占沈阳通告全国同胞

王霭堂（国文教师）

晴天一声霹雳，惊天动地。日本强盗占领沈阳的噩耗传来，凡我国民稍有血气者，莫不攒拳怒目，咬牙切齿，痛恨日本强盗的无理蛮横，大有势不两立，恨不得饮其血餐其肉而后大快人心。不过，事实并不那样简单，假若日本强盗怕我们中国人这么一怒，根本上他就不敢这样蛮横！

日本强盗处心积虑，思欲宰割中国的野心已非一日。自甲午战争后，他们无时无地不在露着狰狞的面孔，张着恶毒的爪牙。横怨寻隙，以图一逞。所以，民国四年5月间，趁欧战方休，列强不暇顾及，便强迫中国军阀屈服于枷锁般的《二十一条》条件之下。民国十七年5月3日，更趁国民革命北伐之际，突然出兵山东，演成空前的济南惨案，结果仍是中国无条件的屈服。其余中日间的大冲突、小冲突以及不大不小的冲突，一年里不知道发生几次，结果让步的总是中国。至今年万宝山一案，日本强盗利用可怜的朝鲜同胞来敌视中国，来戕害中国人民。疮痍在目，积痛方殷，日本强盗又借口于南满铁路之拆毁（实在是他们自己炸毁的），突然于9月18日夜进占沈阳、吉林、长春、安东等处，炮毁兵工厂，杀戮我们赤手空拳无力抵抗的军民，杀人放火，奸淫掳掠……种种兽行，惨状难述！狼心狗肺的日本强盗野心勃勃，更要进兵秦皇岛、塘沽、青岛等处。

呜呼！彼为刀俎，我为鱼肉，同胞，同胞！假若我们的心还有一点儿火星在燃，就甘心在帝国主义铁蹄之下任其蹂躏吗？就甘心看着国土沉沦而默认当亡国奴吗？同胞，同胞，我真不忍再想下去了。可是反看我们的当局，值此千钧一发之际，依然持着极镇静的态度，把本国军队的军器收在库房里，故意叫日本强盗抢去，人家向着我们开炮、放枪，我们只有伸着头颅，任凭宰杀——反正日本强盗无论怎样蛮横，我们是不动手的。希望在帝国主义的国际公法上给我们判断曲直。

呜呼！帝国主义者哪一个不是狼心狗肺？哪一个不是要宰割中国？《国际公法》哪一条是给被压迫的弱小民族说公理的？这样的镇静，这样的无反抗，不是变相的没有办法的屈服吗？

固然我们也知道，中国这几年来，国民革命为着扫除本国军阀余孽，连年战争导致精疲力竭，更加以长江水患，中国有六分之一的人民啼饥号寒，哪有精神再和日本强盗抵抗？然而，然而，然而，日本强盗成为入室的虎狼，无时不在张牙舞爪地想吞噬我们，难道我们今日才知道吗？火烧眉睫已非一次，难道都不记得吗？人家整年地在积极备战，我们整年地低声下气地向人家讲国交，以图一时苟安。为什么一丝一毫也不加御防呢？到这束手待毙的时候，我们震惊，我们无抵抗，迨至强盗进了北平，打到南京，我们仍是震惊，我们仍是无反抗！

呜呼！我们四万万神明、黄帝之子孙哟，就这样任其沉沦下去吗？

啊，同胞，同胞！我们愤懑，我们痛哭，但感情是感情，事实是事实。我们内战疲敝的当局不镇静，不无抵抗，也实在没有办法。这是事实，我们应该原谅。不过，镇静、无抵抗也需有充实的力量做后盾，而后外交上才壮肝胆。不然，那镇静和无抵抗就无异于宣告我们人心已死的"讣闻"。

啊，同胞，亲爱的同胞，我们的国家是这样危急了，"亡国奴"的头衔是这样在我们的眼前摆出来了，我们应该赶快一致团结起来，向着我们的当局呼喊，我们暂时可以镇静，我们暂时可以无抵抗，可是在外交抗议上要理直气壮，不屈不挠，一丝一毫也不要让步给日本强盗，并且进一步，非赔偿我们的损失不可。这样，得到圆满结果固好，如果得不到圆满结果，那我们就宁为玉碎，不为瓦全，和日本强盗拼个你死我活。孔子说"杀身成仁"，孟子说"舍生取义"，现在已经是时候了。

啊，同胞，亲爱的同胞，我们不要悲伤，我们不要痛哭，我们要抖起我们的精神，我们要团结我们的力量。只要我们的人心不死，只要我们的热度不是五分钟，中国（华）民族是不会亡的，日本强盗终要被打倒的。

同胞，亲爱的同胞，写到这里，我的热血沸腾起来，我的精神紧张起来，我眼窝里浸着泪珠，强制它流回肚里，不要叫敌人看出我们的怯懦，不要叫敌人骂我们是脓包，我们要担起国家兴亡匹夫有责的重担，努力地冲上前去，我们要咬定牙根，抱定压死不换肩的魄力，誓死和日本强盗奋斗下去。啊！同胞，我们干，干，干！我们持久地干下去，只要我们的人心不死，只要我们的热度不是五分钟，中国（华）民族是不会亡的，日本强盗虽然蛮横，最后的胜利终归是我们的！

1931 年 9 月 20 日

原载《协和湖》1931 年第 5 期抗日救国专号

对中秋节与"九一八"的话

1936 届　王达津

协和湖的湖水秋涨了，繁细的波纹，也像抱着了无限的情绪，而在翻着她的纹皱皱，天上的烟云带着那淅淅的秋风，多病的天光，却也嫣然地藏在斜阳灰白而忸怩的宠爱里微笑着。匆匆的光景里，不知不觉地又在醒过来睡过去的中间到了"露冷莲房坠粉红"的时节了。

约莫八年的光景里，说不尽的人间艰苦滋味，只见那荆棘塞满了前途，不知道大地上的疮痍又增加了多少了！江波才息的长江，战血犹腥的东北，都成了无限的伤心和可怒的事！

就是这样地过去了——这样的光阴——它是箭也似的一直地下去，从没有过问过人们所定的过去与将来；所以糊里糊涂的人们——尤其是我大中国的国民——照旧明天还有明天，希望还是希望着；但是究竟事体不应如此的，欠债者虽然逃过了五月节，中秋节便立刻地窃伺着他监督着他而来到；倘若他再不知自救的话，月份牌的末一张也在那里冷笑了。

真是这样的，看那一夏连阴天，连宵的噩梦，竟在那世界不安宁的状态里，把 1932 年度的长夏取消；更不觉得就在那菡萏落华结子的时候，又勾销了秋风的一半，便到了中秋节的又一周年，但同时也就是九一五这一天，看吧，纵然是全世界不景气，全中国不安宁；然而我们中国也真会过我们中秋节的 N 周年，各家的账拿出一起，也就够开一个大纸行；倘若是全国月饼大集合的话，堆起来总可以高齐喜马拉雅山了，剧院里的锣鼓喧天，也要同义勇军的枪声作比例！

那他们的观念里，恐怕只有所谓"风月依然"买卖娱乐生活里却忘却"江山安在"了！那一切的人们，也无法说他们的居心，也许他以为东三省离着他还远！唉！去醉生梦死地娱乐吧！一家家只是同样地

21

过节，大家庭有钱的以至中产阶级，都要举行中秋节的典礼，中华民国国民政府各委员党委的家庭当然也不例外——他们都认识这是中秋节，但不知道已经又到一个九一五了！

"此夜一轮满，清光何处无"的确是这么想着；"一年明月今宵多"想象的八月节，但是这一夜的风光却朦胧得像世界的不景气一般，只是使人觉得烦闷；然而几乎没有一个人由风光不景气而想到世界与中国的不景气来。

更而一片的欢呼，打破了夜的沉默。不知是哪里来的欢喜气象，使快活的学子们在那里欢呼！也因为这是中秋节的缘故；而且因为是在朝算术暮英文的中间而降临，但是同时也模糊了去年的"九一八"，而更没有看到八月节就是"九一八"一周年的前两天了呢！是不是东北三省已在日本铁蹄蹂躏之下过了一周年?！更何况中秋节恰在日本承认伪组织、实行并吞政策的那一天呢！是谁还做那梦想的可怜的欢呼？

这个欢声恐怕不算欠者的没有钱以外，也可以说像满地荆棘一样普遍吧?！吃喝玩乐的阔佬们、学生们，娱乐场中永少不了他们，不动心地过中秋节。其间，但是同时的标语上总少不了打倒日本，与记着"九一八"——尤其是演说会里永远也是这样说！

读书会忘了一切了吗？娱乐会忘了一切了吗？爱情会忘了一切了吗？有钱会忘了一切了吗？多少人是在这中秋节里，带着情人兜风，或者用材料写情书；然而他们为什么在这个光景里不去想一想东三省?！这个劣缺根太大了，看吧！不但这个，那一个阔佬也可说政党舞台上的名角色——竟在这个时候去吃螃蟹喝酒，又有谁去为东三省掉眼泪呢？

这些知识分子、革命分子，都在沉醉着，梦幻着，过他们梦想的黄金时代；但他们也都会转过头讥笑别人和说空话，然而自己看看自己，依旧醉生梦死者，一塌糊涂地不负其责。我们对于这杆笔和纸的对面说，"他们"就是我们，那么自己想想谁能够大胆地说："我们是负责任的，我们并没有欢度这个中秋，我们是在流泪着。"真实地没有忘却"九一八"吗?！也许我们就是"两面国"的遗裔！前前后后总不像是一个人！

我们是不是应该在八月十五，便快快乐乐地过八月十五，等到了"九一八"，然后再整起面孔来纪念"九一八"？是不是这是死人的一周年，到临时抹抹眼泪、念念经、上上供完事大吉，死人是不能复生了，那么东三省也就没有希望光复了吗？这原来不成问题；但是按现在情形来说，九一五——八月十五——九一六、七！还是照样地快乐，等到"九一八"，然后整起了面孔来唱"打倒日本"，等到了九一九又仍旧各电影戏院锣鼓喧天，宣告满席；那个中国人非到"九一八"不想着"九一八"，到了又常常过去，一个"九一八"，两个、三个、四个，我们的东北，光复的希望可就不能不成疑问了！

安安逸逸过这中秋节的人，难道真没有热血吗？不！当时也会锥心刺骨地起急；但是吃了"散拿吐瑾""红色补丸"也总是没有脑筋，当然不能都是这样了，当少数的比较清楚些有点儿脑筋的人，他们愤怒了，拼了十二分的血泪，登山振臂地高呼，然而所得的结果，也只有空谷的回音！

唉！我们还算是知识阶级吗？和没有知识的——连东三省、热河朝阳都不知在什么地方，多少里，多大。农民一样的喊着过节吗？更不知道东北三千万人民在日本压迫之下，过今年的中秋节了？这个住在那里的外国人也会有今昔之感；然而在四面危机包围之下的我国，国难当头之下，也绝对忘不了娱乐与快活，那是真不堪设想了！那我们又说什么卖国贼？

过节了，各商店里的账目有人负责整理；可是政府上的账目也太多了，来回来去地纷乱着，但是谁是负责任整理的呢？他们倒像负债者，到了节关，没有办法却去躲开国际调查团走回去了，中国一连派了好几位角色，去演拿手好戏，去受这根本套着套的国联的要，他们不去的——执政者——可就坐家吃月饼了！

去年的"九一八"以来，糊里糊涂地到了现在，陆沉的东北依然在人掌握的中间，政府依靠着国际，人民也是松松紧紧，只有那占全国国民万分之一的义勇军，真拼了那一腔热血，溅到敌人的头上；然而今天早晚的十几个电影院与戏院和各市场的游人，他们只知道批评王泊生的《哭妃游月》或者是王人美的《野玫瑰》影片；他们绝对知道是中秋节，而不知道已经是九一五，更是"日满草约"签字的那一天！

自乐其乐主义自动自立的我国这些人，他们不想想中国这个大月饼，已经被日本咬了一口，张牙舞爪的嘴脸已经在面前了；但是他们没有看到日本的炮火打到他们的门口或者是脚上，他们还没有觉得现在又到了"九一八"。

那么为什么中秋节偏在"九一八"周年之前降临，而暴露了我们中国的"随遇而安""得过且过""自乐其乐""袖手旁观"般的冷血定律？而使那小丑的日本大胆地在中秋节承认了满洲国，是不是藐视了我们中国的国民性？根本地瞧不起中国人？！

日本方面每天的消息，恐怕都载着说："'九一八'周年，已届，中国方面空气很稳静。"那这方的我国的报纸说："秋节已近，荀慧生准演拿手好戏"，"王泊生的游月，上座三千人楼上楼下彩声不绝"。所谓国难期间就在这光景里过了一年了！标语也不能多见，只有那少数者，在报纸上或者会场里，做那暂时整起面孔来的呼声！那么这也是国难期间？真是个疑问。

哼！也许是一九一八——去年的"九一八"——已经不会再来，东三省已经丢了，绝对不会再丢一个东三省了！那么我们冬至后三天总知道耶稣圣诞，为什么八月十五就不知道是九一五，差三天就是"九一八"？当然你们不糊涂，然而竟会在国难周年靠近的两三天里，能够欢呼得出来，能够安安稳稳地去听戏去？还要真等到日本的火炮再响了才睡醒了呢？

我们就宽一步说吧，日本从日俄之役及甲午之战就没有一时一刻地忘怀了我们的满洲，可是我们本国人从去年国难的那年，到今年的中秋节，就没有天天地挂念着东三省。当然又何能怪我们抢月饼的时候，把日本承认满洲国的事件忽略过去呢？！

政府是这样的政府，国民是这样的国民，就是在"九一八"的那一天游行呼喊的，未必不是八月节过得最快活的；而且韩复榘和刘珍年还要趁着九一七开火，凑个热闹。总起来说，五千年的大古国，不但是东北陆沉，根本国民性就落伍了；国民性倘然能够振刷，也就是东北的归期。

快乐的中秋节，我们快乐地过去，伤心的东北依旧沉沦在第二个"九一八"里，傀儡的溥仪还在窥伺着关内，伤心的气象，只有那月的朦胧，代表了一切不景气；人们是一点儿也不关心所谓"九一八"而过他们的一刹那的宴安时节！

司空见惯的救国呼声，都是些空口的白话，那么所谓救国的责任，喊的是你们演说者；但是都让谁来负担？所谓我们做后盾的学生，还都随随便便漠不关心地不忘救国！一切一切的人们——尤其是电影院、戏院游艺场的人们或者是电灯煌煌的舞场——我们还是在娱乐不忘救国吗?!

在每一个星期的纪念周的时候,都要静默三分钟,那么谁是在那一回里真正纪念先总理而不忘?恐怕少有一个!那么纪念"九一八"除东北人想着家乡而外,其余的谁又在娱乐读书中间里没有忘了"九一八"?那么一年来的抗日工作做的是什么!开会的时候,争着喊,血是多么热?平常的时候玩玩乐乐,多么安逸?!这样能伸能缩能热能冷的血,是不是现在可以充爱国志士,等到了日本过来也可以当亡国奴?!

那么我们都要否认了!但是我们为什么会不动心地过这么好的中秋节?自己想想,国难后你一天一天都干什么来着,想在真要想起来,应该不应该追悔、痛哭?!

那么已经晚了!是在这一个"九一八"已经晚了!但是下一个也已经一步一步地走来,倘若我们又是刚过了就忘的话,那么我们东北的光复期,要等了久至无限数的"九一八",如果政府以及人民全国四万万的同胞都能永远记着,打倒日本与"九一八"——少数人是不能成功的——那么下一次的"九一八"或者第三周年我们的扩大国耻的运动和追悼殉国的烈士就可以在东三省开会了;但我们不必问方法,只要是这个希望达到了,政府就不会不负责想方法,而我们也不会不负责任地用嘴说做后盾。

总而言之,现在的中秋节由跳跳跃跃中来到而过去,"九一八"也一定像死人追悼会般地过去;那我们不再说了,但我们要是再这样地醉生梦死地随便下去,那便就是几年了一千一万个"九一八",结果恐怕也等于零!

那么我们再重说一句吧,只要政府不要倚靠国联,自己坐家吃月饼,人民也不要完全赖政府办而却自己快快乐乐地过节,只永不要忘了"九一八",然后再去进一步收复失地永不忘救国!永不断努力!去学那愚公移山,东三省的收复!归期就可立而待了!但我愿意相信这个不久便会成为事实,千万不要过了一百二十个"九一八"还只是空空地希望着。

1932 年 9 月 17 日夜

原载《协和湖》1932 年第 9 期

一九三四班班史

1934 届　高秉晋（高沂）

　　我班始于 1928 年秋，正革命军北伐成功之时也。六年中学生活至今告一结束。回忆过去六年间，我等受师长之训导，及同学之互相砥砺，由幼小而长成，亦云幸矣。

　　原我班在初中时平均每年四十余人，虽然均有一副孩子气及"闹将"之名，但在作业成绩上却不甘落于人后。二十年春，我班初中毕业；同年秋，高中生活即行开始。时逢"九一八"事变，我校即于此时实行严格之军事训练。每日有早操，虽时届严冬，未尝稍懈。盖国难既如是严重，同学之心绪不能不为之激昂也。时我班人数最多，由分科制改为普通班亦在此时始。全班文武具备，堪称为极盛时期。此后虽有同学中途辍学，然亦不过是发育期间至新陈代谢作用，对本班发育之健全，正未有影响也。

　　此次毕业六十四人中，虽无出类拔萃之士，但亦无低能儿。各种学问均有人在分头研究；一切社会活动及救国工作，均曾热心努力过。由以往事实之证明，一九三四班是在进取，而非保守！

　　执兹分别之期，望一九三四同人，永葆存已往之进取精神，荷起重担，同奏进行曲，努力前程！

　　　　　　　　　　　　　　　　原载潞河中学 1934 年《年刊》

读书不忘救国

空空（笔名）

我们知道，一个国家必须具有三个要素——人民、土地权（领土、主权）。因此，一个国家要想永存于世界，是必得领土完整、主权独立、人民强干的。但是，领土需要人民保守，主权需要人民行使，所以说，一国的衰弱与存亡，全在乎国内的人民强干与否。也就是说，人民有没有守土与行使主权的能力。如此，人民就是国家的主人翁，是三个要素中的最要者，"国以民立"，就是这个意思。

翻开一部世界史，无非是些过去斗争的纪实，这更证明达尔文的"进化论"是一点儿不差。世界的演变都根据"优胜劣败，强存弱亡"为转移。国与国间为求生存，不得不竞争，因了生存竞争，便演成"胜存败亡"的巨变。在这生存竞争的过程中，若是自己不愿自己的国家被淘汰，那么这国内的国民应当怎么办？这就是国民对国家的责任。

我以为一个国民对他国家的责任有两个：

一、如何守土保权，使之不致受他国的侵略与欺凌？

二、如何发展自己的国家，使之蒸蒸日上，不致卷于斗争的旋涡？

自然，爱国是每个人口口声声常说的，但是只是口说而办不到，实际也是无济于事。那么，到底应当怎么办呢？也就是应当按照上两种责任，脚踏实地地切实去做。国民因为爱国，要在必要时胜于自己的家庭、身体及一切，那就是说必要有为国热心服务及不得已而牺牲的精神，同时因为爱国，必要设法铲除一切内部害国的败类，打倒外部侵略我国的仇敌，若是人人具有此种心理，又何怕国家受人侵略呢？

现在来看看我国的近况如何，是不是在受人侵略呢？是不是被人占据若干土地呢？是不是被人夺去若干主权呢？现在我们在国际间的地位平等吗？政治地位平等吗？经济地位平等吗？唉，仔细想想就可知"次

27

殖民地"的头衔、"无秩序的国家"的雅号，绝不是自己看轻自己与外人蔑视我们的表现吧？诸位同胞，如欲当亡国奴则已，否则，想想我国而今沦到这般地位的缘故是什么？这是不是我们各个国民的失责却职呢？你以为是几个人将中国弄到这般地步吗？不是，一定不是！我们是国家的主人翁，我们有守土保权的责任，我们是否尽了责任呢？

现在我国已到"亡无日矣"的危机啦，我们不能眼睁睁看着我国沦亡，我国不能等着当亡国奴，我们应当趁着这千钧一发的时期，起来赶快救民吧！

这就是我们每个人的责任，是全国人民的责任，那么我们所谓"国家将来主人翁"的青年学子，一定要担起这责任吧？是的，我们要救国，我们是有知识的分子，我们要唤起同胞领导民众来干救国运动。好，我们现在应当不念书了，去做直接救国工作吧？好，内除国贼，外抗强权，这就要去，不救了国不停止！这样你以为对吗？你以为是最好的办法吗？

青年学子们，我们要救国，必定要认清我国所以这样衰弱的病源在哪里，然后才能设法医治我国的衰弱病。我们要想打倒一切侵略我们的帝国主义，必须充足自己的实力。我们要想改善中国教育，必得彻底谋求改善的方法。其他政治、实业、军备、交通等等，都是同样要费很大功夫来审查、来设法、来预备。法则想好，预备妥当，再切实去做，才能获得相当的成功。否则毫无计划、毫无预备地冒昧从事，绝不能得到相当的善果。

好，我们要特别负起救国责任来，我们要想将来改善中国的一切不良现象，我们要想使中国永存于世界，唯一的方法就是在现在读书求学时期充实预备起来。这就是说，读书自是重要，但是在读书期间还不要忘记，我们的国家是在苟延残喘，是在受人欺凌，也就是说时时勿忘救国的重责呀！

现将在读书期间勿忘救国的注意事项分别列下：

一、智育方面。我们要想救国，必得有充分的学识，以备将来做救国的工作，因此我们在求学期间，一当注意课内知识，求其彻底明了及其实用；二当注意课外书籍，以补课本知识之不足；三当注意报纸杂志、现代评论之类，必明了国际大势及中国现状，和各国侵略中国情况之写实。

二、德育方面。种种处世为人的法则，都要在求学期间有相当的训练，尤其要有高尚的人格，好预备将来投身社会实际，做救国之用。因此，一、品行要端正；二、待人诚恳；三、对于公务要热心；四、处处要坦白。

三、体育方面。民族的盛衰，国家的强弱，与个人体格的健全，直接有很密切的关系。谚云"健全的精神寓于健全的身体"，也可以说，"健全的国民才有健全的国家"，这足可见到个人的身体与国家的强弱是何等重要。而身体的锻炼以青年时为基础。因此，我们在求学时，一当注重体育科目或军事训练；二当注意自己的身体，不可随便做有害于身体健康的事项；三当注重个人和公共卫生；四、有害于身体的嗜好，当严加戒之。

四、群育方面。人是社会性动物，不能离群独居，因此对于群育方面，尤当在幼时养成处群、处众的好习惯。所以在求学时，一当敬爱同学，二当尊敬长者，三能彼此合作，四能牺牲自己利益，五能尽自己的职责，六当共谋团体生活的圆满。

我们知道，在求学期间所注意的事项，就是练习投入社会的初步工作。我们必得在学校时，处处循规蹈矩，努力做到一个完全人。预备了丰富的学识，养成了高尚的人格，练成了健全的身体，过惯了处群的生活，这样投身社会后定能运转自如，无往不利；在进行改善种种社会不良现象时，也不致受社会不良现象征服。如此努力做下去，定能得相当的效果。同时积极做唤起民众的工作，使这些仍在迷梦中度生活的中国同胞警醒起来，使我们四万万同胞都担起救国的重责来，同心同德地切实合作起来。运用相当的学识，提倡实业，开发利源，便利交通，改善农业；运用相当的学识来整顿教育、革新政治；运用相当的学识改良中国经济状况，以达中国于完全革新改善地位，然后再以四万万同胞构成联合战线，向侵略我国的帝国主义猛烈进攻。我想这群媚强欺弱的败类，必定避退三舍，复我失地，还我主权，一变待我的态度。那时的中国，也要站在完全独立自主国家之林，再吐一口英雄气。

如何达到这种地步？靠着相当的学识，不是靠着喊口号、贴标语、停学、罢课。所以，请诸位青年学子切切记着——读书勿忘救国，也就是说"救国勿忘读书"，从此努力吧。

1933 年 10 月 28 日

原载《协和湖》1933 年救国专号

开学后之感想

初一甲组　陆世杰

我到潞河来读书，实在是想不到的事。以前我并不打算到潞河来，就是在未报名的前两天，我都没有考潞河的心意。那时候就好像沙漠上的小鸟一样，漂泊着，彷徨着，度着那凄凉的时日。在那灰色回忆的苦闷中，无力地挣扎着，拼命地奔跑着。

终于是获得了一线的光明——啊，亲爱的潞河，亲爱的潞河！你才是我的真诚伴侣，我得到了你，如同得到我的真生命一样！我愿永远睡在你温柔的怀里，享受你甜蜜的赏赐。考上潞河的佳音传到我的耳内以后，我便喜出望外地准备着。你开学佳期的到来，好让我再进一步地与你亲近亲近。就在我望眼欲穿的渴望中，开学啦，开学啦！

开学的那一天，我随着许多不认识的新同学到大礼堂去。我觉得这大礼堂比我的先一个学校的大礼堂宽阔得多了，也大得多了。我站在楼上的一隅，呆呆地看着前面讲桌上的四个大字："人格教育。"这四个字，不由得叫我又联想到现在的中国了。假设办政治的老爷们、办教育的先生们都先拿出自己的人格来做抵押品，中国又怎么能够到这种程度呢？说到教育，尤其是叫我痛心。以前我因为不慎选择学校，在一个毁人坑似的学校里混了两年，染上了许多坏习惯。这实在是办教育的人害得我。本来教育与国家基础的青年，有直接的很重要的关系。可是，为什么要有买卖式的学校成立呢？就我的经验告诉我，知道这种学校每年所造就出来的人才，不外乎就是不纯洁的党派分子、靡费金钱的恋爱家、饭囊衣架的纨绔子弟、道德卑鄙的小流氓。这样的说法似乎去事实太远，但事实实在是这样，又有什么可奇怪的呢？并且他们还都有了大学、中学的资格了。办教育的先生们，你们的人格呢？这不能说不是你们的罪恶吧？你们的人格早消失了吧？你们？

就在这个时候，忽然响起一阵歌声，冲破了我心中所想。"教育人格……人格教育"，原来这时已进行开学典礼啦。台上站着许多教职员，台下乌压压的一片学生，有五六百人的样子，正在唱着党歌，全礼堂中充满了生气。我也很欣悦地随着唱了起来："贯彻始终……"

静默的时候，盛满了五六百人的大礼堂里顿时就变成好像高山里的空谷一样，几乎连呼吸的声音都能听到了。我记得我的先一个学校，每当星期一做纪念周静默一节的时候，一定会听见学生们的嬉笑声、说话声，甚而至于把昨天礼拜日追逐女人逛公园的事情，也能在静默的时候说与别的同学听。同时，你还能听见教员们命令式的口吻说："不要说话，静默！"这句话的效力只能维持一两分钟的安稳。这一类的事实正可以代表教员的不负责任、学校的坏精神。反过来说，我今天所闻所见的潞河正可以代表一切，真有点儿人格教育的滋味儿了。

全体的同学在唱校歌了，我虽然不懂得校歌，但是我的心就好像在青软的绿草地上跳舞一样，一拍一拍地跳着。那时，我的心中充满了喜悦，只可惜的就是校长的演说被我发狂跳舞着的心所忽略啦。不过我还是能隐约地记着两句，就是"……好学生，好教员……"

我与潞河一天一天地亲密了，渐渐地发觉了她许多的美。我时时刻刻在深深地忏悔着。啊，以前我是被幸福遗弃了的囚徒，把我放在深深的牢狱里，受着魔鬼的欺凌，可是我现在于万恶苦闷的旋涡中挣到了一线的光明。只有这一点，我可以庆幸。你看这清澄碧绿的湖水，树草荣发。清风和畅的湖滨，雀儿们轻轻地叫着。我又是多么的幸福呀，这里才是我幸福的自己！我这时才知道，"悟已往之不谏，知来者之可追，实迷途其未远，觉今是而昨非"。

当我徘徊于协和湖畔的时候，最先映入眼帘的就是一片土山，山下有一个砖桥，桥下的水被微风吹动，一纹一纹地飘到河边的小草里，飘到桥洞的那一边。桥旁耸立在树林丛中的便是唐氏亭了，你看它多么美啊——坐在那亭里看书，坐在那亭里写文章，或躺在那里小憩，或站起来观看在协和湖里游泳的人们，那是多么好的一个富于诗境的地方呀！我站在湖边的小桥上，快乐地欢跳起来，我将永远地与她亲近了。

湖的对面便是我每天必到的文氏楼了，我们的大礼堂就在楼内，迎新会的一夜使我永远不能忘——我也莫名其妙地拿着一支点着了的小白烛，在热烈的欢迎会中被欢迎着——那还是我第一次的经历呢！你再看巍巍立于树林中的，那就是全校最高的、最美的谢氏楼了。他那庄严豪爽的样子，及富于警戒性的样子，叫你时时刻刻看见了他，都要起一种敬意。当我第一次从乡下到城里来的时候，我看见在丛绿中耸立着的大楼，还以为是通县城的城门楼呢。那是潞河中学的谢氏楼！

太阳快要坠落了，西天半壁的霞光使湖水变成了橙黄色。我慢慢地转到湖近处来。水面上吹来微微的凉风，好像告诉我：

努力吧，这才是你的快乐乡！莫呐喊，莫彷徨。

赴征途，整容装，唯有努力，前程无量。

我微笑着接受了她的美意，嘴里也不由得唱出："颂我慈母，东西……合心，南北……协力，赞扬潞河我潞河。"

1933 年 10 月 1 日，于潞河湖畔

原载《协和湖》1933 年 10 月号

《一九四一班同学录》序言

巴（笔名）

    我们为满足知识的饥渴，已走完了中学的最后一个阶段。展开在我们前面的路，有两条可走——一个是升学，另一个是谋职业。但总体来讲，与社会都有关系，而且迟早也必都要投到这广大的社会里去。所以我们不妨在这一方面说几句话。

    据说社会愈进化，缺陷愈多。大概是的吧。从前不令人满足，现在仍是这样。不过，究竟什么是社会的缺陷？除非老于世故者还不能看清。我们只觉得有些地方确乎是不能令人满意的，因为他时时阻碍前进的青年所迫切需要的——生存与发展。

    人们大都是做满足的梦，青年的梦却更灿烂而光辉。但梦是虚幻的，及至回到现实，梦中憧憬的满足都成虚话。于是有的变成狂肆，日趋堕落，终至麻木地颓然倒下；有的化为隐士，自命清高，仍旧生活于虚无的满足之梦中；唯有真挚人生的青年，敢于追寻不满足的渊源，才能奋斗地、切实地生活下去。

    这所谓真挚的青年，是觉醒的、坚强的、前进的，但却是吃苦的。因为他能在不满足的社会中去努力填补缺陷，使缺陷的社会变成减少缺陷的社会。于是他要搏斗，要改造；这工作是艰辛的、久远的，所以这生活也是苦痛的。但那内在的力量，却是充沛的、伟大的。

    我们固不能责成每一个青年都能填补社会的大缺陷，但总可希冀我们之中的每一位同学，都能不为社会的缺陷所阻碍。要滴我们的血和汗，来创造、发明、填补成更适宜于我们未来的新的社会，使他结得鲜艳的、人道的花果。

    生为今日中国的青年是幸运的，因为我们能学习、阅历一些填补缺陷的新知识与经验；生为今日中国的青年又是困苦的，因为旧社会虽是缺陷多，但新社会产生的缺陷更多，因为社会是进步的。

我们曾接受了一个平凡的中国青年所难能得到的新教育的洗礼，我们也应负担起一般平凡的中国青年所不能胜任的重责，努力前进，吃苦奋斗，以填满新缺陷。

这本小册子的本意，也无非就是这样。当我们在努力填补社会的缺陷的人生之路上疲倦而松懈下来时，看一看我们年轻时候的泼辣的、勇敢的影子，和同时代、同环境的真实的年轻的朋友，使我们重新振作起来，仍旧努力发明创造，向光明猛进。

愿我们在思想上、意识上永远这样年轻，并不要忘掉了我们的年轻的伙伴。

原载潞河中学校《一九四一班同学录》

一九四一班小史

1941 届　佚　名

　　一九四一班在以往的六年的过程中，是有史可载的。但既然有史而又要小，可见是力求简短的了，那么只得在这里给它粗略地勾一下轮廓。然而，为便于叙述计，还是把它分成四个时期来说吧。

　　民国廿四年秋，一九四一班随着潞友楼的落成而建立，建立在九十几位本班的基本同学上面。这些位同学，我们不妨给他们一个荣誉的尊号，叫作"开班元老"吧。那时，正是潞河发扬时期。但彼时社会上却是不稳定的——有南北各大都市学潮澎湃的呼号与惊扰。但我们的元老们，仍能在这样的不稳的状态中，毫无动荡地一贯地镇静下去，直到初中三年级的起始为止——这一个段落就叫作发扬时期（二十四年至二十六年；初一到初二）吧。

　　第三个年头，该是二十六年的夏季了。中日事件突地爆发，虽然这只是一个开端，但已直接影响了我们的潞河，我们的一九四一班。于是，同学们在炮火的灰烬中，纷纷四散开去。秋季开学，我们的元老只留有七位，在凄凉冷寂、人心惶惑的景况中如常上课，持续到学期终了。这意志是坚决的，精神是伟大的、可钦佩的。然而，这一次也确乎是一九四一班的艰苦时期。初三下季，虽有同学陆续回来，但总共初中毕业也不过二十六位——这一年内，权称作"中衰时期"（二十六年至二十七年；初三年级）吧。

　　高一的开始是二十七年的秋季。因为在少数的元老之外，又增添了一批大量的新分子，于是又蓬勃地呈现了复活的生气。这新的力量的表现，是在唱歌比赛会的荣耀上。至于获得荣耀的全堂人中，是新旧混淆的六十几位同学。高一的次年，便是高二。这一年乃是光荣的，值得大

35

书特书的。因为我们之中曾有人更迭地膺任为膳事委员会委员长、消费合作社社长、班长会主席等要职，这样的服务精神也颇足称道的。——以上是第三个段落，可以名之曰"服务时期"（二十七年至二十九年；高一至高二）。

入了最末一个时期，同学们是无声的、沉默的。这原因大概是由于毕业在即，出校后的切身问题尚待解决，所以要潜心屏息，准备闯过这未来的一重关。至于同学的数目，却锐减到三十几位了。这一年就叫作"蛰伏时期"（二十九年至三十年；高三）。

总之，一九四一班曾艰苦地挣扎度过了最困难的一个阶段。奋斗不懈地坚持到毕业为止，这精神是不可泯灭的。至于在体育上，固未尝一度夺得冠军，也未尝远征到"一九六一班"。但这并非是自解，我们要"偃武修文"，因为我们敢于自信，我们曾尽我们所有的力量在这上面，没有一点儿苟且，但也不必一定锋芒毕露。

在三十年六月二十五日的一个隆重的肃穆的毕业式上，一九四一班，虽然已经向母校告别，但服务社会的精神、艰苦忍耐的毅力，却仍然存在的。因为它是活的，活在了每一位同学的胸臆中。

原载潞河中学校《一九四一班同学录》

36

潞河中学回忆

1946届毕业生　杨继镐

潞河中学曾于1942年由沦陷区通县迁至当时的大后方蒋管区——西安。我也是当年由沦陷区山西祁县，失学数年后跟随父亲的工作调动而到西安的，因无什么文化，父亲让我上学，第一学期就读于晋兴中学，次年经同乡马克仁（跟潞河一齐到西安的学生）介绍转入了潞河中学，直到1946年抗日战争胜利（后），潞河迁回通县。此后，大部分未能跟学校迁走而留下来的师生又成立了圣路中学，我高中在圣路。

当年潞河在西安所处的环境是：前方战事吃紧，后方是国民党官员紧吃。记得在1943年时要放弃西安，学校几乎要解散，因日本人未到，学校又复校了。日寇飞机不时骚扰，有警报就停课跑躲到野外去。西安市面临的情况是：电灯不明，电话不通，马路不平；各种生活用品十分匮缺，生活简陋。校址在东关外，有几个平房院落，其中房间为教室及学生宿舍，其一个院子的院心较大，是排球场，学生集合、课间操及升、降旗活动的场地。院中还有一个较大的教室，做礼拜讲经，后门外还有一个小操场，可供打篮球、跑步用。

教学更谈不上什么设备，一支粉笔、一块黑板，学生用的课本纸张都是黑黑的，晚上自习时，全校学生就在饭厅的饭桌子上，有电时点灯，无电时点一盏大煤气灯，再不然同学们都备有几根土蜡烛。就在这样的条件下，潞河中学迁西安后短短数年，就办成了当时西安市可数的中学。

中学的好坏是影响一个学生以后再深造的关键一段，从当时潞河出来的学生，不少成为科技、教育等界的人才。

潞河办学主要遵循了德、智、体好教风，其表现在教师队伍上几乎个个德高望重，为人师表，兼并各教业有素，以陈昌祐校长为首，对外交涉，对内指掌方针；靳（铁山）教务长，克勤克俭，对学生身教胜于言教；潘（智源）老师的数学最出色，诲人不倦，以德感人；杨（保民）老师的英语兼音乐；程（舜英）老师的语文；徐老师的史地等。老师，都是诲人不倦，勤勤恳恳，给同学们在学业上、品德上留下了深刻印象。

培养学生在既紧张纪律又活跃松快中成长；学生们每日起床后，大部分在操场上、院落背角处，琅琅读英语，早上课前和下午课必须排队升降旗；课间有课间操，按班次排列做操（当时是亨德教），下午两小时课后即自由活动（此时不准在教室滞留），排球场上往往是陈校长指挥，有打篮球的、练唱歌的等等。在学生生活上，培养学生自力更生、勤俭节约。同学们自己组织管理伙食，开饭前必须等大家都就位后，有领唱"锄禾日当午，汗滴禾下土"后才开始吃饭，所以饭桌上很少有浪费粮食的现象。

1946年抗战胜利后，潞河即迁回通县，在大部分原潞河留下来的师生基础上，以靳铁山、潘智源、杨保民等老师又成立起圣路中学，从1946—1952年解放前后的六年中，圣路中学一直继承了原潞河中学的校风，也是西安市的一类重点中学。1953年后圣路改为市立西安市四中，四中至今在经数十年，师生换了好多茬，但四中一直是西安市的重点中学，是否潞河的校风在西安扎了根？

原载《校友回忆录》

38

长歌以颂

Chang Ge Yi Song

在潞园，中华优秀传统文化的形是自然风光与人文景观等构成的物化的校园环境；而中华优秀传统文化的神，包括民族思想理念、传统美德和人文精神等内涵，无不包容在校园环境之中。有形之美，无形之神，构成潞园独有的文化意境。

　　今天，我们可以自豪地说："潞园处处有佳景，传统文化皆有形；文化精髓凝风骨，民族精神化心灵。"今后，我们将继续弘扬中华优秀传统文化，用中华民族的丰富智慧提振我们的精神力量，做有骨气、有志气、有底气的中国人！

——徐　华

《潞河院里的孩子》序言

张世义

为什么我的眼里常含泪水？
因为我对这土地爱得深沉。

每当我读到诗人艾青的这句诗，就很自然地会对我生息与共的潞河这片热土产生无尽的遐想。在潞河这片热土上，我度过了清贫并快乐的童年时光，也享受了完整、正规的潞河教育，广受父辈教师们的恩泽。此后相隔不久，我也以教师的身份经历和参与了潞河教育春天的忙碌，也以校长的身份为潞河跨世纪发展倾注了全部激情。在这片热土上我几乎度过了大半生的时光和职业生涯的全部，因而与潞河结下了难以割舍的亲情。这正是我为什么对潞河历史探索如此钟情、对潞河教育的绵延如此专注的重要原因。

2007 年是母校一百四十周年校庆年，一个又一个接踵而至的主题活动忙得不可开交，几乎没有坐下来想事儿的时间，直到 10 月 20 日庆典结束才松下了一口气。校庆年的最后两项活动是在潞河院里长大的孩子们的座谈会和老校长方田古同志九十华诞暨方校长办学思想座谈会。这恰恰是我们对潞河教育特别是五六十年代潞河教育进行深入思考的机会。

我提议收集一些我们潞河院里同代人成长的故事，目的是从个人的生活经历中挖掘潞河教育的痕迹，以促使我们对现代教育进行探索与反思。这个提议立即得到了仲仁、朝红两位发小的积极响应，所以才有了今天这个珍藏版的问世。这本集子原本是委托北京出版社正式出版的，但限于时间只能以这种形式临时应对了。我想，有了这本集子还会收集到更多的关于潞河院里孩子们的故事，不仅是我们这一代，往前追溯，往后绵延，一定会使它更为丰富，更加绚烂。

记不清是哪位哲人讲过，当一个人把所学的东西全部都忘记了，所留下的才是教育的真谛。我们这一代人，或多或少地都经历过"文革"前十七年的教育，也都经历了十年浩劫的磨砺，对那十年文化的断裂与教育的陨落有着刻骨铭心的记忆。在潞河院里长大的孩子，或是教师的后代，或是与父辈教师有着更深一层的亲情，对潞河教师的倾情奉献和职业操守有着个人独特的体验，对潞河教育也就有了不同于常人的理解。我们突兀地踏入社会，浪迹天涯，在经历了万千劫难和人性迂回往复的过程中，使我们的意志更加坚强，社会责任感更显沉重。所以，我们这些人讲述潞河教育的故事，以及对潞河教育、潞河教师的思考，才是最宝贵最有意义的，也是我们今天研究潞河教育，推进学校发展最有力的支撑。

潞河的历史是无比辉煌的。校庆庆典"巍巍庠府，生命乐章"的主题，以及历届校友和不同时代教师的隆重登场，把潞河跨越三个世纪波澜壮阔的历史进程立体地展现在校友和师生们面前，由于历史所产生的震撼力是一所普通学校所无法企及的。20世纪二三十年代所形成的人格教育特色，五六十年代突出呈现的爱国主义教育传统，为潞河中学的改革开放与跨世纪的发展提供了雄厚文化物质基础，且注入了源源不断的动力。

潞河一百四十年的辉煌已成为历史。面对新的形势我们又重新站在起跑线上，党的"十七大"给教育又确立了新的目标，2007年实施的高中新课程又给我们提出了严峻的挑战。潞河悠久的历史，广袤的校园，深厚的文化底蕴，众多的校友，是我们无与伦比的优势。潞河一百多年丰富的教育积淀，为我们积累了宝贵的教育财富。这一切在新一轮的教育发展中都会给潞河中学以无穷的力量，去勇敢实践学校的既定目标，创造新世纪的辉煌。

2007 年 10 月

传统涵育心灵，文化造就人格

——中华优秀传统文化在潞园

徐 华

"大学之道，在明明德。""明明德"，是中华优秀传统文化作为教育的极高之功。我们今天的教育，就是唤醒灵魂，养成自觉，使受教育者明做人之道德，明做事之准则，明服务国家之职责。作为基础教育学校，我们的责任尤为重大。因为，启智、明德，滋养民族精神，增强民族自信，更要从孩子抓起。因此，我们将中华优秀传统文化融进校园环境、每一节课堂、每一个活动当中，春风化雨，久久为功，让民族文化的精髓渐渐融入孩子们的心灵，养成中国人自信、自强的风骨。

我们从课程建设、活动设置、环境营造三个方面，体现中华优秀传统文化精髓，让孩子们时刻浸润在传统文化的氛围之中，达到多层次、全方位育人的目标。

一、课程之精——浸润传统文化精髓，增长科学的智慧

课程是学校进行传统文化教育的主渠道。因此，我们精心设计多元、多层次的丰富课程——既有教室、实验室的静心求索，又有各种大课堂的生动实践。让孩子们在多样课程的学习中浸润传统文化的精髓，增长科学的智慧，激发探索的热情，积淀中华儿女的自信与骨气。语文，在经史子集的学习中，生发诗意情怀；历史地理的学习，让孩子们知晓天地玄黄，了解宇宙洪荒；数理化的学习，让孩子们懂得实事求是、格物致知的意义；音美艺术等课程，描摹自然形色，唱响天籁之音，孩子能充分领略到道法自然、天人合一的生活哲理，静心，养性，

怡情。

语文教研室，有计划地开发系列校本课程。至今已经形成国学经典课程、潞园文化课程、文学社团课程三个系列，从不同的角度传承着中华传统文化精神。借助传统诗文吟诵、传统文学名著课本剧编演，使学生心中涌起对传统优秀文化的热爱敬慕之情，从而在悠悠古韵中感受古人的诗意情怀，油然生出诗意栖居的生活理想。

历史教研室，将教学中传承与弘扬中华传统优秀文化作为责任和使命。老师讲《宋明理学》时，以张载、文天祥等一系列先贤诗句做支撑，让孩子们感受先贤思想与人格的光芒，引导学生得出理学的积极影响——刚健有为，强调社会责任感和历史使命感。再由此拉近历史，理学就在我们身边，联系到潞河校训"爱国、乐群、自律、修身"，既能让学生透彻领会《宋明理学》的意义，又能将其文化精髓践行到现实生活之中。

为了更好地传承并弘扬中华优秀传统文化，我们还建立艺术教师工作室，老师们不仅在课堂上带领孩子们欣赏、感悟、体验传统艺术之美，有效地传播优秀传统文化，更把民族文化的博大精深与美好传扬到世界各地。

我们还在初中尝试融合课程，根据不同年级特点与学科设置，开展漫游潞园、潞河溯源、漕运古镇张家湾探源等系列活动。既有语文课的诵读鉴赏与写作，又有历史课的寻根探源，还有地理课的五河交汇地貌勘查，还有数学课的河道宽度测量、生物课的大运河水质检测，更有美术课的路线实景描绘。课程融合中，孩子们兴趣非常，收获多多，真正体会到学习的快乐。

融合课程走出校园，充分利用地方传统文化资源，在更广阔的范围内培养学生爱家乡、爱祖国的情怀和为建设家乡、建设祖国做贡献的责任意识。一个孩子这样描述自己的感受："这次活动中，我感受到了古运河对于中国的伟大作用，也感受到了团队协作的力量。五河交汇处，学到了关于运河的地理知识，在老师的讲解下慢慢变成了一个懂得历史、地理的真正通州人。无论是合作绘制地理方位图，还是在河边测量河宽，这个团体都让我感受到了温暖。是同学间的互帮互助，让深奥的地理简图变得简单易懂；是同学间的互信互助，在本寒冷的秋日，让我感到格外的温暖。"

二、活动之博——拓展观察的视野，提升生命的品位

校园永远是青春的园地，洋溢着青春的热情和生命的律动。为此，我们设计了丰富多彩的校内外活动，拓展观察的视野，提升生命的品位。让传统文化的精华随着生动而有趣的活动，自然融入孩子们健康成长的生命之中。

首先，校内系列活动使传统文化的精髓如空气般在潞园弥漫。墙报、板报，主题班会、旗下讲话，校园广播站、校园电视台，以学生喜闻乐见的方式进行中华优秀传统文化的理论传播；文学刊物《潞园》《足迹》，以文学艺术的形式，对中华传统优秀文化进行生动的呈现；感动潞河人物评选、成人典礼、科技艺术节等活动都让学生感受中华优秀文化的魅力，并落实于自己的学习、做人及日常生活行为之中。

其次，人文精神是中华优秀传统文化的"血肉"，而潞河教育的特色就是"多元发展，人人成材"的人格教育，充分体现了尊重学生个体差异的人文关怀。潞河场上的学生社团也就此成为一道亮丽的风景，展现出青春生命的丰富性、多样性和独特性，从而使孩子们养成勇于担当和自觉传承传统文化的可贵责任感。如王雨秋，高二时任历史文化学社副社长，他倡导潞河历史文化学社的理念是阅尽史书工笔画，相邀一醉再还家，轻松不失学术，学术不失风雅。活动内容包括中国历史、中国传统文学评述、民族风俗宣讲等多方面主题，带领同学们深入探索中华传统文化的世界，传承与发扬中华民族精神。

另外，高中每年一周的外出游学活动，更使学生开阔了眼界，增长了见闻，扩展了生命的宽度。孩子们北上黄河沿岸，观虎口，访延安，过西安；南下徽州古镇，登黄山，观云海，看民俗。孩子们收获满满，喜悦与收获流溢于字里行间。请看黄河壶口瀑布的观感：

"观壶口瀑布，我们深感黄河无愧于中华民族大气磅礴，坚定执着的形象。此时此地，我们领悟到为什么黄河被誉为"中华魂"！黄河精神，就是中华民族一往无前、不屈不挠的精神！潞河师生一定继承这种精神，踏上实现中国梦的伟大征程！"

三、校园之美——陶冶美好的心灵，培养发现的眼睛

在潞园，中华优秀传统文化的形是自然风光与人文景观等构成的物化的校园环境；而中华优秀传统文化的神，包括民族思想理念、传统美德和人文精神等内涵，无不包容在校园环境之中。有形之美，无形之神，构成潞园独有的文化意境。

潞园有山屏水镜、曲径通幽的造境，有草木相生、四季不同的美景，还有白毛浮绿水、飞鹤鸣长天的悠情……山水草木，无不体现着中华传统文化"道法自然、天人合一"的智慧和审美情趣；还体现着春生夏长、秋收冬藏，四季轮回、生生不息的自然法则。置身潞园，每个人都能感受到自然之美和对生命的敬畏，还能升起一种"新故相推，日生不滞"的奋进情怀。

潞园还有革命烈士纪念碑和雕像，以提醒后辈潞河人牢记天下兴亡、匹夫有责的担当；有陈昌祐校长的墓冢和方田古校长雕像，以让潞河学子缅怀前辈功德，自律修身，健康成长；有以优秀前辈学长名字命名的楼宇和道路，以激励后辈学子养成崇德向善、见贤思齐的优良品格。校史馆和日晷更是让人生出"苟日新日日新"、勇于超越、砥砺前行的勇气与豪迈。

2016 年，高一新生谢睿童写了一首《长相思·致潞园》："南茵青，北茵青。湖色粼粼水映星，亭间闻鹊鸣。昭楼声，馨楼声。笔墨行行理自通，园中聚才情。"热爱与自豪流淌于文字之间。

今天，我们可以自豪地说："潞园处处有佳景，传统文化皆有形；文化精髓凝风骨，民族精神化心灵。"今后，我们将继续弘扬中华优秀传统文化，用中华民族的丰富智慧提振我们的精神力量，做有骨气、有志气、有底气的中国人！

运河·通州·潞河

张洪志

  "潞河"原本在通州历史上是个响当当的河流名称。明万历年蒋一葵所著《长安客话》记载:"潞水自塞外丹花岭合九泉之水,一南经安乐故城(顺义古称),与螺水(白河)合,为东潞河。一南经狐奴故城(亦顺义古称),与鲍邱水(温榆河)合,为西潞河。"按今天的解释,通州东部的北运河、潮白河通称潞河。

  在通州的历史上,"潞河"实际是运河、白河、温榆等诸河的通称,足见"潞河"名字之重了。通州正是凭借着京城襟喉、水陆通达的地理位置,成为京城物资特别是粮食转运供给的重镇。据史籍记载,通州设制于汉,发轫于元,到明清终于达到了鼎盛时期。

  由于漕运发展,商贾云集,也使潞河(运河)成了通州最具标志性的地理名词。我想,在通州以"潞"为名的,或区域(潞城)或单位(学校、医院)等,原因概出于此。

  早期来通州传教的美国人姜戴德(L. D. Chaplin)牧师,他最初创办的男童寄宿学校也以潞河为名,即"潞河男塾"。1869年,美人谢卫楼(Devello Z. Sheffield)来通掌校,至1889年学校已经发展成为具有相当规模的教育机构并更名为潞河书院。后由于几家教会的合作,学校又经历了协和书院、华北协和大学等发展阶段。1918年其大学部与汇文大学合并组建了著名的燕京大学,协和大学的中斋部仍留在通州原址,并沿用了潞河的名称——私立潞河中学校。随着1908年津浦铁路的开通,加之北方运河水源的干涸,大运河作为水路运输的功能逐渐被废弃。"潞河"作为古水名也在人们的记忆中淡出,湮没在历史的长河之中;而留下来的只有潞河中学、潞河医院,至今依然清晰地刻印在社会的记忆当中。

潞河（中学）作为一所普通的中学，之所以可以穿越历史，并依然保持着鲜活的形象，成为一个教育品牌，自有其深远的历史原因。

首先，潞河教育是随着中国基督教本色化运动而兴起的。

中国基督教本色化运动实际发起于19世纪后半叶或更早一些。初期是外国传教士对传教方式的调整，通过在当地开办学校、医院，以更广泛地接近普通民众，吸收教民，达到传教的目的。在通州最早举办的潞河男塾及后期发展成的潞河书院和潞河医院等，都属于那个时期传教的方式。

在潞河中学现存的史料中最有特色的是成立学校农产部。一方面为开展农科教学、实验、技术推广；一方面可以为老师学生提供丰富的农品。农产部的活动非常频繁，除利用学校农科的招生宣传外，更重要的是利用新农具、新技术推广，以及引进优良品种。同时，还定期下乡宣传，举办夜校、暑期等培训项目，做农业科技的普及宣传等，以达到向农村渗透，吸引更多教民的目的。从潞河农村服务部到华北农联，为河北省，特别是为通县人民客观上做了不少有益的工作，产生了不小的影响。

所有这些都是在潞河中学的名义下展开的。伴随着基督教本色化运动，潞河教育的影响也已伸展到通州社会的各个角落，深深地植根于这片沃土之中。

其次，潞河中学是以一种新的学校形式进入中国社会的。

1918年，私立潞河中学校真正成为名副其实的中学建制。受前期办学的影响，潞河中学始终保留着普通中学（文科、理科）与职业教育（教育科、宗教科）并存的格局，也就是今天所提倡的综合高中模式。其办学宗旨为：塑造健全人格，培植升学及职业精神，并养成农村领袖。潞河的这种办学形式首开清末民初中学办学之先河，其社会影响自不必多说。

再次，潞河中学的教育环境、课程设置和组织形式践行了人格教育的观念。

文化碰撞催生进步思想。在潞河中学办学中吸收了西方科学、民主的思想，并引进了数学、科学、技术、艺术、体育等现代西方课程，客观上形成了中西两大文化体系的交融和碰撞，这对于拥有进步思想追求，并对国家未来抱有美好憧憬的青年具有极大的诱惑力。早期毕业于协和大学的孔祥熙、董守义、马文昭，特别是辛亥革命时期为国捐躯的蔡德辰烈士等都是受早期潞河教育熏陶而成长起来并进入社会的。

1927 年，正当中国共产党领导的革命运动进入低谷时，以潞河1928 届校友周文彬、张珍、张树棣等为首的学生党员发起成立了中共潞河党支部，当然也是通州的第一个党支部，校友周文彬任书记。难怪《通州文史》称潞河中学红楼为通州革命摇篮，关于中共通州第一个党支部及其革命活动也被永久铭刻在大运河畔的一座花岗岩雕塑上，成为通州群众缅怀革命前辈的重要标志物。

人格教育引领教育改革。作为中学，20 世纪三四十年代是学校发展最为辉煌的时期。"人格教育"是潞河中学 1928—1951 年，首任华人校长陈昌祐先生掌校期间制定的校训。陈校长早年留学美国，深受西方科学民主思想的影响。他上任伊始编制的《本校今后之计划》中有这样一段话："我们都承认普通无缺陷的人不是万能的，可是，同时更承认人不是一无所能的，不过是你我各有所能罢了。若就各人所长、个人所能而施教，是没有不成功的。"这实际是在办学中努力践行了"人格教育"理念，并具体解读了孔老夫子"因材施教"的古训。

同样，在 1935 年《潞河年刊》中，时任教务主任的靳铁山先生在《教务感言》中写道："历年来恒提倡辅导式之教学方法，希望能培养学生自行读书、自行求学之习惯，以及能读书能研究之能力……所可引为庆幸者旧日多用讲演教法之国文学科，经现时担任该科教员之努力，竟一变其旧日教学方式，而采用辅导之教法，虽未能即臻完境，然已甚有可观，将来若悉心励行，则学生对于国文知识及兴趣，定有所深造。"有校长鲜明的办学思想，有致力于改革的教务主任，学校教改自然搞得风生水起。早在那个时期，潞河就已经实行了选课制度和学分管理，研究性学习、社会实践和学生社团等活动搞得轰轰烈烈，并成为学生人生阅历中的一段难以忘怀的生活。

百姓认可成就潞河教育。20 世纪三四十年代也是潞河人才涌现的高峰时期，其中包括著名的中科院院士黄昆、侯仁之、秦馨菱等；著名音乐家王洛宾，北京人艺的元老夏淳、刁光覃等；以及在中国近代史上产生重要影响的部长和将军张珍、张洒庚、高沂、李鹿野等。特别是为民族解放事业英勇献身的革命烈士周文彬、张树棣、刘玉林等，都是那个时期先后走出潞河校园的。当然，这只是一届又一届潞河校友中的杰出代表。遍及海内外的、数以万计的潞河校友口口相传，使潞河教育声名鹊起，形成广泛而深远的影响。

也由于历任校长和代代教师的不懈探索和积淀，形成了潞河教育一脉相承办学传统和独具特色的办学风格，使得经历百年风雨的潞河中学在 21 世纪的教育改革大潮中焕发出旺盛的生命力。

"运河""通州""潞河"三个关键语之间的关系妙不可言。

潞河原本是水系的名字，它生成于远古的蛮荒时期，在通州大地上已经流淌了数千万年。运河则是在潞河自然水系的基础上开凿、疏浚形成的。随着明以后漕运规模的扩大，通州成为漕船的周转中心，通州城市发展也日渐高涨，终于成为京东周济通达、商贾云集的重要商埠。商业繁盛必然带来文化和教育的繁荣，今天，燃灯佛塔下的通州贡院即是北方举子进京赶考歇息、温习的据点。可以说，大运河成就了通州的繁荣，而繁荣的通州成为潞河教育发轫的重要社会基础。

大运河成就通州城，通州孕育了教育的繁盛，而教育恰以潞河作为标牌，使人们颠倒了原本的地理次序，潞河便作为一个文化符号传承至今。

潞河教育将与已复原如初的大运河畔绮丽的风光、丰富多彩的运河文化，以及在运河孕育下成长壮大的滨水宜居的现代化国际新城一起，争奇斗艳，相得益彰。

2013 年 8 月 10 日

写诗吧，孩子们

——《写诗的孩子》序

孙会芹

清秋多佳日，正好赋新诗。在这美好的季节，孩子们的诗终于结集成册，心中涌起无限感慨——为孩子们出一本属于他们自己的诗集，一直是我一个美好的愿望，现在，《写诗的孩子》行将付梓，我感到欣慰而满足。

百年潞河，文韵悠悠，校园文学传统源远流长。先不说百年前的《校赞》流传至今，也不说神童作家刘绍棠的潞园传奇，单说新世纪潞园诗人、小作家的涌现，足以体现潞河是培养学子诗意成长的一片沃土。诗集《返回》将维吾尔族学子麦麦提敏引上了文坛，小说集《人来人往》奠定王博涵的文学之路……潞河中学附属学校延续百年潞河光荣传统，建校伊始就不断为孩子们搭建展示才华的舞台——学校成立了校园文学社，创办了文学刊物《尖尖角》，突显人格教育的校园文化培养了学生的诗情，丰富多彩的校园生活激发了孩子们的创作灵感，富有爱心的教师团队在默默呵护孩子们的诗心。文学社指导教师阮丽萌老师还开设了儿童诗写作课，生动耐心的引导如源头活水般滋润着孩子们的心田，一首首略显稚拙却充满童趣的小诗展现在我们眼前。2016 年 12月，在北京出版集团举办的少年文学创刊仪式上，潞河中学附属学校被吸纳为"小十月"文学社团成员学校，老师和孩子们都备受鼓舞。

儿童是天生的诗人，那一行行纯朴、稚拙、无拘无束的文字，是从儿童心窝里流出来的歌。《写诗的孩子》共收录孩子们写的一百多首诗，翻开这本小书，透过芬芳的诗行，看孩子眼中的世界和生活，我的心灵也开始了一次独特的旅程——自然界的花草树木、风霜雨雪，生活中的喜怒哀乐、酸甜苦辣，就这样恣意地在他们的笔端流淌开来。旅程中有欣赏，有感动，有震撼，更多的是会心的微笑。朱支箸的《椅子》、褚楚的《调皮的鞋带》，让我们看到了稚笔童心；张芮萍的《星空》、高雨桐的《月亮》、王登尧的《雨》，让我们感受到了诗意的自然；孙畅旸的《我在历史中穿越——中国梦，历史梦》、高乐其的《我的中国梦》……你会感到小荷已露尖尖角；孩子们写的三行诗更是妙趣横生；刘丞浩的《毕业歌》、王彦骅的《校园颂歌》……已然奏响华丽的校园交响乐章。

写诗吧，孩子们，让诗歌带着你去远行。

2021 年 9 月

好风凭借力

孟洪峰

春天如约而至，三月的一场春雪转眼间消融殆尽，让我们感受到了"大地微微暖气吹"。时光不居，岁月如流，潞园又将迎来它最烂漫的季节，迎春连翘最先报春，柳芽已经含苞吐翠，红桃粉杏也已经枝头绽蕊春意闹了。

岁月回首，2021 年注定是个不一般的年份。中国共产党迎来百年华诞，潞河教育也是值得载入历史的一年。党中央做出关于京津冀协同发展的重大决策部署，三地教育协同发展是其重要组成部分，特别是北京城市副中心与廊坊北三县一体化建设规划的实施，为协同发展开辟新局。潞河教育作为北京城市副中心优质教育资源，以高度的政治觉悟积极投身到副中心与三河市一体化发展中，代表副中心率先与三河市教体局开展合作办学的试点工作——将燕郊镇原燕昌中学更名为北京潞河中学三河校区，由潞河中学派出管理团队进行全面管理。这是潞河中学办学史上首次在域外办学的尝试，是京津冀教育协同发展的一项成果，是古老的潞河教育之树伸展出的新枝丫，更是潞河教育的强大生命力的表现，也是潞河教育回馈燕赵大地、追寻教育初心的应有之举。作为新校区首任党支部书记兼校长，我更感到使命崇高而艰巨，责任光荣而沉重。

这是一个全新的学校，校舍、学生、教师、干部都是来自"五湖四海"，思想观念、体制机制、资金配备都和潞河教育有着极大的区别。潞河中学"人格教育"的理念想在此生根发芽开花结果，必须克服水土不服，必须应时顺势，必须坚守潞河教育理想。面对困难，我们没有怨天尤人，而是抱着"越是艰险越向前"的信念和"敢教日月换新天"

的斗志，两地干部团结合作，相互支撑，思想上统一，行动上一致，迎难而上，带头争先；全体教师敬业爱岗，善于学习，勤奋工作，关爱学生；潞河中学初中部各科教师、班主任，为三河校区教学、管理传经送宝，备课示范，业务指导，专业提升，形成了"上下同欲者胜"的良好局面，北京潞河中学三河校区顺利起航！

春天总带给人们希望和力量，万物向阳而生，茁壮成长。潞河教育之树，在2022年，即将增加到一百五十五个年轮。历经沧桑，潞河教育之树依然茁壮挺拔。潞河中学三河校区就如同春天里潞河古树发出的新芽一般，躯干给枝芽以养分，枝芽会奉献给躯干以绿荫，绿叶对根的情意永远执着。

清明将至，春雪初融，正值元年的潞河中学三河校区，恰遇春风骀荡好时节。我们谨记"好风凭借力，送我上青云"的古语，在春天播种希望，挥洒汗水，踔厉奋发，去造就一个沉甸甸的秋天！

愿潞河教育的未来更美、更好！

潞河，一百五十五岁生日快乐！

潞河的样子

李晨松

　　潞河，我亲爱的潞河！你从 1867 年走来，带着跨越了三个世纪的诉说，见证着中国近代教育的发展。你首开西学，将科学引进课堂，你让学生不仅心系中国，更让学生了解世界、胸怀天下。你所倡导的人格教育滋养着潞河人。科学院士黄昆、仁之，西部歌王王洛宾，乡土文学大师绍棠皆从潞河走出。潞河的样子是"增社会之先荣，人才辈出；洒函丈之化雨，桃李成荫"。

　　伴着晨曦，协和湖畔诵读；挟着余晖，潞友场馆挥汗。潞河的样子是勤奋，是拼搏。微笑与慈爱奉献给潞河，眼泪和病痛默默吞咽。无暇打扮，只用心灵召唤着心灵；无意功名，只期高尚诠释着神圣。潞河的样子，可亲可敬，平凡伟大。

　　目光深邃，打量潞河。国家课程、校本课程，让我们跻身于首批中国可持续发展教育国家实验学校行列。雏鹰计划、翱翔计划、金鹏科技，让潞河成为培养创新人才的基地。打造生态潞园，让潞园成为"北京市节约型示范学校"。主动发展，追求卓越，绍棠路上走出了当代诗人麦麦提敏、文学新苗费圣轩。运河溯源，长城访古，丰富人生经历，积累创作素材，写入《潞园》季刊。洛宾道上诞生了金帆合唱团，将中外名曲带入了世界级音乐殿堂，唱响潞河。阳光体育，让潞河师生人人拥有健康。国际教育，让世界学府有了潞河的身影。听，这就是潞河之声，声振林木，响遏行云。潞河的样子是有形有声的，是鲜活的。

　　"十二五"见证了潞河的快速发展。2016 年是"十三五"的开局之年，目光深情地注视着潞园这方神奇的土地，它埋藏着黄金般的相思。一百四十九载从嫣红姹紫到银杏披黄，协和湖的柔波里映衬着德辰山上的古槐翠柏;一百四十九载从入德之门到仁之书屋,绍棠路上,钟灵毓秀;洛宾道上,鸾翔凤集。潞河的样子是鲜活的生命流动。

潞园这方神奇的土地,集聚着潞河前行的正能量,"十年规划"筹谋潞河可持续发展,"现代学校建设"打造潞河跨越式发展前景,通州北京行政副中心建设,百年潞河教育理应领军。继承潞河传统,弘扬潞河精神,潞河的全体同人,我们齐心协力,共谋发展。用智慧和汗水,再铸潞河辉煌,共圆潞河之梦!潞河的样子是积聚力量,勇立潮头。

让我们在新的一年,在新的发展机遇面前,共筑和谐潞园,唱响美丽潞河。

2016 年 3 月

沐得四年春风浴，铸就一生难忘情

——致 2011 届内高班的孩子们

乔延芳

　　一群小鸟叽叽喳喳地飞跃千里，从美丽的新疆来到了祖国的首都北京。转眼间，时间飞逝，四年的时光如同一首歌，它是小曲，它是民乐，它更是一部交响乐，高亢嘹亮。这首歌的演唱者就是我们亲爱的内地高中班的新疆同学。

　　四年了，一千多个日子，紧张而又充实，在潞河中学的学习生活即将结束。你们的中学生活也即将画上圆满句号，大学在向你们招手。在潞苑学习的一个个日日夜夜将成为美好回忆，收藏在每一位新疆同学心里，成为你们人生中最宝贵的精神财富。

　　清晨，潞河的钟声不情愿地按时唤醒深睡的你们，紧张有序的一天就这样开始了，你们按着军人的要求整理好内务，快步走进宽敞明亮的教室，在知识的海洋里吸吮着营养。

　　你们离开家乡时，只有十四五岁的年龄，就像一群初次离开巢穴的小鸟。刚到北京时，看到东部地区人口密集，工业发达，商业繁华，对比自己的家乡，会产生强烈的震撼。你们心中有许多个为什么，既有对现实生活的好奇，又有对美好生活的渴望；既有努力成才的愿望，又无必定成功的信心。渴望得到尊重，强调自我，不能马上适应重点中学紧张的学习生活，不能适应严格的《校规》约束，再加上你们的学习成绩在班内和本地学生差距很大，于是逐渐产生了心理上的压力。有的想家，有的怕别的同学瞧不起，有的寝食不安，精神恍惚。下课后，一个年级中的新疆学生扎堆交谈，互诉自己的想法，有时偏激的看法互相传染。我发现上述现象后，心里也是焦急万分，冷静下来后我便主动和你们交朋友，打消你们的戒心。我为自己定了一条标准："新疆学生脸上的笑容，是我工作成功的标志。"

不容易啊，你们小小的年纪，曾经依偎在母亲的身旁，受到父亲的呵护，然而自你们来北京学习后，这样的生活情景就变成了一种奢望。每到周末，内地学生回家的时候，我观察过你们的眼神，揣摩过你们的心理。我此时想起的是若干年前到新疆家访时穆塔力莆同学的父亲的一番话："感谢北京潞河中学对穆塔力莆的教育，感谢共产党的好政策。班主任老师非常漂亮，对穆塔力莆就像亲生母亲一样，我对班主任老师表示由衷的感谢。"听到穆塔力莆父亲的话后使我非常激动，作为一个母亲，我完全能够理解家长的心情，理解孩子的心情。

一年才能回家一次，过"肉孜节""古尔邦节"是你们所期盼的，在这样的节日里你们觉得自豪，能够找到自我。每逢此时，你们还记得我为你们送上的一句祝福和一个鲜红的苹果吗？最初我只是把你们当成我的孩子，最后我认为你们就是我的孩子。中秋节那天，我会以一个汉族妈妈的身份和你们共度哪怕十分钟的月圆时光。

就这样，你们一天一天长大了，男生长出了胡须，女孩出落成美丽的大姑娘。我时常翻开你们刚来潞河时的照片，不一样了，确实不一样了，每每此时，我的心中都会泛起一股暖流，你可明白那是只有母亲才有的反应。

我也时常在镜子面前端详自己，潞河中学三百名教师中的一位普通中年教师。

额头上的皱纹深了，躺在里面的故事丰盈起来：有你和他的故事，也有你和她的故事，有请假条，有作业本上七彩中的红……

泪水干了，每一个泪痕生动起来：泪花曾经折射过你们在运动场上那奋力拼搏的瞬间，也曾因为你们有过顽皮……

太阳落了，梦里的面孔多了起来：里面有热依拉、努尔阿米那、哈山、努力曼姑丽……

亲爱的同学们，你们即将踏上新的征程，在你们面前有喝彩更有批评，有坦途更有荆棘，但只要你们有一颗火热的心，就一定能够融化坚冰。

当你们踏进大学的那一天，就是我教学工作的又一个轮回的开始。

我会把许多琐事忘记，但忘不了课堂上你们思索的眼神，忘不了艺术节上你们翩翩的舞姿，忘不了你们在凝聚百年潞河丰厚底蕴的这方菁菁校园里洒下的青春激情。你们是新疆美丽风景中的一道彩虹，定格在潞河中学一百四十五年的历史上。

2011 年 9 月 27 日

走向 2021 年的春天

张丽君

> 徜徉在秋天，
> 我感到一切生命仍具生机，
> 金光洒落，随风轻舞，
> 我知道这一切的不易……

　　课堂上，学生朗诵着自己的诗作，那意境的明媚、节奏的昂扬引动我的思绪——一缕清风，穿越此刻，飞往室外，追溯着时光。

　　那是年初。新冠肺炎疫情打乱了所有人的生活节奏，恐惧、慌乱之后，是党和政府一系列有力措施带来的众志成城——大批逆行者勇赴武汉"前沿"，各行各业无数志愿者无私奉献，各地人民自律坚守都成为抗疫的一员。春节超长的假期似乎让时光的节律停摆，但在灾难悲伤中振作起来的灵魂，却愈发坚强而充满活力。

　　灾难不仅让人流泪，也促人成长。"禁足"在家的孩子们很快从惶恐中回过神来，用敏捷的目光、飞转的大脑，捕捉、思索着新闻报道的每一幅画面、每一条信息，尽自己所能参与着举国抗疫的"人民战争"。他们讴歌着逆行者的勇敢，反思着人类自身的行为，也表达着对重返校园的期待。一篇篇饱含信念与希冀的文字带着少年的激情发往校内外的多媒体平台，伴着渐渐消融的冬雪，化作毫不凛冽的和风缓缓游走，终将迎来春暖花开的那一天。

　　犹记得这样一段文字：

　　　　我坚信，终有一日，胜利的钟声会响彻九霄，疾病与苦难终将成为岁月的尘埃，这里不会再有黑暗与悲伤，春风会拂过轻飘的云朵，吹开一树梨花。……至于那些苦难面前，前赴后继的英雄，他们无须历史来记载功勋，也无谓那些空虚华美的赞颂，只要山川河流，天地苍生，见证过他们永不放弃的努力，和携手同去的无畏。

——高三15班　刘嘉颖《苦难之上》

我为孩子的信念而喜悦，为孩子的坚定而感动，更为孩子的感恩而欣慰——他们经历了十几年人生中最惊心动魄的世界级大事，领悟了人类与自然应该和谐共生的关系，见证了灾难面前全国人民众志成城的力量，也懂得了所有的岁月静好都是有人在负重前行的道理。在磨难中，他们收获了成长，从而确定未来人生的方向。

那是岁中。随着网络视频《后浪》的热播，对青年一代的极度赞美也引起社会各界极大的反响。我欣喜地看到潞园学子冷静的思索：

以我观之，青年为时代新人，复兴重任将置于己肩，岂能驰于空想、骛于虚声？又岂能妄自菲薄、蹉跎年华？岁月不居，时节如流。吾辈当志存高远，脚踏实地，牢记使命，不负初心。

若夫今朝遭逢札疠，庚子之难，山河志其艰险，唯医者逆行而前，克流疾于斯年。视其医者之流，青年者十之六七，或未而立，或初弱冠。青年揽保家护国为己任，救苍生而不悔，实为吾辈之楷模。……抚今追昔，吾又思之，志存高远须与时代同行，方行千里而有所获；胸存虚志脱时代之轨，则行千里而终无所获。

——高三16班　邬昀烨《揽万里河山，扬千尺后浪》

言为心声，这样的文字已不只让我欣慰、喜悦，而是由衷地赞叹和自豪——孩子们的成长不仅在对眼前所见的认识与思考，还有对自我的冷静认知与反省，更有立志报国的使命与担当！古人言后生可畏，实为不假。正是这一代代"可畏"的后生，推动社会，推动历史，一步步超越前代，向前发展。作为老师，作为前辈，也是"前浪"的一滴，怎不为"后浪"的强劲击节赞赏，如何不为其奋力前行而呐喊助威呢？

时值岁末，转眼冬至。玉律声中，又报新阳。防疫常态化的课堂中，孩子们戴着口罩的脸上，眼睛分外明亮。那目光，分明是一团团的火，有求知的渴望，也有磨砺后的坚强。在他们描绘的秋光里，既有人间欢笑的交响，也有自然色彩的明亮。作品分享会上，我感受着他们青春的活力与心境的明朗，感情的潮水不免在心中激荡——新冠病毒并没有消失，有的地方还在肆虐逞强，而在中华大地上，却成为相对的"净土"，经济复苏，万民安康。孩子们才能看到这样明媚的秋光，享受和煦的冬日暖阳——

徜徉在诗情画意的秋天
聆听风与泉的和鸣咏唱
看自然万物与和煦日光的和谐光影
我赞美你的一切，我感叹生命的力量

——高一4班　王颢森《徜徉在秋天》

掌声传来，我的思绪回到课堂。看着孩子们一个个走上讲台，朗诵自己的诗章，眼前却闪现出一个美丽的画面——一个朝气蓬勃的女孩张开双臂，似乎要拥抱扑面而来的生活，她满怀激情地昂着头，大声地呼喊：

所有的日子，所有的日子都来吧，
让我编织你们，用青春的金线和幸福的璎珞，编织你们，
我们有时间，有力量，有燃烧的信念，
我们渴望生活，渴望在天上飞……

这是电影《青春万岁》的第一个镜头，她像一张永不褪色的照片，

深深刻印在我记忆的深处。此刻，眼前风华正茂的学生，突然幻化成当年的自己，一样的年纪，一样的神情，为《青春万岁》痴迷鼓掌。岁月不居，青春永恒。就像现在，旧年的一切终将流走，对美好生活的追求永远那么执着。

　　下课，走在校园的甬路上，仍然被课堂的明媚所陶醉。忽然想到年初最鼓舞人心的一句话："没有一个冬天不可逾越，没有一个春天不会来临。"看着欢笑往来的孩子们，我的眼前顿时春光一片。

　　新的一年就要来临，我欣然加快脚步，走向2021年的春天。

最美好的事

韩 丽

　　如果有一朵七色花，我可以轻易实现七个梦想；如果有一块魔地毯，我可以轻易飞到我想去的地方；如果有爱丽丝，我可以和她一起畅游仙境；如果有彼得潘，我可以和他一起永远做快乐的小孩。如果，如果……我有太多不太现实的想法，我是一个充满梦想、充满理想、追求完美又在慢慢发现现实的人。许是头抬得过高，许是过多的时候在看天，在追逐梦想的路上，在现实的大地上，我磕磕绊绊，跌跌撞撞，但是，幸福的是，一路走过，付出努力，承受艰辛，我在渐渐地接近我的梦想。

　　文学社的学生们，有不少是和我性情相通的——追求完美，不怕辛苦，希望做得好一点儿，再好一点儿。九月份接手文学社的工作，看到了第一本厚厚的打印稿，板块、篇目的划分还不甚清楚，于是跟主编商量，凸显专题板块，篇目分类做得再细致、准确些。这之后，大部分的工作是编辑们在做，又是一遍遍地筛选稿件、编排、校对。十一月，《潞园》的眉眼基本上清楚了，于是她被推到了主管老师的面前。那时，色彩过于暗淡的稿子多了一些，稿件的感情色彩过于单一了一些，主管老师建议删减和添加一些文稿。于是乎，我们继续去完善她，撇开纷乱的发丝，为她梳理打扮，还添了一点儿脂粉，让她看起来更加精神。为了能通过几位主管老师的审核，我们着实动用了许多精力，除了再次从文库里筛选好的文章，我们还向各个年级的同学约稿，限时限题地让写手们写稿，然后编辑们再编排、校对。

　　编辑《潞园》的日子，是忙碌的、繁重的。那是12月20日，在人民楼213室，濮玉一边制作目录，一边咬牙切齿地说："明天，我再也不碰它了。"那天是濮玉的生日，她希望那天是划时代的一天，2010《潞园》文字编辑完工的一天。而不管是昨天，还是前天，她都在摆弄她现在最在意的《潞园》，天天和《潞园》搅在一起，用她妈妈的话说，就是睡觉时枕边都是文稿，睡醒了脸上都印着文稿。那天晚上，六点多了，我略带疲惫地离开人民楼，走在路上，任冬天的风刮痛面颊，看着闪烁迷离的街灯，心里却甚是快乐。我看到一个和我一样喜爱文学、热情执着的孩子，和如此志同道合的学生一起去努力，怎不让人欢喜？许多天，我们就是在集中地阅稿、校对中度过，有些苦，有些累，然而，在践行自己梦想的路上，更多的是快乐。看着自己的想法一点点变成现实，看着自己喜爱的文章曼妙现身，和一群喜欢文章的人谈共同的话题，这是最美好的事。

任何你喜爱的事情，并不会因为你喜爱它，做起来难度就降低。喜爱之心点燃的是工作的热情，困难还是会一个个摆在你的面前，比如编辑和老师的想法不一致，征来的稿件不统一，栏目的设定不清楚，新手的校对不准确……这种种的问题在喜爱之心的支持下慢慢得以解决。如果没有这份喜爱、热情，你会觉得审稿、校对是非常折磨人的事情。每一天，我们都觉得差不多了，再加把劲就能完工，每一天，我们都坚持到用尽最后一份精力。就像 12 月 20 日的晚上，本以为是最后的校对，本以为当天晚上就能长舒一口气。然而，第二天，再看，怎么还有一个标点不对？怎么还有错字？这篇文章放这儿好像不太妥当，可不可以再换上一篇更好的？所以，第二天中午或大课间，你又会在人民楼 213 看到忙碌的编辑们。

今天，回想刚刚过去的半个学期，似乎还因过于繁忙而无暇仔细总结。今天，我已经看到了出版社编排的样刊，那种"一切辛苦都值了"的成就感，惹得我想静静地翻阅、审视自己和学生们一起做完的编辑工作。那会儿，为了定版定篇，我和主编费了大劲儿，今后，哪些板块可以增加，哪些类型的文章可以多征集一些，校对的质量如何保证，排版工作如何在时间充裕的前提下做得更符合我们的情趣……拿着样刊，似乎还有太多的工作未完待做。

这就是我们，有梦想，敢实践，乐追求。美好的东西是来之不易的，我们没有七色花，梦想不可能简简单单就实现，然而，我们可以通过自己的努力，争取我们喜爱的美好之物。在这追求的过程中，和一群志同道合的伙伴们，一起去努力，这本身就是最美好的事，那份快乐、喜悦，你也可以试着去体验。

潞园的秋

王永娟

有了一篇《故都的秋》，其他写秋的，特别是写北国之秋的文字似乎都嫌多余。但不免又想，人皆有情，人各有感，我也可以写写自己喜爱的秋呀！何况日日生活的潞园，古木参天，藤树蒙络，湖山亭楼，花草繁盛，身处其间，感四季轮回，风物变幻，更想诉诸文字，记之、咏之、歌之、叹之了。

潞园四季可喜，最美者当属三秋。很难说清楚秋天是什么时候来到潞园的。当你注意到秋之来临时，是无意中瞥见人民楼前后密密层层的爬山虎织成的绿墙衣间摇曳起点点红色的时候，是偶一抬头洛宾道上高大的银杏树顶泛起闪闪金黄的时候。接着，秋天的脚步便挡也挡不住地走遍了潞园的角角落落。她手捧调色盘，如一位激情澎湃的画家，点染着、涂抹着，兴之所至，甚至泼洒起来，倾倒起来。任艺术的灵感迸发，任创造的激情宣泄，定要酣畅淋漓地将潞园远远近近、上上下下、高高低低，都描绘成色彩斑斓的图画。

这幅每年一次的倾情之作，确乎让每一个生活在潞园的人叹为观止！像节日一样，大家或两两相约，或三五成群，甚或全班出动，走出教学楼，走出图书馆，走出实验室，去欣赏秋天的杰作。洛宾道与解放楼之间的草坪，一边是"满树尽带黄金甲"，一边是"飞流直下红瀑布"，大家或立或坐，或蹲或卧，或文艺，或搞怪，将青春与秋光一起定格。

一日，我走在洛宾道上，突如其来一阵大风，万千银杏叶从天而降。我赶紧掏出相机，旁边正在清扫落叶的环卫工师傅也停下手中的扫帚冲我喊："快拍，快拍！"我们一起陶醉在这漫天黄叶雨中。风过，

66

最后一拨叶子缓缓落下，我和师傅相视而笑："风过去了……"

"洛宾道"，王洛宾，从这所有着一百五十年历史的古老学校走出的西部歌王，最脍炙人口的歌曲是《在那遥远的地方》，曾勾起多少人对于远方诗意的想象与向往。但此情此景，让人觉得远方就在眼前，眼前就是远方。带着这一点欢喜，我奔赴教学楼的脚步轻快了许多。

协和湖也是潞园之秋浓墨重彩的一笔。最喜欢站在湖畔，"望穿秋水"。秋水有它独特的美，温润得如同一块深翠的碧玉，静默得如同一位沉思的哲人，平静得如同一面磨平的镜子。那是经历了春波的荡漾，夏水的膨胀之后沉淀出的一种气质。洗尽铅华，与世无争，只是静静地映照着湖畔绚丽多彩的世界，将潞园之秋整个地拥进自己的怀抱。

和协和湖一石桥之隔的是一块荷塘。夏日让我们领略了莲叶摇曳、荷花盛开、鱼戏其间的美景之后，此时的荷塘，往日亭亭玉立的荷茎东倒西歪地伏在水上，碧绿的"擎雨盖"也皱缩成枯黄的一团，使人不由得想起那句"留得残荷听雨声"的哀吟。荷塘之上，却是红叶披拂，柳枝婆娑，更显得荷塘的衰败不堪。记得去年的这个时节，心情低沉的我来到这里，满塘的凄凉倒也符合我的心境，对着枯荷自伤自怜一番，仿佛也宽解了不少。

是那位画家忽略了这片荷塘吗？我倒觉得这正是秋的高明之处：在整体绚丽的色调中留一点儿冷色，缓冲一下，调和一下，对比一下，使得整幅图画更显张力，也给像我这样偶尔郁郁不乐的人留一个独处静思的地方。

湖边的树林又是一处胜景。成片的槭树、枫树在夏季整个潞园的绿树浓荫中，是不引人注目的。一到这个季节，它们突然间就像待嫁的姑娘，开始为自己置办起了嫁衣。当披上精心织染的新衣后，它们便成了鲜艳夺目的新娘。一日，看见一群附小的孩子兴高采烈地在树林里玩，一人拎了一个塑料袋，大把大把地抓起地上的枫叶装进袋子里，就像捡起新娘抛撒的喜糖。我猜想，他们捡这些红叶回去，可能要制作树叶画，或者别的什么装饰。大自然提供的素材到了孩子们手里，一定会创造出出人意表的艺术品。他们一边捡还一边比，比谁的叶子大，谁的叶子红。从旁边经过的我，被这份童趣感染，早将那点儿"晓来谁染霜林醉，总是离人泪"的联想抛到了脑后。

秋天分明是快乐的，为何要忧伤呢？即使下点儿雨吧，潇潇暮雨"一番洗清秋"之后，红的更红，黄的更亮，潞园里更增添了清新浪漫的气息。即使红消翠减，秋尽冬来，那又是一番景象——几年前一场突如其来的大雪，一夜之间将潞园变成了银装素裹的世界。孩子们打雪仗的欢笑声犹在耳边，由不得人不去期待再来一个那样的冬天。

"自古逢秋悲寂寥，我言秋日胜春朝。晴空一鹤排云上，便引诗情到碧霄。"没有比这首诗更能形容大家的心情了。潞园秋景的图片配上诗意的文案，一次次地刷屏微信朋友圈，大家互相评赞，互相转载，分明发酵成了一场秋日的狂欢。

青春的园地里，没有悲凉，只有蓬勃的力量。一点点烦恼和忧愁，只要去园子（老师们戏称协和湖一带为"园子"）里走一圈，便会被湖光山色稀释掉，融解掉。协和湖上的碧波，德辰山上的明月，就是潞园的"水"与"月"，给紧张忙碌的我们带来慰藉，为所有潞河人所"共适"。

"走，我带你去'寒山石径斜'"，期中考试监考结束后，同事兴致勃勃地邀请我。那是德辰山上石头砌成的小路，此时正是"霜叶红于二月花"的时候。被同事的热情，被潞园的诗情牵引着，我欣然前往……

潞园花事——楸花谢春

潘晓娜

潞园老图书馆前有两株楸树，卫氏楼前有一株楸树。此时，正值楸树花期，层层叠叠满树繁花，白色花冠上点缀有紫色斑点，风起时，花香沁人心脾。

民间有"楸花不落干地"之说，认为楸花只有在雨天才会落地。昨日大风证明楸花也能被风吹落。杜甫有一首咏楸花的诗，"楸树馨香倚钓矶，斩新花蕊未应飞。不如醉里风吹尽，可忍醒时雨打稀"，也是对这一自然现象的观照。

楸树产自中国，《诗经》和《楚辞》中均有相关记载。

《小雅·湛露》"其桐其椅，其实离离"，此句中的"椅"即为楸树，此句以"桐椅"的果实来隐喻宴饮者的品德风范。

《鄘风·定之方中》"椅桐梓漆，爰伐琴瑟"，"椅桐梓漆"这四种树成材后都是制作琴瑟的好材料。

《毛诗序》："《湛露》，天子燕（宴）诸侯也。"桐椅之树是种植在宗庙周围的。《定之方中》意在称颂卫文公的功德，椅桐梓漆也是种植在宫殿周围的树木。古人大兴土木兼顾人文景观与自然景观，对树木的选择是很考究的，需植名木。楸树以挺拔之姿、果多繁茂成为宫廷树种之一。另外，楸树是制作乐器的好材料，也正符合古人礼乐治国的理想。

《九辩》："白露既下白草兮，奄离披此梧楸。"描写了白露节气梧桐和楸树落叶的景色。古人视其为秋天的代表植物，故其字从秋。《东京梦华录》记载："立秋日，满街卖楸叶，妇女儿童辈，争买，皆剪成花样戴之。"

楸树是一种兼具阳春白雪和下里巴人特质的树木，在民俗学意义上也是非常吉祥的，民谚有云："千年柏、万年杉，不如楸树一枝丫。"它的叶子可以喂猪，花朵可食，树皮、根皮、树叶、果实均可供药用。

这样可爱的树，如何让人不爱呀！

潞水悠悠载梦行

李　娜

　　幼时戏耍于乡野，不知潞河。少时求学于郊外，不识潞河。青年时住于后南仓，始见潞河，光知道景美。1999 年，作为学生记者加入"北青报"下属子报《中学时事报》，通州分社有潞河的学生，每个月报选题就去潞河校园。后来慢慢知道考潞河的分比别的学校高，学生不一般。心生向往，也暗叹自己见识浅薄，没把这里作为求学的目标。之后我一心学画，挑灯夜读时，偶尔感叹此生怕与潞河无缘，有一点儿遗憾。为减省学费，高考时我以高分进师范学院学设计，总想着就业时去干传媒。谁知还是为着家境，终归走进校园做了一名农村中学教师，自 2005 年始，一待就是九年。

　　所在的乡村学校，2005 年我到校时，总共不过三五名是本科学历，短短几年，教师们通过再学习，学历普遍达到了本科。近几年，研究生来教小学已是稀松平常的事。我毕业那年，潞河的教师招聘条件就远远地高于其他学校了，名校毕业生，高学历，骨干教师，潞河校园人才济济。我深知差距，对懈怠始终怀一颗警惕之心，制订了几个不同时期的成长计划。抱着一个"成为潞河人"的梦想，我终于在 2014 年走进了潞园，终于可以亲它近它了，可借潞园之水载梦起航了。

　　且不说潞园历史之悠久，园景之美妙，单是潞园文化就够人饱尝不尽。这是一种浸人心脾、润物无声的气息。

　　在别人都开始享受暑期之旅的时候，潞河在安排我们培训、讨论、制订规划、写总结……从细微处可见，潞河不需要"不行"，需要"有信心，有能力，有行动，有成绩"。

　　启功先生讲过："时过而学，勤苦而无功。"说的是学习要尽早，年纪大了，时候过了，再勤苦功效也甚微。2014 年 7 月 14、15 两日，学校与中国传媒大学合作，开展"彩虹计划——促均衡、跨学科美育六校联盟"，暨中国传媒大学参与小学体美发展工作暑期师生集训会，学校安排我校语文、音乐、美术等学科教师参加集训。首都师范大学张彬福、传媒大学路盛章等鼎鼎有名的教授为我们讲了"做智慧教师""课堂教学的 PPT 创新与制作""音乐与人生""艺术与人生"等多堂实用而精彩的课程。之后三天，学校又安排我们参观校史馆；孙会芹校长组织我们开展"认识新学校""认清新使命""谋划新思路"学习；组织制订个人短、中、长期发展规划；研讨"为学校发展献计"……过程紧张有序，实用且针对性强，注重输入也重视输出，强调学校发展也关注教师个人成长，我强烈地感受到自己作为一个学校发展的参与者、同行者而存在。这种强烈的参与感沉潜已久，被一个优秀团体激发。

我从一名站在讲台被学生笑"像学生"的小老师开始，逐渐了解教学对象、教学方法，成长为镇级骨干教师。来到潞河，首先面临的问题就是完成好从中学教师到小学教师的角色转换，尽快地了解小学生的心理特点，制订符合小学生心理特征的教学计划，以一个全新面貌进入角色。为保证工作顺利开展，《儿童心理学》《教孩子画画》等书籍已堆上案头，开学后，在理论与教学实际中摸索，探求一条"让学生喜爱的课堂"之路成为我的工作重点。同时，利用好学校、教研中心等人脉关系，努力提高个人学科素养、教学业务素养，与同行相互促进，加强对学科的深入理解和认识，更清晰地找准个人发展与教学发展之路。如今，我已经成长为一名区级骨干教师。

当物质生活奠定了一定的基础，审美成为人们生活的必需品。艺术教育在孩子成长过程中的作用包括健全人格、提高个人文化修养、丰富精神世界……在成人世界，它的作用体现在使人更有情趣、更懂得欣赏、更容易发现美好等方面。因此，从小奠定学生的艺术基础，重视艺术教育在学生成长中的地位是艺术教师义不容辞的责任。为孩子们建立一片"潞园小画家园地"是我工作之初的设想之一。我们地处通州，区里有宋庄画家村、台湖国画院、区文化馆、韩美林艺术馆等许多社会资源，充分利用地域优势，借助这些资源及市里的场馆资源，为我们有效而丰富地开展教育教学活动提供了许多便利和可能。

通州，古称"潞县"，辽金建都北京时，此为京畿，元明清三朝，无数文人雅士由此登船往来江南，类如今北京站。元代汤显祖，明代文徵明、李贽、王世贞，清代王维贞等无数骚客均于通州留有诗墨。通州亦有"曹雪芹大王庙邀友赏河论文，汤显祖花亭戏月文思如涌"的美谈，通州历史文化之丰厚可见一斑。近现代文人刘绍棠是潞河校友，土著作家王梓夫先生至今居于通州不肯移居……文化之水滋养着这片土地。今之潞河校园注重阅读。在潞园建立特色图书馆，收集作家签名本，促进学生与作家间的交流，承传我们校园里的运河文化美谈是我的第二个想法。

潞河附属学校与潞河中学分属两个校区，如何将深厚的潞河文化引流到新校是我思考的第三个问题。是否可通过主题教育、参观、参与学校活动等形式建立师生"我是一名潞河人"的意识，树立"我是一名潞河人"的荣誉感，在校园文化建设理念上形成文化对接？

思酌良多，我想不出更多华美的辞章赞颂潞园，唯一能做的，就是踏踏实实，以一名潞河水手的身份，升锚鼓帆，踏水而行。

潞水悠悠载梦行，我要脚踏实地做一名潞河人。

潞河——我的母校，我的故乡

贺母校一百五十五周年校庆而作

1948 届毕业生 王海环

　　北京市通州区潞河中学是建校一百五十五周年的全国一流的中等学校，人才济济，世所仰慕。我与潞河中学有缘，是我一生难忘的幸福。

　　为什么说潞河是我的母校又是我的故乡呢？这要从我的出生谈起。我是 1929 年 7 月在当时潞河中学的附属医院即潞河医院出生，后来，从潞河幼儿园到潞河小学升到潞河初中，直读到 1948 年潞河中学高中毕业。（我和母校陈校长的儿子陈大光是同班同学，2017 年初，我曾到陈大光家拜访，共同回忆往事，聊得很高兴，并约定当年共同去参加母校一百五十周年校庆庆典，结果他因为头晕未能参加，非常遗憾。）我父亲叫王宇安，是母校教务员兼文书，与刘学儒先生是同乡亲友，他们在谢氏楼同一个办公室工作，里间屋是陈校长办公室，父亲在潞河工作三十多年，我家就住在潞河的职工宿舍——潞南园。我的前半生近三十年的生活就在潞河，所以说，潞河既是我的母校，又是我的故乡。

　　在我八岁的时候，即 1937 年，父亲告诉我说，日本侵略军已从宛平县侵占了中国地方；1941 年，我十二岁时，父亲又告诉我说，日本侵略军用飞机偷袭轰炸了美国的珍珠港，美国已经宣布与日本开战。那时在我幼小的心灵里已有了反抗日本侵略保卫国家的理念。不久，母校遭到了日寇野蛮的占领，并将潞河中学改为通县中学，由日伪及日本教官住校管理，强迫学生学习日语，学生必须剃光头，遇到他们必须敬礼，经过校门、城门必须向站岗的日本兵鞠躬等规定，同学们心中暗暗痛恨这帮强盗。母校的老校长陈昌祐先生被迫带领小部分师生去了大西北，克服了重重困难，最后在陕西西安创办了西安潞河中学。由于受各种条件的限制，我们不少师生，包括我的父亲及许多家属，只好留在沦陷区。在那悲惨的时期，我们在校的大多数师生在艰难困苦的生活中还是埋头教书、读书，尽量远离日本教官，并且以多种形式暗中抵制和反抗日寇的侵略。

我在潞河初中毕业时，日本已经投降。抗日战争获得了伟大的胜利，全校师生欢欣鼓舞地迎接了我们的陈校长。他是1945年底带领部分师生荣归故里的。随后，陈校长从日伪时期代理校长的手中接收了当时的通县中学，并且立即改回河北省私立潞河中学的校名。母校经过整顿，克服了不少困难，于1946年9月1日正式开学，那时我也升入了高中。三年后于1948年高中毕业，当时我已二十岁。

1949年1月31日，北平（即北京）和平解放后，我虽然离开了母校，去外地考入了大学，但是我父亲仍在潞河工作。我每次回到潞南园家里，必到母校转一圈，见到我的每位老师都向他们行深深的鞠躬礼，并非常高兴地问候他们。记得一直住在潞南园的我的老师、我父亲的同事很多——有地理教师侯镜川先生（我和他儿子侯学煜是同学，后来侯先生调到北京市汇文中学教书，与我大舅白序之是同事），还有国文教师刘镜人、畸书耕，数学教师梁秀臣、赵永存，音乐老师王凤仪，史地老师王程九，化学实验老师黄绍斌（我和其儿子黄世光、黄陆光是先后的同学），图书管理老师王治田等——我们家与这些老师都在潞南园住，是友好的邻居，相处往来和谐，有困难互相帮助，非常友好。

我在潞河读书时有很多好同学、好朋友，如陈大光、秦嘉廉、黄宗林、王致中（后来去了甘肃，失去联系）等都是同班好友，直到解放后都有联系，友好之情，使我终生难忘。

回忆我在母校的往事，不由得很想念我的国文恩师、我父亲的好朋友王霭堂先生。王先生在通州没有家属，过去在星期日休息时，经常到潞南园来我们家中，喜欢与我父亲闲聊，我也在一旁倾听。他从当时百姓生活的困难、怨气冲天的现象，讲到国家的形势，以及救国救民、发动人民起来反对当时的社会乃至国家今后的前途，等等。那时我父亲和我听后都感到很新鲜，很受启发，虽然还不能完全理解，但感到讲得很有道理，国家只有走这样的道路，百姓生活才能改善，国家才有发展前途。实际上，王先生讲的是让我们了解中国共产党领导人民闹革命的道理，教育我们要明白这些道理。我父亲曾经多次邀请他来我们家吃饭，喝点儿酒，但他从来不在我家吃饭，只喝两杯清茶而已。每次临走时，他总是叮嘱我们不要和别人讲这些，他相信我们，我们对别人绝对闭口不谈这些话。1949 年新中国成立以后，父亲告诉我说，王霭堂先生当时是地下共产党员，信任我父亲，所以向我们宣传了党的政策和必须走的革命道路，使我们受到了党的教育。新中国成立后，他离开了潞河，荣任国务院（当时政务院）所属的民政部中的一个司长。我曾经拿着我父亲给他的慰问信，到民政部给他送去，他将我带到他的办公室，问我潞河中学的近况及我父亲身体如何，并嘱咐我将来大学毕业后一定要努力工作，在党的领导下，为建设祖国贡献自己的全部力量；并说你父亲是老实人，你要孝敬父母。当时我向王老师表示，将来我无论在什么工作岗位，一定努力工作，做出成绩，绝不辜负您对我们的教育。王霭堂老师不是一个不苟言笑的人，而是一个很幽默开朗的人，我常听他说："常剃头，常刮脸，倒点儿霉，也不显。"他待人热情、亲切，没有一点儿架子，他当时说回去告诉你父亲信我收到了，我身体等一切都好，你父亲要保重身体，以后有信直接寄到司法部就行了。我父亲经常说很想念王霭堂先生，说他不仅是一个文化学者，更是一个教书育人的好老师，而且是一个人民的革命家。

母校潞河中学对我的人格教育和基础知识教育，使我终身受益。母校不仅对我有培育之恩，而且对我们全家有眷顾之情，我一生时刻都没有忘记母校也是我的故乡，对我们有无限恩情。有一首老歌，叫《大海啊，我的故乡》，我按照他的调将歌词改为《潞河啊，我的故乡》。歌词是："小时候，妈妈对我讲，潞河，就是我故乡。潞河出生，潞河成长。潞河啊，潞河，你是我的故乡，潞河山，潞河水，故乡情意长。小时候，妈妈对我讲，潞河，就是我故乡。潞河出生，潞河成长。潞河啊，潞河，你是我的故乡，走遍天涯海角，总要回故乡，潞河，我的故乡。"

现在我已九十三岁，垂垂老矣，但回忆在母校的往事，还有时吟唱这首歌，以从中求乐。

母校建校已经一百五十五年了，在不同的历史时期，母校经历了不同的发展和变化，有过坎坷的经历，但母校大多数教职员工都努力工作，有发展进步的愿望和实践，母校也是最早期以来促进中西文化交流的一个场所。近几年来在我国改革开放的大潮中，母校的发展进步比历史上各个时期更加辉煌，在纪念母校建校一百五十五周年之际，祝愿母校在创造发展中获得辉煌的胜利，创办成国内一流的并且具有国际声望的著名的中学。

附：

贺 母 校

——潞河中学一百五十五周年华诞

六十余年屡世更，时光难断潞园情。
今朝返校谁相识，皓首龙钟老学生。
母校处处展新貌，立德树人砥砺行。
沃土育英结硕果，百五潞河显峥嵘。

红楼新闻

1955 届　高如桐

我是 1955 届初中校友，在校学习三年。我喝了三年"乳汁"。我喝的乳汁有特殊的营养成分：刘绍棠和《红楼新闻》对我的影响、启迪和触动。

《红楼新闻》由三块大黑板组成，每块宽约一米二，长两米，分别镶嵌在三个敦实整洁的黄色木架上。木架放在林荫大道北侧，红楼北门的对面，从那棵粗大的国槐下，向东一字顺路排去，黑板的高度恰好适合驻足观看。

《红楼新闻》每日一刊，主编是高二同学刘绍棠。他当时已在全国小有名气，《中国青年报》发表了他的短篇小说《青枝绿叶》，震动了中国文坛。

《红楼新闻》编辑部在人民楼中间凸出部位的二层小楼的底层。门前藤萝笼罩，墨绿色的叶子密密实实。我们一年级宿舍在其东侧的一个房间里，我常上编辑部看出版。有一名高中同学叫张金声，大高个儿，不说话，总是笑意满脸，文文静静的；他粉笔字秀美、流畅。还有一名叫殷宗饶的同学，也是高中的，圆头，头发短曲，脸圆白净，常穿瘦腿裤和咖啡色夹克；他的粉笔字美术体，刚劲、挺拔。每天早饭前三块黑板准时在架子上装好。

同学们饭前饭后，或下午课外活动到操场，从前面路过，都驻足阅读。每刊都有精美小文，内容很吸引人。记得刘绍棠有一篇小说叫《开端》，在社会上发表前刊在板报上面，让同学们先睹为快。还常有房树民（当时也有一些名气）、张永善（他 1954 年到长春一汽工作，1958年茅盾先生曾在一汽见过他，1978 年听说是《汽车工人报》主编）的短文登载。

我是常看板报的。树荫下，空气新鲜，树和草香味浓烈，读一些小文，是一种享受，也是一种熏陶。冬天，冷风飕飕，照样拥许多同学在那里受陶冶。

50年代初，中西两种文化、思想在校园里碰撞。我侧重数理化，对文科比较淡漠，但下意识中受到陶冶。我还写过一首小诗呢，题目叫《走向农村》，投入《红楼新闻》稿件箱，第二天便登出来了。用的是笔名"柳枝"。我有一位小学同学的哥哥和刘绍棠同班，我常去他们班玩，与刘绍棠过话不多，但印象深刻。现在耳际还常有刘绍棠滔滔不绝、语句如珠的余音。

我参加工作后，业余时间搞文学创作。二十岁出头在《包头日报》副刊还发表几首小诗呢。1964年写出一部长篇小说，约二十三万字；但正值全国批评以赵树理为代表的中间人物论，我写的是中间人物。"文化大革命"一声炮响，把我震醒了，从此一百八十度大折回，四十几年只工不文。在此期间，在国家级期刊发表专业论文六篇，其中一篇参加国际学术会议交流且收入文集。现在，退休后，正修改长篇旧作，已历时三年。

究其渊源，细想起来，思想脉络，一部分与刘绍棠《红楼新闻》还不可分割呢。《红楼新闻》像三块宝石，一直存在我美好的记忆里。

潞河记忆

1981 届　刘福田

在通州有人问我出身学历，我一般都会说"八一届潞河"。潞河在通州名气之大，相当于中国高校中的北大、清华。"潞河"名气不止于通州，在北京，你只要说"毕业于北京潞河中学"，在中国你再加上"北京示范校"……这名气之大甚至大到国际。世纪之交我代表工作单位和美国投资人谈技术合作，说起学历我又报出了"潞河"。美方代表当时有六十多岁年纪，一听说我是"潞河"毕业也很激动，翻译说他问是不是美国原来在通州的学校，我说"是"，以后交流就变得愉快顺畅了许多。

潞河中学最早还真是美国在中国建的学校，有关这段历史每个潞河学子都知道，我在这里不用赘述。2022 年是潞河中学建校一百五十五周年，倒推一下就知道它始建何时了。最早的学校毁于 1900 年义和团运动，现在的学校是美国基督教公理会用庚子赔款重建，那也有一百多年了。一百多年前流行于美国的古罗马哥特式建筑什么样子，这您现在来潞河中学转上一圈就能亲眼看到，时空就仿佛穿越了一般。

我第一次进潞河校园是 1979 年秋天，一进门我像极了刘姥姥第一次进大观园！我们当年考入潞河中学，那可是大约一百五十人里才能考上一个，我又是从小在农村长大，这之前只因参加物理竞赛进过一次县城，当时震撼的感觉可以想象。这哪是什么学校啊，简直就是一个洋溢着异国风情的精致花园！问题是我那时连公园都还没见过，一下子见识到这样的风景心境都难以形容。开学报到先得登记、分班、分宿舍吧，这些我居然一点儿都没记住，当时留下的记忆只是看西洋景：首先就是那些奇异的高大建筑，这些房子它咋就建得这么奇怪？然后是校园里的花草、树木、凉亭、假山和湖面……别以为花草、树木农村常见，这里的花草树木大多我在农村从没见过！

开学都好多天了，我还是没有留下多少学习记忆，倒是整个校园环境被我探索得七七八八了。也不能说一点儿学习记忆都没有，方田古校长讲的那些校史我就印象深刻，正因为伴随着对校史的了解，我的这种探索也才卓有成效。一般人新鲜什么新鲜几天就过去了，我却是新鲜起来就没完没了。在潞河中学——哦，我们那时叫"通县一中"——读书的两年时间，对我而言学习并不是主要的，主要的就是新鲜各种事物了。

潞河中学红楼地下室有动植物标本室，这个新鲜吧。学校还有潞友楼（图书馆）、人民楼、解放楼、游泳馆、学生宿舍、大食堂……别只听名字，那可都是古罗马建筑风格，一百多年到近百年历史呢！还有协和湖、博唐亭、假山、大花坛、梨树林、柿树林等等，这都得一点点新鲜。一年四季风景不同，我在潞河一共才两年时间，还没新鲜过来呢！

说几件记忆深刻的小事吧。

红楼前面当时是个大花坛，说是花坛，大得像一个小公园一般，花坛里满满地栽植着榆叶梅，一到春天，整个花坛的榆叶梅一起开放。哇！那可真是太美了！它不开花，我怎么知道它春天能开出这么壮观的花海啊！这当然得是第二年春天才能看到。

校园西侧有一片梨树林。现在的孩子谁没见过梨树啊？我当时就没见过。梨树开花花色如雪，清香四溢，我们当时宿舍就在附近，夜深时花香浓郁，闻到花香谁还睡得着觉？大半夜的我们几个要好的同学就悄悄地爬起来溜进了梨树林。那些梨树也有年头了，横生的枝杈都粗到禁得住人，我们就上树躺到树杈上……查夜的老师发现了，我们就在树林里东躲西藏和老师打起了游击；还有一片柿树林，秋天的柿子好吃，平常树叶也很清香，我们床铺下都压着厚厚一层，一进宿舍清香扑鼻。

协和湖西侧有座假山，假山上有几棵枫树，我是在潞河校园里第一次看到秋天的枫叶居然那么红！协和湖当时还是野湖，里面野生着很多大虾，安静时它们会游到湖边浅水，不知道是晒太阳还是找吃的，我只知道它们就很好吃。校园里哪有安静的时候啊，除非学生都去上课，我就时不时地请一节课假，一节课抓一斤虾不是太难的事……

十七八岁的年龄，似乎什么都新鲜不过来，除了校园还有校园所在的县城啊！我一个农村孩子，对县城也很陌生，那就得找时间去转悠。周六半天周日一天时间哪够？我就经常连晚上的时间都搭进去。晚上可是有老师查夜，门口过了熄灯点也会关闭大门，但这些肯定都难不住我……算了，具体就不细说了，不能带坏了今天的学弟、学妹，总之咱们潞河老早就有学习氛围比较自由的传统，我觉得这也不是什么坏事。

我现在研究通州地区的文史，幸好有在潞河读书两年时间的"转悠"，不然我可能连老通州城什么样子都不知道；还有，我现在算是个作家，写作需要积累素材，曾经那些"新鲜"的经历看似荒唐，到现在也都成了宝贵财富。我觉得人这一辈子首先得活得"有趣"，有趣是成就一切的前提，学习不也得培养学习兴趣吗？

能够考入潞河中学，当然都是好学生，好学生扎堆儿，本身就是一种氛围，学业自然不会差，由此而来也就是现实成就。为什么在通州我爱说自己毕业于潞河？因为这么说在通州特别"吃香"，说不定随便一说就能遇到学兄、学弟，那办起事来自然顺风顺水。从潞河出来的都是什么人啊，绝大多数都人五人六，通州每个行业都有咱们潞河精英！当然还不止于通州。就是这个原因，当我孩子中考时，我也让他报考了潞河，说起来我不只是他家长还是他学长呢！

我当时那么贪玩真有点儿过分，高考时只排班里十名左右，班主任张世义老师都这时候了还批评我："你不是不聪明，就是不好好学！"说得我还真有点儿赧颜。不过我差点儿，架不住我同学个个厉害，如今在通州要办点儿事——又该打住了！我这个只能当反面教材。没听说"你自己不行，认识谁都没用"吗？这有点儿绝对却不无道理，要是潞河学子个个争强，相互助力共同成长，那又会是什么局面？通州、北京乃至中国都会更棒！

学弟、学妹们努力吧！你们的未来，任重道远。

高三无所息

2004 届　　冯志宇

"铃——铃——"

下课了，现在的课间再也不像以前了。

我想起高一时总把流行歌曲唱得震山响。我想起高二时，全班只哼哼"最近比较烦，比较烦……"

现在我的 ATP 库存中不再有这类额外空间了，只好"Good good study，Day day up"（好好学习，天天向上）。就连"百事可乐"的我现在也透不过气来，在这张作文纸上和语文教师说几句英语，开个小玩笑也许可以放松一下吧！

六位老师在讲台众口一词地说："国庆节回来月考，各位同学认真对待……"

全班一下平静得像无风的湖面，平静得不起一点儿波澜。其实对于在火线上挣扎的战友们来说，考试，不过是呼啸乱窜的子弹，早已千疮百孔的我们，即便再多一个洞，也没什么大不了的。

在高三无所息这个强磁作用下，时间的加速度陡然倍增。每天不停地学习，却似乎一无所获。我亲爱的战友们，请接受现实吧！

又想起韩寒，他嘲笑我们这些同龄人都在"穿着棉袄洗澡"。他在走一条与我们截然不同的路。

所以韩寒不用考试。

所以他可以嘲笑考试。

我自问，你有韩寒的胆量和文采吗？

答案是"Of course not"（当然不）——我很遗憾。

谁敢在六十分的考场作文上学"新概念"写初恋骂应试教育说这

个世界其实很无奈？

当然，也许你敢。反正我不敢。

达尔文进化论说过，自然选择的结果，是适者生存。

因为幽州台早已灰飞烟灭，所以我们连"独怆然而涕下"的地方都没有。遥想项羽当年，乃悉引兵渡河，皆沉船，破釜甑，烧庐舍，持三日粮，以示士卒必死，无一还心。因此，我们只有背水一战，孤注一掷，破釜沉舟，排除万难，坚持不懈取得胜利！

我睁开蒙眬垢眼，看见一张张疲惫的脸，但都坚定而执着。

（门的一声巨响，驱走了我的睡魔。）

我的同学比我现实，我用文字来发泄，他们用行动来充气。

想起雪莱说，如果冬天来了，春天还会远吗？

而莎翁也说过，想起自己的苦难别人也曾受过，虽不能治愈痛楚却能使它稍稍缓和。

所以我不再难以静心。我想高三或许是一段没有道理的日子，又或者，它最多道理……

于是我闭嘴，搁笔——虽然这个结尾如此苍白——也许，高三又有苍白。

我把这满纸的荒唐言推到同桌面前，他看完后对我"倾城一笑"，说："肺腑之言，深得我心。"

然后，他说："生物老师罚你抄书的那一遍别忘了，明天还交呢！"

雷锋说，我要把有限的生命投入到无限的为人民服务中去。我说我是把有限的生命投入到无限的学习中去。一样一样——都为社会主义服务。

我打开了《生物总复习精编》……

我们高三了，很直白的理由，很现实。

古　城

2005 届　王文超

　　它，是一座古城，一座有着几千年历史的极其古老的巨城。早在三千多年前，曾有一个人带领军队打败了其他六个首领而第一次建立了这座城。城内草木丰茂，人杰地灵。人们在此繁衍生息，把根深深地扎在古城中。

　　时光的飞逝使古城经历着沧桑的洗礼；农业的发展使古城发出春华秋实的感叹；人间的杀戮唤起古城向往和平美好的憧憬；频繁的社会更迭延续着古城对人世的悲观。古城的主人不断更换，却很少有人能够使它长治久安。偶尔也会出现贤良的君主使古城繁荣昌盛，但大部分时间古城却在见证着人间百态：家破人亡，妻离子散，战火飞扬，惨绝人寰。

　　时间如白驹过隙般，直到那几年，城中有了安定，百姓过上了安稳的日子，古城主人怕烽烟再起就下令紧锁城门，来维护来之不易的安宁。因此城里的人出不去，城外的人进不来。这法子效果不错，城内少了烟火，少了血腥，可是城外却在悄悄地变化……

　　时间长了，闷了，人们打开城门透透气，却发现了异样的城外人。他们手中拿的是——枪?! 他们乘坐的是——舰?! 他们怀里揣的是——鸦片?! 城外的人疯狂地拥入古城，他们毁坏了城中的建筑，运走了无数的金银财宝，毒害了城中的百姓，并强占了城中的土地。他们疯了，明明是要把古城毁掉。城里的人醒了，但他们为此付出的代价却是巨大的。

　　城中的人们纷纷走出古城学习着城外的一切。在惊异于城外巨变的同时，他们也并没有忘记古城，因为他们的根在那里。

临城有一群恶人一直窥视着古城的辽阔土地并再一次攻入古城，烧杀淫掠，无恶不作，古城再一次面临被摧毁的危险。然而这一次有城内的人起身救城，出城的人回身助城，人们齐心协力，众志成城，赶走了临城的恶人，不但保全了自己而且拯救了古城。

　　人们为这古城起了个响亮的名字：中国！

　　现在这座现代化的"古城"正以朝气蓬勃的姿态大步向前：现代化生产方兴未艾，基础产业发展蒸蒸日上。现在的古城城门大敞，接受着各种新鲜事物：加入世贸组织，迈入世界航天俱乐部，筹办奥林匹克体育盛典……面对机遇与挑战，城内的人少了些崇洋媚外的偏见，而多了些事事防微杜渐的小心。古城在进步，古城换新颜。它将像一条巨龙冲上云霄，将成为一个巨人矗立在世界的东方！

　　祝福古城，祝福中国！

潞园情思

2007 届　钟睿琳

你隐匿在斑驳陆离的城市的一角，静静地驻守着积淀已久的黯淡。历史的沧桑没有让你褪去圣洁的光芒，依然宁静，却不沉寂，积蓄的巨大能量总在希望聚焦的那一刻爆发。

你是喧嚣中的胡笳羌笛，悠扬但不超脱，音色很美，与社会混合，夺人心魄。

你纯净但丝毫呼吸不到苍白的单薄和孤寂——你依然放射着瑰丽的智慧之光，沐浴着撑起苍穹的栋梁。

风雨中你的容颜依旧美丽，寒暑中你的信念屹立不摇。你是峥嵘岁月的见证者，你是辉煌历史的创造者，你是承载无数希望的巨轮，你是喷洒无尽知识的源泉，你是深厚历史文化底蕴熔铸的一座高峻而不陡峭的丰碑。

你，就是潞园——莘莘学子成材的摇篮，漫漫人生路上的第一个驿站，成功之梦的温馨起点，辉煌之塔底座的坚固基石。

在钢筋水泥筑起的现代都市中，天似乎被分割成一个个方方正正的小块或蜿蜒曲折的条条"廊道"。高楼鳞次栉比地耸立，压抑着渴望整片蓝天的心灵，圈定住期盼畅游的眼睛。我们似乎早已习惯在有高大建筑物为标志的道路上行走，呼吸着复杂纷扰的都市气息。因而，当我第一次步入潞园时，感到一种置身旷野的忐忑不安，却又欣喜异常——这里的一切都脱离了"耸立"，摆脱了"压抑"，红瓦灰墙的矮楼，宽大平坦的操场，无一不让我兴奋而又陌生。

放眼望去，没有高大标志的甬路上荫翳蔽日，我却犹豫不前，害怕随心而行会迷失于美丽。但最终仍抵抗不住"清新、自由"的魅力，小心地开始了漫步，心想：即便是误闯"禁地"，或困于园中，都称得上是一桩美事，一次与纯净圣洁的相遇。

在空地上抬头仰望，我不禁惊诧于这片天的宽广与完整，清新的绿和那深沉的灰与那无垠的蓝遥相辉映。或许只有这样的地才有这样的天，只有这样的天才有这样的地。抚摩粗糙的灰墙，凝视红色的楼名，历史的厚重从指尖流入心房，文化的底蕴从眼底渗入心间。

漫步在协和湖畔，诗情画意洋溢其间。柔柳在微风中婆娑起舞，红鱼在清波中嬉戏畅游，简单别致的木桥轻跨湖面，静默深沉的德辰山凝守湖边。芳草地上的墓碑令我诧异，原来是潞园学子捐躯赴国难的神圣印记。烈士墓静立于潞园中，给偌大的校园增添了几分圣洁与宁谧。英雄的身躯虽已化作脚下的土地，他们的精神却永远闪耀着熠熠的光辉。

徜徉于校园深处的楼宇中间，仰望着镌刻在门楣上的一个个名字，崇敬之情油然而生。他们曾是潞园学子，他们用自己的学识为国家做出了重大贡献，他们用自己的行动为母校增添了无限光彩，他们用自己的足迹引领着代代潞河学子走上为国为民的光明大道。

潞园是一片文化的圣地，一湾知识的清泉，沐浴着莘莘学子，灌溉着棵棵新苗。希望的种子在这里播撒，稚嫩的幼苗在这里挺拔。

潞园在琅琅的书声中清醒，在闪闪的星辰下入睡，它静谧百年，圣洁百年，辉煌百年，是代代潞河人的骄傲。深深潞园情牵绊着千万潞河人，沉沉潞园思指引着个个潞河子。我默默念诵：今天我为潞园骄傲，明天潞园为我自豪！

潞园，对你倾诉

2007 届　齐　鑫

当我们带着无尽的欣喜与好奇走向你时，你显示出学者的风范，敞开宽广的胸怀，迎接着我们，带我们走向幸福的殿堂。潞园——你美丽渊博而又充满生机，在你的怀抱里，我们茁壮成长。

来时也是夏日，我们是夏日里雨后的彩虹，生命是亮丽的，心情是轻松的。不久，我们迎来了到潞园后的第一个秋天。

秋天是丰收的季节，我们多么渴望满载而归。而你却告诉我们，不想付出就没有收获；落霞真的好艳啊，秋叶真的好美啊，而你却告诉我们，那是耕耘者的绶带。没有流汗的人们，只能在瑟瑟的秋风中，接受秋雨的洗礼。在你谆谆的教导下，我们真正明白了什么叫一分耕耘，一分收获。

带着几分惊奇、几分欣喜，我们又迎来了你的冬季。晶莹的雪花纷纷扬扬，给你披上洁白的羽衣。银装素裹的你，褪去了夏日的旖旎、秋日的绚烂，更显得冰清玉洁，风华不衰。我们更喜欢现在的你，你却冷峻地告诉我们，不要被表面的现象蒙蔽，纯洁的雪花下面有可能是肮脏的垃圾。于是，我们又知道了不要以貌取人，浮华外表下的真实才弥足珍贵。

期盼已久的春季终于来临，你容光焕发，尽展青春的娇颜。协和湖又荡起了涟漪，德辰山上又漾满了柔柔的绿意，一切都是新的！我们沉醉在你迷人的春色里。此时，我们不再想那六月的大悲大喜，不再想自己收获的秋之果是苦是甜，只想与迷人的春柳共舞，与戏水的锦鳞同乐。这时你却对我们说："少年易老学难成，一寸光阴不可轻。未觉池塘春草梦，阶前梧叶已秋声。"春季播种了才能有秋季的收获。于是，

89

我们更深刻地体会到了"一年之计在于春"的含义。

你把关爱与教导融入你的四季，教给我们做人的道理。朝朝暮暮，点点滴滴，春风化雨，润物无声。当我们离开这里，将带着你的包容、你的慈爱、你的广博、你的厚重，走向四方，把潞园的光荣、潞园的骄傲永远传扬！

陌 生 人

2012届 吕 辰

人之处世，正如一颗流星划过天际，只留下一道浅浅的光痕。所谓"陌生人"，不过就是那千千万万条光痕中的一条，与另一条，在各自的天空盘桓。但是，不要以为陌生人就是彼此不相认识，从无交集的两个人谈不上陌生。哪怕只有一次，那两颗匆匆的流星也必须相逢，做那陌生的谋面，即便从此再不相见。

对于生活中的我们，大多数的相逢可能都是这种陌生的交点。在繁华的街市，没有人会在意一位擦肩而去的过客，因为这种擦肩而过早已被人们习惯了千万次。然而，在田间小路上的相逢可能就大不相同了。在那些人迹罕至的地方，人们常常像离群的孤雁，渴望听到同类的啼鸣。出门在外的"驴友"们常有互相拍照留念的习惯，那种陌生的相逢也许更有分量吧。

其实，一次相逢的意义，不在于相逢本身，而在于相逢者的心境。心境相通，则情意相投，陌生人也能有一见如故的感慨。"同是天涯沦落人，相逢何必曾相识"，江州司马与琵琶女的心境在琵琶轻弹中相融。尽管身份、地位相隔千里，但心境中的同一份落魄与哀愁便足以让两个陌生人对面而坐，促膝而谈，对着江中白月以泪相闻。试问这种相逢，今世能有几人？在这座喧嚣的城市里，同道异心的人太多。站在地铁车厢中四望，学生、老人、农民工、上班族，各有各的忙碌，各有各的忧心，于是各有各的世界。通透的车厢被划分成一个个小格子，空气在格子间凝滞，闷在一个个陌生人的心头。不是我们失去了对话交流的能力，而是心境的差别让陌生人失去了对话的欲望。

朋友，你是否想过打破这种憋闷的沉寂？在拥挤的车厢中，在狭窄的电梯里，在无聊的候车室座位上，面对眼前或身旁的陌生人，你是否有过交谈的冲动却欲言又止？"不要和陌生人说话"，这是小孩儿出门前常常受到的叮咛。在这种叮咛的影响下，随着年龄的增长，我们的戒备心便越来越强，渐渐地，嘴上就加上了一个无形的开关，在陌生人面前，话大多只能说在喉咙里。

前段时间看过一部电影《亚瑟的迷你王国》。影片中主人公亚瑟要获得象征着无上荣誉的勋章，必须通过三关考验：被植物界接纳、被动物界接纳、被无机矿物接纳。为此，他必须用心去聆听大自然的声音，与自然万物交流、融合，这样才能获得勇气与力量。影片虽然有些浪漫的夸张，但人与自然的对话的确令人神往。古人们就有"天人合一"的追求，倡导与自然的统一。然而，渴望与自然交流的我们如今却在渐渐丧失与同类对话的能力，实在有些可笑。

仔细想来，这也难怪。在大自然面前，我们可以虔诚地放下一切戒备之心，剖开本性去感悟，而在同类面前，则没了这样的自由。

近年来我们的国家遭受了许多大灾大难，从江南暴风雪到汶川地震，再到玉树地震、舟曲泥石流……每场灾难都牵起国人一份担忧，也带给我们一份感动。感动之余，也激起我对于人与人之间关系的全新思考。看那些失去了栖身之所的灾民，与瓦砾之中一个挨一个地搭建起的临时帐篷。平日里素不相识的街坊四邻，此时变成了肝胆相照的患难兄弟、姐妹。一场天灾，销毁了红瓦砖房，却也销毁了人与人之间的隔膜。的确，在天灾面前，在彼此的生命随时都面临危险的时候，相互间的戒备又有什么用呢？当生命受到威胁的时候，人们才发现，同类才是最可依靠的。

人类作为一种高度进化的社会型生物，个体间的信任与交流本就是进化的必然。当我们的祖先从蒙昧中走出时，相互协作、相互依赖使这个名叫人类的物种能够超越其他物种，在生存斗争中成为世界的主宰。电影《史前一万年》中主人公说过这样一段话："我们十分弱小，却猎杀力大无穷的猛犸，因为我们齐心协力、并肩作战……"

既然我们在生存斗争中能够齐心协力，在危难之中能够向彼此敞开心扉，为什么不能在平时对陌生人多一分信任、少一分戒备呢？人的心灵是需要滋养的，尘封得太久便会霉变，失去感受光明的能力。事实上，每个人的心灵都像是原始森林里的一棵棵大树，表面上看起来彼此陌生，独立地伸向天空，其实在地下的深处，繁茂的根早已交织在一起，分不清彼此，饮同一条地下河的水，汲取同一片土地的养分。一颗颗心陌生得太久了，便把表面当成了全部，忽视了心灵之根的存在。

对于一个人来说，封锁了自己的心灵，如同鸟儿失去了听觉，永远无法听到同伴的呼唤；不愿与别人的心交流，如同蜗牛不愿出壳，领略不到大千世界的多姿。陌生也好，相识也罢，心灵的交流总是伴随着智慧的共鸣与情义的流淌。当世，纵使高山流水的佳话只是传说，陌生人相逢，一丝微笑，三言两语的对话亦足以使心灵间不再那么遥远。或许心灵碰撞出共振的乐符，一次陌生的对话便能铸就永恒的回忆……

在 路 上

2013 届　董　苹

千万条道路纵横在大地上，一端是妈妈不肯放开的双手，一端是未知的远方，总觉得自己是在路上，一路风景伴我前行。

第一次远行走的是铁路，那年我三岁，父母太忙，送我去千里之外的姥姥家照看，路上的一切都新奇，每次停车我都闹着要下去看看外面的世界。爸爸一路无语，搂着我，脸贴着脸，胡子楂扎得我有点儿疼。快到站时，我感到了爸爸急促的呼吸，抬头一看，他大滴的泪水滴到了我的脸上。第一次看到爸爸流泪就是在路上。

从家到学校经过一条宽阔的大路，两侧绿草如茵，繁花似锦。每天妈妈带我乘三轮车去上学，路上我们迎着朝阳说说唱唱："清晨我们踏上小路，小路弯弯化作大问号……"有一次妈妈让我背诗："恰同学少年，风华正茂……"我忘记了，蹬三轮车的师傅接着背起来："书生意气，挥斥方遒。"这师傅五十多岁，从河南来打工，挣钱供儿子读大学。他喜欢把两只裤脚扎紧了，蹬起车来又快又稳。不久他的三轮车被城管没收了。他来向我们告别，说是农业税取消了，或许回家种地挣得更多。我们站在路边目送他，川流不息的车辆迅速淹没了他的身影。告别，也是在路上。

我家楼下是条喧闹的马路，穿过马路就是轻轨车站。最好看的是节日的晚上，漫天礼花的映照下，城铁飞驰而过，路上人来人往。有一年的春天，"非典"袭来，由于妈妈工作的医院受到污染，我们全家都在家隔离观察。马路突然安静了，没有行人，只有路边的玉兰花热闹地开着，有饭碗那么大。一天夜里，救护车呼啸而至，要接妈妈去"非典"病区救治病人。妈妈迅速穿好防护服进了救护车，车灯把路面照得惨白，又大又圆的月亮泛着微弱的红光坠在天上，车尖叫着驶远了，我和爸爸望着马路，望不到尽头——危难之际，责任和奉献就是在路上。

还记得有一条幽静的小路，放学后，我要穿过它去奶奶家吃晚饭。小路的一边是破旧的四合院，门口是一对石门墩，常有几个爷爷围坐在路边下棋。秋天会有火红的柿子从院里探出来。另一侧是新建的居民楼。阳台上的紫罗兰、丝瓜藤从一家爬到另一家互相缠绕。沿街有家小卖铺，我和同伴常去买棒棒糖、玻璃丝，再买几张彩纸，边吃边玩，直到太阳沉沉落下去才肯回家。最奢侈的一次，我们进店里，挤眉弄眼拍起了"大头贴"，折腾半天才出来。路两边已响起噼噼啪啪炒菜的声音，饭香弥漫在小路上，我感到饿了，加快了步伐。向前一望，发现小脚的奶奶拄着拐杖就站在路边等我呢，枯黄的树叶落在她的白发上，她一定等了很久——等候也是在路上。后来平房拆迁了，小路掩埋在了废墟之中。

走进潞河中学有条林荫道，路牌上标着"洛宾道"，彰显着它光辉的历史。我第一次走在这条路上是去赶考，也是在这条路上我结识了几个爱跳舞的女孩，后来我们成了同学、舞伴、朋友。三年来我们无数次穿过绿树掩映的洛宾道，小路记录着我们的努力、欢笑和泪水。三年后我们又作为对手走进舞蹈特长生的考场。结果最用功、最听话的我落选了。走在洛宾道的路上，我有太多的委屈和不甘。伙伴们竟然兴高采烈地拥着我，像小鸟一样叽叽喳喳没完没了：这样最好，因为你肯定会考回来，我们还要在一起跳舞，一个都不能少！夏日的阳光透过浓密的树荫在干净的路面上跳跃——相约也是在路上。

在路上有你，有我，

在路上有爱，有梦想。

我为"90后"代言

2014 届　权福臻

引用最近很火的一段"陈欧体"：你只看到我的个性，却没看到我的认真；你有你的执着，我有我的信念；你否定我的现在，我决定我的未来；你嘲笑我不懂得承担责任，我可怜你坚守阵地不敢向前；你可以轻视我们的年轻，我们会证明这是谁的时代。成长，注定是孤独的征程，途中少不了质疑和嘲笑，但，那又怎样？哪怕粉身碎骨，也要活得漂亮。我是"90后"，我为自己代言。

时代，是一个人生活中必不可少的东西。然而一个人的性格也必定带有那个时代的烙印。清代的八旗子弟，每天逗虫养鸟，是富裕的时代给了他们纨绔；抗日战争，仁人志士战死沙场，多少人面对敌人的严刑逼供，誓死不屈；改革开放，又有那样一批年轻人下海经商，那个时候看来不被人认可，可结果说明了一切……这一切，都是时代的烙印。记得白岩松有一篇文章《谁，影响并改变着我》，白岩松说他自己酷爱诗人，在青春的年代里受北岛、顾城的熏陶，忘不了那种"黑夜给了我一双黑色的眼睛，我却用它寻找光明"的韵律……时光荏苒，诗人走了，当初的年轻人感到茫然，不愿失去在心底的诗意，又企图寻找新的诗人。其实死掉的只是诗，但诗人还在，只不过，人们不一定用写诗的方式来创作，这，也都是时代赋予的，人，是时代的发言人。

我们"90后"，是这个时代的"诗人"。我们拥有自己的印记，人人知晓的"天线宝宝"和"飞天小女警"，每个人都会收藏的"大头儿子和小头爸爸"的光盘。长大了的"90后"，总会冷不丁想起，如果有一天哆啦A梦没有了口袋，大雄还会不会爱他？这都是时代留下的。有人总说，现在的"90后"，自私、怪异、没有责任感，对于新时期的少年貌似没什么信心了，其实"90后"的诗人，也只不过"没有用写诗的方式来创作"。因为老天的眷顾，让我们生活在和平的年代，无法像文天祥那样"人生自古谁无死，留取丹心照汗青"，也没有机会去做像荆轲那样"壮士一去兮不复还"的壮举，不用像屈原一样"求索"，不用像谭嗣同一样"我自横刀向天笑，去留肝胆两昆仑"，可并不意味着，我们没有担当！奥运会如此精彩，多少志愿者辛勤劳动、挥洒汗水，那是"90后"；长江边，组成人链下水去救别人，自己却被水吞没的，那是"90后"；汶川、舟曲、玉树，没日没夜救人，一管一管输血，还有那个用自己的双手救出八个人的男孩，那是"90后"……"90后"在用自己的实际行动做自己时代的代言人！

我是"90后"，我为自己代言。时代，赋予了我们幸福的生活，更赋予了一种使命，任重而道远，"90后"，肩负得起。

向西，为心灵剥茧

2015 届　郭钰祎

悠悠一片梧桐叶飘落膝前，倏地发现，这便算是"一叶知秋"了吧。往日里那炙热烘烤着我们的热辣的阳光，似乎被蒙上了一层薄薄的烟纱一样，少了灼烧的感觉。忽地一阵凉风，一下子把自己的脊骨经脉吹得活络起来，脑子也清透起来，似乎上天突然甩开一幅画卷，袅袅婷婷地展现在我的眼前。

岁月悠悠，生活潺潺，转瞬间，西行的旅途已经远去。如今的我，身在首都，捡拾着珍贵的记忆。这次采风，说是寻找写作灵感，而于我，是一次心灵的行走。

戈壁大漠风光无限，嘉峪关城气势雄浑；兰州水车吱呀作响，黄河奔腾沧桑万年；敦煌莫高窟壁画灿烂，鸣沙月牙驼铃奏响；青海湖泊烟波浩渺，塔尔寺中佛音安详。茫茫西北，历史桑田，且行且思，满心感怀。

千古的路为何这么旷远，旷远得漫过碧水茫茫洪涛骇浪，漫过起伏不平的千峰千脉，古隧洞天、洪荒岁月，漫过戈壁的关城、敦煌的飞天。可记得茫茫戈壁与斯人走过的那片空旷？可记得丝绸路上驼队停留在枯倒了千年的胡杨树旁？可记得诗篇中大漠孤烟的壮阔雄奇？可记得鸣沙山上千人虔诚期盼的红日初升？可记得曾经呼喊的莫高，如今丢下魂魄一缕在那里守着的一种信仰。

在西北，才感到，世界是多么奇妙，自然的力量是多么伟大。红柳、胡杨、沙枣、骆驼草、窜天杨，在沙洲上、瓦砾里、城隅下，甚至乱垒的碎石堆里，破土而出，在恶劣的条件下，汲取荒漠的力量，渴望着去拥抱蓝色的天空。钴蓝清空下，经纬大地人间，留下了多少林林总

98

总的印记、传说与奇迹。酷热严寒，飞沙走石，厉害的亢旱，凶恶的暴风，日日夜夜，一代又一代地锻炼着这群荒漠英雄，这群坚不可摧的巨人！而人是那么不同，有时候，我们却少了几分坚持，缺了几分固守，我们少有执着、坚韧，更有甚者轻视生命，妄自菲薄自己一生的价值，虚度年华。

行走在西北，心灵逐渐得到了安静。

其实，人生就是不断行走的过程，与其原地踏步，享受安逸舒朗，还不如勇往直前，视野开阔了，心也随之走远，人生也便成了旅行。人生留下的痕迹掩掩印印，无所谓目的地，重要的是沿途在一直笃定地行走。

途中会经历苍凉古韵，也有着轻盈的心情，也有暖暖的人情趣事。几天内，大家互相照顾，也渐渐熟识，共同成长。最难忘的大概是"小满子"王晟瑞同学了吧。他的成长最令人欣慰，就是这样一个天真调皮的小男生，得到了全队人的喜爱。他总是喜欢询问我们各自的小秘密，或是在别人使用手机的时候，悄悄站在身后，满心好奇地窥出他的"八卦"。几天里，他每天吵着要我们去看他的演唱会，最后他终于如愿以偿，在校长的房间里，举办了一场难忘的演唱会。

这样一个稚嫩懵懂的孩子，这样一个到处乱跑童言无忌的顽童，在旅途的几天中，竟得到了飞跃的成长。一次，天性好动的"小满子"，一激动不小心踢坏了餐厅的木门，提到赔偿，平日"小财迷"的他，主动站出来承认错误，承担赔款。在与梓夫老师的交谈中，他的一个写作思路得到了老师的肯定，当天晚上，他就跑到曹杉学长的房间里一边求教一边创作。第二天，便拿着已经写满的稿纸给我们看，手捧他的手稿，虽说文笔略显稚嫩，字里行间还会找出几个错别字，我们还是满心欣慰与感动，连连给他鼓励。回程前夜的晚餐中，"小满子"也给校长、老师、导游姐姐敬酒表达了真挚的感谢。他真的长大了，虽然脱不去稚气，但已经有了男子汉的担当。他真实善良，接纳所有人的心声。他的变化使旅途更添了几分意义。

岁月如一把生锈的刀，一点点、一丝丝剥离着属于我们的单纯与稚嫩，年轻的跋扈与青春的任性渐渐随时光显现。说到成长，多少深情过往，在别人的故事里感悟人生，在自己的故事里诠释生命的过程，于旅途的欢笑中淡看流年的清浅，一抹抹淡然里且驻青春。看那天空云卷云舒，在西北的土壤上，为心灵剥茧。

人生一路风尘，漫步人生之旅，积淀深厚的生活经验、历史记忆与本真灵智的生命感悟。在漫步的过程中体会生活，捕捉感动，学会感恩，学会珍惜，且行且成长。"人生只有经历了才会懂得，只有懂得才知道珍惜"。珍惜生命中所有相遇的人与经历，珍惜生命中遇到的每一份滋味与感受。学会感恩，感恩一路上给予我爱与帮助的人。

此行感谢梓夫老师，陪伴我们西北一路旅程，行间还为我们进行耐心的写作指导，让我们受益匪浅。感谢校长，百忙之中抽出宝贵时间与我们文学社的孩子们同行，一路上对我们亲切关心，让我们深刻体会到校长的关爱。感谢张老师、李主任、邵老师，一路上关心我们的健康，为我们拍照，同样关心我们的心灵成长。感谢导游媛媛和婉婷姐，几天中，照顾我们的衣食住行，在立秋那天还周到地为我们"贴秋膘儿"。当然，也要感谢同行的伙伴们，谢谢你们一路上给我的笑语欢声、悉心照顾。我相信，旅途的友谊是最真挚的，况且，我们有着共同的爱好与追求——文学。

距离，因触动才会生动；相遇，因跋涉才能升华。浅浅的一段缘，却是心与心的邂逅，摇曳着美好的记忆。几日的相聚，却如几年的相守，收获的，是妙不可言的相知、心有灵犀的懂得。

一眼薄凉，一怀恬静，两三点相思，几缕淡泊。旅途已去，真情依存。

——谨以此文纪念我们的西北长城之行。

2013 年 8 月

寄语学弟学妹

2016 届　房　聪

学弟学妹们：

你们好！我是 2016 届高三 14 班的房聪。欢迎你们走进如画般清新古朴的潞园，成为新一代的潞河人！

看着今天的你们，便想起了当初刚入学的自己。我猜，初到潞园，首先感染你们的，当是这仿佛从民国穿越而来的校园吧：随处可见的参天古木、教堂风格的亭台楼阁以及鸟语花香的协和碧湖，是不是都让你心旷神怡、流连忘返呢？其实，美丽的校园只是潞河万千可爱之处的其中之一。在潞园学习、生活的时间越长，越会沉浸其中，也就越能感受到潞园各种各样的风采。

多面潞园，其中最具魅力也最受学生们喜爱的，我想便是她的活力：花样社团和学生会组织的活动。在潞园这三年来，我也有幸参加过许多社团和活动。高一时，我参加了旭友音乐社，跟随曾在各地演出、获奖的乐队的主唱学长学习弹奏吉他，听学长弹唱他自己创作的歌曲，感受到这么多和我有着相同爱好的同学对音乐的热爱。虽然自己当主唱这个梦想没能实现，但是我学会了弹奏吉他并且结交了许多朋友，参加音乐社仍然让我受益匪浅。高二时，我的语文老师陈老师组织我们班级内排演话剧《雷雨》，我在其中饰演周繁漪。由于时间紧张，我在演出之前的那四天都过得很忙碌，但也很充实。最后，我获得了我们班"最佳女主角"的称号。这次活动不仅让我收获了与搭档们的深厚友谊、表演话剧的经验和得到肯定时的快乐，更重要的是它让我从此爱上了语文。我第一次感觉到语文不只是一门高考学科，语文原来可以这么有意思。正是这次表演话剧的经历，让我在高二时参加了学校的先锋话剧社，更给予了我从高二到高三锲而不舍地学习语文、不管多忙都要每天读书的动力。除了社团，学生会组织的活动我也没少参加。"潞河好声音"我年年参加，虽然两次都因为紧张而成绩不理想，但是我也收获了许多舞台经验和同学们真挚的鼓励与安慰。高二时的女子篮球班级赛中，我经历了许多磨炼和坎坷：正午烈日的烤晒下洒过的汗水、黄昏晚饭后因剧烈运动而导致的胃痛、班级切磋赛中崴脚后不甘的泪水，还有训练后带着满头的大汗坐在书桌前做题。这一幕幕画面现在仍然在我脑海中，清晰得恍如昨日，却已经成为我宝贵的青春回忆。还有高一时的辩论赛，争得真是"脸红脖子粗"，虽然最后我们班落败了，但是这次经历让我感受到辩论的魅力，这是一种知识的竞赛，一种思维反应的竞赛，一种语言表达的竞赛，也是一种综合能力的竞赛……活力潞园，每一个社团，每一次活动，都会为你留下珍贵的记忆和经验。

潞园最厚重的一面，便是她的学风。在这里，每一位老师都会尽职尽责地教课，却从不会逼迫任何一个学生去学习。学生们完全自律自觉，自习室日日爆满，教室内自习鸦雀无声，却不是有人在讲台上大喊"安静自律"的结果。是的，这就是潞河"自律"校风影响下的学风。所以，在这里，每一个想要学习的人都能得到最舒适的环境，通过自己的努力，进入梦寐以求的大学。每一个想在学习之余适当放松的人也能够全身心地放松，调整好自己的状态，迎接下一阶段的挑战。这种学习模式可能一开始会不适应，但是适应之后你会发现潞河做到了"授之以渔"——你掌握了学习的方法，而这恰恰是大学学习所需要的。学姐也要在这里给学弟学妹们一个忠告：在潞河，不要再像初中一样等着老师判作业、讲习题，高中课程十分紧张，自己做完作业务必对照答案判一下，作业中的问题一定要及时问老师，因为很可能课上没有时间讲，如果问题一直积攒，那么刷再多的题又有什么用呢？现在培养自律自觉的好习惯，到了大学你会受益多多哦。

潞河最崇高的一面，则是她强调"健全人格"。你将会深深感到学校对准成年人时期的我们人格培养的极大关注。在这里，你会发现潞园之所以美，不仅是因为她的草木、湖泊、楼阁，更是因为随手拾起垃圾的同学们。这里的主任不会说教，他会用幽默的话语鼓励我们成为道德高尚的潞河人，爱护校园环境、遵守社会公德是潞河人无须提醒的自觉。此外，潞河还培养我们在各方面的品行，三年过来，你会在学校的动员组织下参加各种公益活动和志愿服务：为贫困儿童捐冬衣、打扫德辰山校长墓、清明祭扫烈士纪念碑、看望孤寡老人、帮助图书馆整理图书……数不尽的活动，无一不在潜移默化地影响着我们的品行德操，也让我真正懂得了一个成年人对这个社会的责任和义务。

多面潞园，不论是她的活力、学风，还是她的品格，都在这三年之中让我收获了许多人生中最宝贵的经验和回忆，让我深深地眷恋并且感激她。潞园已然成为我的回忆，而你们的故事才刚刚开始。去吧！用心感受你们的青春，用汗水写下你们的诗篇，用成绩献给敬爱的潞园。最后给你们一些学习的建议：重视基础，脚踏实地，心存希望，永不言弃。愿你们能在潞园度过快乐而充实的高中三年，最终考上理想的大学！

论高中时代的爱情问题

2017 届　焦家乐

　　曾经看到过这样的一个问题，"你相信世界上男女之间有足够纯洁的友情吗？"当时我毫不犹豫地肯定这个说法，随着时间的流逝，慢慢我觉得这是不可能的。

　　相信每个人都期望在高中这个美好的时代，遇到最美好的人，我们从小到大也差不多被那些青春小说洗脑了，然而高一这一年我并没有遇到那些美好的情景。

　　对于高中生来说，在一起当然不是为了结婚生子，而是为了可以有一个人陪伴自己这三年的时光，让每一天都阳光充实，为了自己的目标去努力，然后在故事的最后可以心安理得地道一声珍重。

　　当然更多的人想要寻找的是文章开头所说的那种"纯洁的友情"，他们也许很孤单，也许很需要被爱，也许是性格使然，去做个暖男、暖女，为了在自己对别人好的同时，可以收获到别人对自己的好。可是一不留神，你就变成了中央空调，有了那么多暧昧的、模糊不清的关系。我不知道别人的想法，我自己是很讨厌那种情形的。

　　对于我来说，一个可以交心的朋友，应该是单身吧。如果这个姑娘已经有男朋友了，我就会立即对她失去好感，默默离开。不是因为讨厌什么，而是因为我爱得深沉，这样的话，既不会产生什么火花，也不会去破坏别人平静的生活，让她男朋友吃醋，我觉得这是做人的基本道德。

　　也许你会觉得，那样的话会很孤单的，我想说，我很想勇敢，可是我害怕伤害。你可曾知道，把心交给别人来保管，是多么不安全的一件事。你是你人生的作者，何必把剧本写得苦不堪言？所以，独处，既不会有什么轰轰烈烈，当然也不会有什么失魂落魄，有的只是静如止水的一天又一天。

从那件事以后，我觉得自己长大了许多，我觉得过自己想要的生活不是自私，要求别人按自己的意愿生活才是。如果不是相互喜欢，你的痴情就是别人的负担。既然无法得到真的爱情，那就请保持好最基本的节操。

我们是幸运的，却也是孤独的。我们发现世界远比自己想象的宽广，却又找不到适合自己的路；我们发现人与人之间认识的方式越来越多，可能走进心里的人却越来越少；我们发现自己已经到了儿时羡慕的年纪，却没能变成儿时羡慕的那种人。

也许懂得太多，看得太透，就会变成世界的孤儿。可是我还是想把这些写下来。

承诺，有时候，就是一个骗子说给一个傻子听的。别为不该为的人，伤了不该伤的心。有没有人爱，我也要努力做一个可爱的人。不埋怨谁，不嘲笑谁，也不羡慕谁。阳光下灿烂，风雨中奔跑，做自己的梦，走自己的路。

潞园初冬

2017 届　崔津菲

　　来潞河今年已经是第五个年头了，也算是潞河的"老人儿"了。

　　在潞河赏过春，在高三楼旁那个我们称为桃花岛的地方嬉戏过，可惜中间最大的那棵桃树死了，忘记是在哪一年了。周围的小桃树的花开得一年不如一年了，那个地方便再不被新来潞河的同学们所惊叹，只偶尔存在于我们这些"老人儿"的不经意的回忆里，带着惋惜。

　　也曾在潞河赏过雪，最美的应属协和湖畔的雪景了。湖面冻成了一块巨大的宝石，那几只养尊处优的鹅便在它们私有的滑冰场上悠闲地散着步。金鱼也不甘寂寞，隔着冰面，还拼命向上仰着身子，争着宠。湖畔的垂柳光秃秃了那么久，终于又换上了新装，高兴地摇曳着、显摆着……

　　就这样下了今年冬天的第一场雪。

　　天气预报说了一周的雨夹雪，却始终是见雨不见雪，也不能算是雨，算是小冰碴儿，打在伞上发出一连串咚咚咚咚的响声，打在脸上也比雨更疼。每天天总是阴沉沉的，透着阴冷，不见阳光。我受够了这样的日子，所以对那天的记忆尤为深刻。实践周的最后一天上午，在教室看着一部励志电影，拉着窗帘关着灯，让人昏昏欲睡。然后窗帘突然不知被谁拉开了一角，外边居然放了晴。是雪！下雪了！一瞬间班里沸腾起来，纷纷凑到窗前，伸出手来，期待着那小小的雪花落在手上，先是指尖感触到的那一丝冷意，接着雪便化在了掌心，带来一片温热。没有课铃的管束，我们再也按捺不住，拿了相机，边披着外套边匆匆跑去外边。

　　出了文昭楼，便是洛宾道了，不长不宽的一条小道旁分种着银杏和杨树，每年秋天，总是一边金黄一边翠绿，像是勾勒出一条时空隧道，即使立冬了景色也依旧不变，除了天气冷了些，便再不像个冬天。今年的叶子似乎落得极不情愿，还来不及铺满每一条路便被敬业的清洁工堆成了一堆，小草也仍固执地维持着翠绿，不见枯色。

今年潞园的初冬来得尤其晚。

今年潞园的初冬又来得尤其早。

在我十六年的人生观里，冬天等于下雪，小时候是如此，长大后也如此，然而我忽略了全球变暖的事实。前几天微博上有一条新闻，沉痛地宣布了"南方部分地区再次入冬失败"的噩耗。我不禁觉得好笑，后来觉得北京的冬天也不再那么名副其实了，而我或许也该把心中的报冬使者改改，雾霾或许很合适。所以当我在潞园见证了今年的初雪时，我心头为之一振。冬天来了，冬天终于来了！

当我跑下楼，眼前的景色令我惊叹大自然的别出心裁，最远处的草仍绿得发翠，稍近些的落叶金黄一片，然而最近的草坪却被白雪严严实实地覆盖着。融合了三个季节的颜色，最终定格在眼前的画面上，精妙，别致，生动。

我慢慢地走遍了我自以为熟悉的潞河的每一条路。仁之楼侧面，校史馆的墙壁上爬满的爬山虎，虽被雪覆盖了大半，仍从露缝里透出些红色来，红得灼目。小路旁那些略低矮的树，年少时曾被我"只认桃花不识梅"，后来仔细看了树干上的挂牌，才知大半竟是梅花。眼下，雪花争先恐后地簇拥在枝头，仿佛一夕之间迎来了第二个花季，也是，只不过开的是雪花。……我慢慢地走着，仿佛回到了第一次走进潞河时，看什么都不免赞叹一句，对什么都充满好奇。

不知从什么时候开始，潞园于我的意义只剩下了学习的地方这一条，我麻木又匆忙地穿梭于不同的教学楼，或长或短的路上匆匆一瞥周围的景色，却再难有所触动，潞河的四季变换在我眼里成了固定的模式。直到这场雪，轻柔地，却真真正正地唤醒了我那沉睡已久的感性的心扉。我的眼又开始凝视这些美妙的风景，我的心再一次感受到了潞园带给我的除学习以外的惊奇与欣喜。

我爱雪胜于雨，雨坚毅，却太过冰冷、锋利；雪却不同，它从天而降，从不发出一点儿声音，但却足以穿透人心上的坚冰，抚慰我们麻木的灵魂。冬天的代言不是西北风，不是冷，而是雪。你不得不承认，在任何时候雪都能带给你一种类似于惊喜的感觉，它是一个人人畏惧的寒冷冬天里唯一令人期待的东西。

既然正逢潞园初冬。冬已经说得够多了，归根结底却不过是一个"雪"字。

那潞园呢？我在这里中考，也即将在这里高考，这里的一草一木、四季变换陪着我走过了那段名为青春的岁月。我一度把这里简单地称为我的学校，但在这潞园初冬的时刻，我才猛然意识到，在很早以前我早已把这里当作我的第二家园。

潞园初冬景，与君共赏时。

秋光静好

2018 届　许一平

　　她在一个躁动的季节初次走入这校园，只记得，有好大一片茸绿的草坪；今晨，她俯身拾起一片落叶，时空仿佛就此重叠。

　　三年前，她被那满园的金黄震撼，想了想，从此相信收获必然就在前方召唤。风拂过，她胸前的红领巾顺势飘扬。三年后的秋天阴雨连绵，而那点点金黄却在她眼中有了冷艳之美——暗灰幕布下高贵的金黄。

　　有时候，她会感觉生活是无聊麻木的。她不想让自己成为学习的傀儡，但又不甘承认自己这是对荣光与胜利的放弃，无可奈何。一栋栋教学楼传来读书声，登时发觉楼顶上飘着一串串的公式与概念投影，错综复杂着。她也不再想旁的事了，径直向那团蒸腾着知识之云的建筑走去。

　　"咯吱，咯吱……"

　　也不过是干枯的落叶。

　　那声音不断，逐渐地，又将她的思绪从云团中拉了回来。

　　她在想。

　　树叶若知道自己的命运，还是否会在春天精心绽出，在夏季炫耀自己的一身浓绿？

　　阳光暖暖地照在她的身上，墙壁上爬山虎已转为暗红，并不亚于红叶之美丽。她貌似懂得了些什么。

　　树叶正是因为知道自己的命运，才会更努力地生长！它落下，但它永不消亡，它融入泥土，成为下一个生命的养料。它成为了永恒的存在。

树犹如此，人何以堪！树叶一生诠释的决绝，使她在三年后的这片秋景里再次成长。她清楚自己不是那堂皇外表下却卑微瑟缩的君主，妄想着长生与不朽，她只是想，只是想……她见识了"置之死地而后生"的无畏与永不言弃的傲骨，她懂得了自己应"更奋然而前行"。她被践踏得落入泥水中的求胜欲望，再一次熊熊燃烧。她，不是傀儡；她，不必彷徨；她，不需要借口；她，只想成为自己——一个心有不甘、坚定的现实主义者。

校园落叶缤纷，在她眼中，那仿佛是一卷动态的画。一切的一切都是静止的，只能看到那带笑坠落的金黄以及听到它落入泥土的清脆回响。阳光穿透层层枝干，显得圣洁而美好。在这秋季，草坪已为颜色最深的一方翡翠，它是这氤氲着的纯澈秋光最完美的背景。

逐渐走近那栋建筑，她再次看到了那朵飘浮的云团。一片金黄落在她的身上，秋光也照得万物暖融融的。她笑了，相信云端之上必有天堂。坚定地，走入了这秋光照耀下的圣洁建筑，静度美好岁月，带着刚刚确立的内心理想与方向。

下一年，她将再赏故园飞黄叶。也不知，于这秋光静好中，她又会获得多少成长。

以终为始，一路芳华

2019 届　平楚宸

　　当我提笔要写写有关潞园的故事的时候，总也不知道要起个怎样的题目，从哪里开始写起，我只觉得我笨拙的笔描绘不出她全部的美丽，表达不完我对她深深的热爱与眷恋。最后看到了好友先写下的四个字"以终为始"，而我加上了后四个字"一路芳华"，大概是从初入潞园直到毕业都是时时欢笑，时时精彩，可谓是一路芳华。我竟是如此幸运，拥有灿若星辰般的中学生涯——除了和三五好友一起玩耍，结识到优秀和蔼的老师以外，还超级开心能够一直坚持自己所爱：从文学社萌新到社长和高中时期的运动会终于收获了小熊！大概是太留恋我的中学时代，我实在是想为潞园做点儿什么，便把这岁月如歌化成文字吧，献给我们亲爱的潞园，尽管还有许多不完美的地方。

时光是座博物馆

　　有时候回想起在潞园和老师同学一起经历的故事，心底也会开出一朵花来。

　　　　我会想念东门对面那家牛肉拉面铺子里四个人吃面热气腾腾
　　　　我会想念体育课上打篮球却戳到手指、挥汗如雨的篮球女孩
　　　　我会想念协和湖畔阳光倾泻看你巧笑倩兮，美目盼兮
　　　　我会想念跑操后穿过人潮和你到解放楼洗手听琴

111

我会想念和你站在台阶上看鸽子在草坪上无忧无虑

我会想念三食堂的过油肉拌面和大盘鸡勾引着我们与铃声赛跑

我会想念那个夏天一起喝着奶茶背着文综藏在安静角落的午后

我会想念联欢会上吃着蛋糕疯抢话筒时顽皮的我们

我会想念秋天白杨和梧桐的落叶

我会想念自行车底受伤的小鸟

我会想念潞园的每个日出日落

我会想念春天落英缤纷

夏天树影斑驳

秋天金黄灿灿

冬天冰雪晶莹的文彬路、洛宾道

还有我们编织的那七彩的梦

当我重新审视那段记忆深处的旧时光，眼眸里仿佛出现了阳光下不断奔跑的少年们，而我正和他们一起，奔跑在那条红色的长长跑道上，不知疲倦也无所畏惧。大概 2019 年的颜色是红色，那是梦想的颜色，更是夏天的颜色。那段不断奋斗相互鼓励在未知中相信希望的流金岁月，那段一起手执火把在黑暗中探索光明的奇妙旅程，都将永远闪耀在时间的长河里，成为心底最柔软的水晶。当然还有我们那唱不完的歌、写不完的诗、画不完的画和最可爱的人儿一起，永远成为博物馆中独一无二的镇馆之宝。

在这博物馆里，有最好的我们、最美的青春。就算这段金色的日子被清风吹散了，在内心深处也珍藏着博物馆里少年们追逐理想的样子。

在这里感谢高中时光一直陪伴我的烤肉姐妹们——六环名媛，特别善良的阿潘和小迪，还有从初中走来的最棒、最帅的几位小友，多谢你们如此精彩耀眼，做我平淡岁月里的星辰。也特别珍惜和潞河最棒的老师们一起奋战在梦想战场的时光，特别感激老师们的帮助和鼓励，是呀，能同途偶遇在这星球上，燃亮缥缈人生，我多么幸运！

光明顶日志

　　我希望PCC同学不要在意最后的结果，好好享受最后二十天纯粹的拼搏。笑看过往，心怀希望。别忘了辉煌的过去，那是你有实力的底气；也不惧未知的将来，那是你热血驰骋的战场。

——2019.5.14

　　北大博雅计划在意料之中没有过初审，也许是命中注定，忽然想起罗曼·罗兰的一句话："世界上只有一种英雄主义，那就是在看过这个世界的真相后依然热爱它。"最近的微写作正在写桑迪亚哥，大海是不善意的，当真是世界以痛吻我，我要报之以歌，他历尽千帆依旧热血如初，这才是赤子之心吧。

——2019.5.20

　　我是一个武侠小说爱好者，是查老的忠实粉丝。前有张无忌于光明顶一人横扫六大门派，后有高三考生每日力战高考六大科。高三一年，真的经历了太多坎坷、迷惘，或是欣喜、激动，情绪总随着成绩、状态上下浮动，我总是喜欢把自己也想象成一个女侠，历尽艰辛终于取得武学秘籍，就像张无忌那样勇敢无畏，就这样诞生了我自己的"光明顶日志"。有时候数学题做不出，历史背不会，英语作文写不好，我就会来到这里，释放自己的内心，我总觉得虽然这不是文学，但是用心去记录每一天的故事就是最好的诗句。如果我当时任凭时光流逝，那些最温暖最朴素的文字就不会诞生了吧。慢慢，我学会了感恩生活，拥抱生活，而这些心灵宝藏的源头便是文学吧。

　　高三一年整篇的随笔写得太少了，但是参加文学社，与文学为伴却让我更好地面对生活。这也是潞园给予我更内在的情怀，它不是具体实在的，却是那样刻骨铭心，永远伴随着我，也让我成为一个有温度的人，这比取得优异成绩更加深远持久。

"阿平，你热爱生活吗？"

"我觉得我热爱生活啊。其实很多时候我们以为是坏日子，回过头看反而是最好的日子，不要让坏日子消磨自己可贵的温柔，一定要心怀希望，有勇气去面对将来的一切未知。你永远不知道未来的路有多么惊喜！"

岁月不许，凡人追悔

与其把高考当作一次大战，倒不如把它当作一次与新朋友的会面，在这一年里，就是不断获得线索，期待那个神秘朋友的真实面目。也许到了真正的战场，也会化干戈为玉帛，打硬仗不如智取，不急不躁，淡定自若，临危不惧。

独自上场，从零开始，放下负担，放下杂念。那不过是漫漫人生中极为普通的两天，却决定着未来走向何方，有时候，人生竟是这般矛盾。

高考就这样结束了，度过三百个大脑 CPU 急速运转的日子，突然闲了下来竟有些不适应，写过太多考场文章，背过太多爱国奉献的论据，政治理论和历史大事，而这一切随着高考从记忆的巅峰直坠到谷底。用文科生的话讲就是把知识堆砌成喜马拉雅山，经历过高考这个地壳运动直奔马里亚纳海沟。觉得彻底"凉凉"的我惶惶不可终日，不敢对题也不敢面对自己，总觉得自己命运就这样被决定，有点儿不甘心。

出了分，过了几天便回学校签志愿确认，那是最后一次在潞园里漫步，很难相信自己竟在和潞园告别。行至德辰山，最后看望一直守护着我们的老校长，忽然惊喜地发现老校长墓前有一块大白兔奶糖，我也不知道是哪个可爱的学弟学妹放在那儿的，我知道，他一定相信童话，他的心里一定有面对这世间一切最初的温存质朴、天真纯净。那天正是期末考试，他大概是想让老校长保佑他吧。我也祝福他能实现自己的理想，用微笑拥抱世间的挑战与挫折，永远做一个有人情味儿的人。

心灵的青春

每个人的生命历程就像在做数学圆锥曲线题一般，从空白到起笔总要画上一个椭圆，或是画上一条直线，而每个人就像是一个椭圆，A 和 B 就像是人生路径，围成的面积就像是人生的广度，行走在人生的轨迹上，还会和更多的图形相遇，正如我们不断遇见也不断告别，但无论相遇或是告别，总有一个交点见证我们的故事。

九月，潞园的银杏又将染黄整个秋天，天钦楼也早已迎来新主人，我们与潞园的故事已经完结，但是在不远的未来，又会有许多许多番外篇等着我们去书写，我们与潞园的情缘依然延续。

在照毕业照的那天上午，我们和潞园留下了最后的合影，照片里是我们年轻的笑容，那样恣意，那样洒脱。我们开怀大笑，抓着时间的尾巴，珍惜这最后的相聚。我想，实际的青春总会流逝，心灵的青春才会真正永存。我总试着写出更好的文字去记录和潞园的点滴时光，却不满意自己过于平直的叙述，不过到底还是写了一些发自心底的文字，这是我心灵的青春吧。我们这届同学为我们心爱的潞园创作了一首歌——《潞河图》，那也是我们心灵的青春，这里藏着回忆，藏着美好，藏着真挚而热烈的情愫。

愿每一位潞园学子都有自己心灵的青春，有自己的辽阔江湖，相逢意气，不负韶华。

愿你将失意过成诗意，出走半生，归来仍是少年。

你曾问过
我会变成一个更好的人吗
相比自己　相比昨天
更加坚强　更加善良
你会啊
以终为始　一"潞"芳华

2019 年 8 月于北京

回首潞园秋

2019 届　谢睿童

欧阳修的回首，是"月上柳梢头，人约黄昏后"；苏东坡的回首，是"也无风雨也无晴"；我的回首，是潞园三载，"春花春鸟，秋月秋蝉，夏云暑雨，冬月祁寒"。若论起始，想来说春季的人会更多，但毕竟对我们来说，秋有着更多的改变，因而难免对其有一种另外三者难以企及的好感。

又是一年初秋，又是一年开学，潞园又迎来了一批新学子。他们带着好奇与憧憬，如同以前的我们，亦如未来的你们。我记得三年前的军训，与尚不熟悉的同班同学一起站军姿、踢正步，初秋的风卷着热意吹过每个人的笑声。

我不想用过多笔墨描绘潞园的秋景，因为那样的盛况是应该亲眼所见的。文字绘不出她的明艳，临不出她的鲜活。多年前，我曾有一篇关于秋的文章发表，那时想的是秋天的金黄落叶、多样的果蔬丰收，而现在想的更多的是秋的意义。

当叶落归根，那是成长，也是潞园带给每个学子的色彩。高中不同于初中，它是通往成年的最后旅途，能够在潞园走过这段行程，我很幸运。协和湖中的游鱼，博唐亭侧的繁花，以及每一位同学、老师，都是同行的旅伴。我会永远记得一食的醋木、白鹅的叫声、红楼的钟响，还有一年四季打不完的蚊子。三年里，若说没有遗憾、没有泪水是不可能的，但更多的是感慨。感慨原来三年一瞬，同景不同人；感慨当初以为的困难，最后也都撑了过来；感慨昔日同窗，如今各奔西东。那么你呢，我亲爱的潞园？一年又一年，你送走一届又一届学子，你又有多少未曾诉说的感慨？我希望你是欣慰的，因为纵使一夜吹落满树金华，落叶总会归根的。

我要去的地方虽也在北京，却是在西北角，与你相隔三个小时地铁的距离，更何况自我拿到毕业证书的那一刻起，对你而言，我便是个毕业生。

但我永远是潞园的学子，正如一百五十余载以来每一位曾将脚印留在园中的毕业生一样。

如此，潞园如故，人亦如故。

我曾踩着一地金色走在绍棠路上，也曾沐着暖阳坐在天钦楼里。敲下这篇文章的我，几天后将参加高中的同学聚会，但想来人是凑不全的。好在，无论走多远，心中有一角是永远属于潞园的，那是共同的回忆。

今年的秋，对我来说添了离愁。没有人能留在某段岁月里，因为我们永远在成长，成长为更好的我们。

抬头吧，看看秋光下的百年之木，看看叶缝间的星河万里。这就是秋，是别离，更是开始。树落下的不止叶，还有回忆、梦想和你。

请趁着潞园秋色，接下一片叶。

一路有你——潞河

2019 届　樊令娟

"我经由光阴，经由山水，经由乡村和城市，同样我也经由别人，经由一切他者以及由之引生的思绪和梦想而走成了我。那路途中的一切，有些与我擦肩而过从此天各一方，有些便永久驻进我的心魂，雕琢我，塑造我，锤炼我，融入我而成为我。"这是史铁生对于生活的感慨，同样的，也适用于我对于潞河，潞河对于我。

——题记

我们总是在走，从一个地方到另外一个地方，从中国的西到中国的东，一边走一边播撒着各地都能生长的种子。

我们随遇而安，落地生根；既来则定，四海为家。我们像一群新时代的游牧民族，走着，来到这里，于是有了第二故乡——潞河中学。

这是一所北京市重点中学，北京市示范性普通高中，我因而感到无比的幸运和自豪。在这之后，这个城市以及这所学校的四年款待，令我受益终生。

2015 年 9 月，我们第一次来到这里——北京，这个城市给我的印象是红墙绿瓦的古建筑和大街小巷的狭窄胡同，还有说话大大咧咧的北京人。新的环境和陌生的老师、同学，相处起来也很和气，有了潞河美丽的环境以及随和的师生关系，很快地，我们就适应了。

预科的一年相对而言是懵懂幼稚的一年，我们还在和这个新环境打交道，在熟悉校园的同时，也在不断接触新的人，有北京的老师和新疆内派老师，还有来自新疆天山南北的巴郎，奇妙的接触和新鲜事物让人觉得神秘又美丽。

来自新疆的这群年轻人跨越数千里，从中国的西到中国的东，坐着轰隆轰隆的绿皮车，拉着鼓鼓囊囊的皮箱，皮箱里装着巴旦木、葡萄干和馕。这群人在最接近中国心脏的地方，相遇、相识、相知，这是新疆兄弟姐妹不约而同的相聚与狂欢。

那时我们朝气蓬勃，脸上的稚气未脱，散发着独属于我们这个年纪的活力与朝气。诗人塞缪尔·厄尔曼说："年轻，并非人生旅程的一段时光，也并非粉颊红唇和体魄的矫健。它是心灵中的一种状态，是头脑中的一个意念，是理性思维中的创造潜力，是情感活动中的一股勃勃的朝气，是人生春色深处的一缕东风。"提前一年的准备带给我们的，远不止令人怀念的旧时光，还有对于这个学校、这里的人、这个城市的进一步了解，还有我们的青春与成长。

高一回学校的时候，协和湖畔维修的铁栅栏已经拆除，露出的是协和湖的新模样。微风过处，湖面泛起阵阵涟漪，层层波澜如绿色的墨一般晕染开来，煞是好看。本地同学和我们相处很融洽，我们通过他们了解了更多的北京，他们也通过我们了解到更多的新疆。几年下来，他们不再会问"你们是不是骑马上学"，我们也不必故意逗他们说期末考试比赛射狼和骑骆驼。我们拿着课本去湖边背书，心里有烦心事时和小伙伴儿们在湖边谈心，春天、夏天来临的时候闻着花香，下雨天闻到青草和泥土的气息。不论什么时候去湖边漫步，总能看到几只大白鹅优哉游哉，比我们更会享受潞园的美景，有时候还真想当潞河的一只鹅，这样就能一直待在校园里了。

高三后半学期，每个人都在争分夺秒鏖战的时候，我和朋友们抽空在午后和晚自习前来湖边喂鱼，红色的锦鲤聚成一团，它们不挑食，不论是面包屑、西红柿还是馒头，它们争先恐后地抢着。可能是锦鲤真的会带来好运吧，临近高考我们紧张的心也渐渐平复下来，多了几分笃定和自信。

不知不觉，日子过得飞快，2019届毕业生——我们，也终于迎来高考，2019年6月7日，那个传说中的人生转折点，是令每个人都要认真去准备的考试。

高考的前一天下了雨，路上拉好了警戒线和条幅，红色与黄色交映，鲜艳而醒目。我们都知道那意味着什么，当四年在某个时间节点结束的时候，我们清空了宿舍，处理好所有的书，把行李抬到楼下，拉好胶带缠得一圈又一圈……做完这些之后，感觉更多的不是终于解脱，反而有点儿空落落的——四年的时光，结束得太让人措手不及。

潞河的每个人、每段时光，都印在我们的脑海里，我们在这里收获最珍贵的友情，遇见博学且平易近人的老师，他们都是人生路途中弥足珍贵的回忆。我们明白终归要离开这里，但我们将永远记得那些美好的时光。我们同样，也期待去一个新的未知的地方，看到未曾接触过的更大的世界，重新开始，认识更多新的朋友，拓展自己的视野，提高自己各方面的能力。潞河是追求梦想的起点，她不会偏爱谁，她平等对待每一位对自己负责的同学，不论是现在还是未来，她都敞开温暖的怀抱，欢迎每一位有理想的人前来，她也面带微笑，挥手欢送每一位桃李学子远去寻找更大的舞台。

这大概就是经由的意义吧，我经由潞河，而潞河雕琢我，塑造我，锤炼我，融入我而成为我，成就我。

九月即将到来，新学期就要开始。

谨以此作为一个回忆，送给潞河的学弟学妹们，希望每个人，都能在新的学期朝气蓬勃，乘风破浪。

我的小神仙

2020 届　史怡然

我是在奶奶讲的故事里长大的。奶奶故事里的世界很奇幻，主角很厉害，于是小小的我常常幻想，我出生的时候天有异象，蝴蝶满天飞，我以后可以腾云驾雾，像个厉害的小神仙。后来我向妈妈求证，完完整整地讲完我的猜想，妈妈摸摸我的头："小孩儿别瞎想，给我买袋盐去。"然后我的小幻想就几乎被盐渍味儿湮没了。

但我并没有彻底放弃这些幻想。于是我寻寻觅觅，想给自己的小幻想寻找一个载体。这也是促成我开始小说创作的重要因素之一。

长大后，伴随着知识和成长，世界在我眼前徐徐展开，我发现我还是更爱这个复杂多彩的美丽新世界。

写小说总有顺利的时候，赶上对的时间，新点子、新情景争先恐后地在你面前蹦跶。若是不顺利的时候，在电脑桌前，对着未完的文档相面，抓耳挠腮一个小时也不见得写出什么内容。现在想起来，小说像个小姑娘，有的时候可可爱爱，有的时候就执拗地耍着小脾气，贯会惹你生气。没办法，这个小姑娘可人疼。

我们用小说来回忆过往。三言两语，你的亲人、朋友、爱的人、思念的人，都在你笔下重新活过一遭，于是他们眼里、心里都装上了你赋予他们的希望和美好。留在纸上的文字总比生命更久一点儿。

我们用小说来感怀现在。记忆很短暂，生活很精彩。那句话怎么说的来着，生活不止眼前的枸杞……苟且，还有红枣、桂圆、花生米。放进小说里，加点儿清水，就能煮成一碗世间尘味。

我们用小说自由畅想。大英雄刀枪林里插招换式，寂寞的剑客剑挑枝上桃花，新科技时代在头顶呼啸而过的飞行器，蓝眼珠的漂亮猫咪俯下身子亲吻睡梦中的女孩儿。在小说的世界里，我爱夏夜的星，伸手就能摘到，我馋的那口很久没吃的椒盐儿烧饼，张口就能吃到，像是没有遗憾。

我睡眠质量一向不错，唯一一次失眠就是在我得知小说可以出版的那个晚上。那天我一个人仰在床上看天花板，童年那个很厉害的小神仙又蹦跳着向我走来。我朝他笑，他就把头一扭，"傻乐什么，继续努力啊你得，你离我还差得远呢"。我觉得我离他更近了一点儿。

接着是来年的一个冬日。风很硬，阳光可是暖软的。从张老师手里接过书，我感受到陪我度过无数夜晚的文档化作手上实实在在的重量。老师和平时一样鼓励我，在潞园文学社的时间里，张丽君老师、韩丽老师的悉心指导坚定了我继续前行的信念。

路还长，接下来就是春天。

我们还能往更高处去。

我们都能成为自己的小神仙。

随笔二题

2021 届　邬昀烨

揽万里河山，扬千尺后浪

夏木阴阴，万物峥嵘之势锐不可当。看我人间，泱泱华夏，被誉之"后浪"的年青一代似已卓然挺秀，其果真如此乎？

以我观之，今之"后浪"，问之理想多数人如堕云雾之中，询之奋斗少数人持无谓态度。青年为时代新人，复兴重任将置于己肩，岂能驰于空想、骛于虚声？又岂能妄自菲薄、蹉跎年华？岁月不居，时节如流。吾辈当志存高远，脚踏实地，牢记使命，不负初心。

无向即无志，无志则无望。志正者行远，志偏者行空。若夫今朝遭逢札疬，庚子之难，山河志其艰险，唯医者逆行而前，克流疾于斯年。视其医者之流，青年者十之六七，或未而立，或初弱冠。青年揽保家护国为己任，救苍生而不悔，实为吾辈之楷模。思今之少年，多图圣贤之荣光，嗜学而致书，笔录而弗怠。黄夜寒窗，一灯如豆；风华正茂，雄心满怀。是以遍观群书，又矢志于四方。此为志正者也。

抚今追昔，吾又思之，志存高远须与时代同行，方行千里而有所获；胸存虚志脱时代之轨，则行千里而终无所获。

心怀理想者千千万，然为之奋斗者屈指易数。且顾今之社会喧嚣，丧文化滋生，自诩佛系青年之属众多。青年或知难而退，或坐而论道，纵志存高远也鲜成大事。面对时代瞬息万变，倘若难抵诸般诱惑，便会随波逐流；倘若难秉奋斗不息，便将翩然梦碎。

滔滔江水，万里苍茫。新时代浪潮滚滚，吾辈皆为后浪。迷茫者且负凌云壮志，无畏者且入中流击楫。鲲鹏程南万里尽揽河山光景，虬龙潜渊万尺尽腾浊浪溯源。何须惶惑？十年扬帆沉浮水，誓向东风借一程。何须等待？今朝定闯今朝事，明朝定留吾辈名。吾作卷首之语，望予诸君些许建议以共勉，并以之作结：

其一，青年自强则国家强。当谨记自强不息，取愚公精神以掘移巍峨山峦，不畏浮云，披荆斩棘，方抵梦想之处。

其二，青年实干则国实干。当谨记空谈误国，实干兴邦。取事事躬行以添砖加瓦，锐意进取以服务人民，达大我之悟。

其三，青年守心则国守心。当谨记光阴弹指过，未应磨染是初心，取慎终如始以不负初心，取素履所往以不负使命，助中国梦之圆满。

今朝青年譬之铅刀必实干将之志，譬之萤烛必增日月之光。志存高远，步履坚定，既志有初，则守有终。时代新篇，待吾辈奋进之笔，谱就云华锦绣之章。

徐 师 传

白驹过隙，倏忽双秋。

曾忆初入高中，母谓吾曰："流水不腐，户枢不蠹。值碧玉年华不勤加淬炼筋骨，白首将悔矣。"吾深记之。

自高中来，吾之体育乃经由同一师父教学。其人姓徐名惠，吾不知其何许人也。徐师年三十有余，形健美，貌昳丽。以其肌理细腻，宛若妙龄少女，故诸生唤之"惠姐"。徐师闻之，欣欣然曰："甚善。名我固当。"

徐师少善运动，至考入体育院校，遂通浑身经络，谙绝世武功。尤致思于艺体、排舞、健美操之属；耐久、核心力量云云。虽体育之术远高于世，藏器于身，而无骄尚之情。常因吾等诸项达标，孜孜不辍，翻转腾跃于健身馆中。为吾等示范，不厌其烦，素以其为一多变之猱。

向吾等必修游泳，遂笃练泳技。彼时徐师持一丈八长竿立于池畔，见速逊于他人者，以之轻敲击水鞭策之。吾与二三子水性不佳，常见击于徐师。噫！曾数度默祷于心，请其莫相伤。今已能下海逐浪，甚为相得。蓦然思及，若无徐师往日之严，无乃仍惧水乎？

时潞园跑操之习日久，自诸师以下，莫不气喘吁吁，汗流浃背，然疾走一法锻炼之效甚微。徐师见此，乃拟《舞动青春》作《OHLELE》。此健美之操动作巧妙，个中连贯浑然天成，为精思之作，三月乃成。吾等舞之乐之，体亦强之，诸生愈服徐师。

仲秋体测将至，徐师因启特训，严加监督。一日，复测中长八百，众生惶急无措，聚而叹曰："呜呼！徐师将至！徐师至，吾命苦矣哉！"一姊妹大恐，竟号啕不止："今亡亦惩，未及三分四十秒亦惩，等惩，莫若亡矣！"乃避而躲之。孰不知学步也非晦朔，体壮亦非朝夕。明日，徐师果治威严，整规矩，阴知亡走之人名姓，一时教训，诸生肃然。

——每念徐师策吾前行之恩，谢无疆焉。

窗外依然明媚

2021 届　赵建靓

房子临街，南北通透，我家住在五层。念书后，我的书桌就被放在了正对窗户的位置，爸妈说那儿光线足，学习时对眼睛好。窗子不大，但坐在窗前一低头，就能看到街上来来往往的行人。作为长安街的延长线，我记忆里这条街总是车水马龙的样子。

大年初二，坐在书桌前，窗还是那扇窗，可窗外的景象却与从前大不一样。原来的这个时候，如果我愿意，就能记下每一辆过往车辆的车牌号，早高峰的拥堵让每辆车都能在窗外待上好几分钟。可刚才过去的那辆车却在我的视线里一闪而过，不是它开得太快，而是整条街上只有这一辆车，它没有停留的理由。

妈妈让我不要下楼，待在家安心学习，可她却出去了。因为在政府工作，疫情突然紧张，他们需要去统计和排查人口的健康状况和外出情况。

接下来的几天多云又有雾霾，窗外阴沉沉的，几乎照不进光亮，我少有地在白天打开了屋里的灯，越发不知晨昏了。感觉有些累，就倒在床上看手机，网络的高频词汇没有变，"疫情""武汉""医生""感染"。咦，今天怎么多了"学生"？我点开链接，原来是全市大中小学延迟开学了，心里不免骤然一惊——今年可是高考改革第一年啊，那些即将面临高考的高三学长们，会不会格外地紧张？同为高中生，我知道他们时间的宝贵……不觉间，我的心头也罩上了一层阴霾，就像那窗外的天空。

窗外的阴霾什么时候消散呢？明媚的阳光何时造访我的房间？小时候睡不着就会爬起来数街上的车，数着数着就困了。可现在的街上，应该一辆车也没有吧，但我还是本能地下了地，又坐回到窗前。外面街上，几盏路灯的光显得格外刺眼，原来是天已经黑了。只是果然如我所料，街上空无一物。突然，一个身影出现在夜色里，走进了一盏灯的光影下，这是几天里我在窗外看到的第五个人，大大的白色口罩让我分辨不出他的年龄，中等身高，偏瘦。这么晚了他怎么走在街上，是去值夜班的医生吗，还是刚刚完成必要的工作往家赶的什么人呢？我目不转睛地盯着，他又向前走去，这才看到空无一人的大街上，他前面的斑马线，再前面的红绿灯。他什么时候从视线中消失了我都没有发觉，脑海中还一直是他戴着口罩站在街边的画面……那天晚上，我又看到一位高三的学姐在朋友圈发的照片——台灯下、咖啡杯旁那一沓刷完的卷子。

在这特殊的时期，窗外依然有人在坚持工作，身边仍然有人在守护梦想……我不再感到恐惧，也不再为自己、为高三的学长们感到慌张。没有一代人的青春是容易的，但每代人的青春都是大有可为的——我安下心来。

"妈，您想叫我早起就直说，开什么灯啊！"我双手捂着眼，生气地喊。过了一会儿没有回应，我把被子一甩，打开卧室门又朝外边喊。可看到门口的拖鞋，妈妈已经去上班了。

我蓦地回过头，哦，窗外真亮。昨晚没关窗帘，阳光直接造访了我的房间。我的心，也顿时明媚一片。

只要一束光

2022 届　张熠辉

雨，淅淅沥沥；天，昏昏沉沉。

午饭时间，一位身着黑色外套的女孩，在一把足以盛下三人的大黑伞下，深一脚浅一脚地躲闪着积水刚刚形成的雨坑，走在去食堂的路上，还在和同伴探讨未算出结果的数学分配问题。

未带伞的同学拉紧衣帽从我身旁飞奔而过，雨水溅到了我和另一同学的裤脚。有的同学四个人撑一把伞，踉踉跄跄地走在雨中，被我超过。这是春天的第一场雨，是场夹带着狼狈与惊喜的春雨。

正是午饭高峰时段。高三同学离食堂最近，总是先我们一步，排在前面。我打算将雨伞放到熟悉的位置占个座位。可是，满满的座位之间，只有一条仅一人通过的狭窄通道，吃完饭的人出不去，盛完饭的人进不来。人挨着人，衣服上零散的雨珠在彼此的衣襟上跳跃，餐盘边盛饭留下的残汁无意间蹭到了其他同学的衣袖，半伸出的蘸有饭菜汤的筷子尖不经意在他人校服上作画。我顺道取筷子的手被身旁准备盛饭的同学一下拨开，一位熟识的同学在匆忙中将筷子递给我，颇有些感动。

想吃的饭菜已经卖光，便向取餐的哥哥顺口说了句随便。餐盘放在桌上，旁边的雨伞还在淌水，一丝一丝地从桌脚滴下，我挪了挪椅子。屋顶的透明玻璃斜射下一缕阳光，温柔的光影使饭中的鸡蛋更加诱人，我抬头望了望，那抹阳光从乌云穿过，为周围的云朵镶上了浅浅的金边，只有较淡的一痕，落在我的盘中，那道排列组合题霍地有了思路。

下午，穿云的那束光终究弱了些，雨丝仍在细细地洒落。第二周的校园生活以数学考试收卷声为终，骑着车，在细雨朦胧的校园中穿过，一身轻松……

春雨中，新的学期已经开始。忙碌的学习，不乏"准高三"学生的压力，身旁同学有的早已提前学完新知识，开始着手复习或是自学大学课程；有的每学科报两三节课外辅导，都在按自己的节奏拼命学习。新学期伊始，我便感觉有些慌张。

说来奇怪，人的心结的开合或许仅在一念之间。

午饭时屋顶投下的那束光，不仅给了我解题的思路，也让我的心境豁然开朗。其实，很多时候，只要一束光，无论强弱，它都会令人心中一亮，退去迷惘。按照自己的步伐，不被旁人左右，无惧黑暗，无惧风雨，满怀希望和热情，坚定地走下去，就一定会到达自己的终点。

踏　夕

2023 届　孙　雨

　　周三的体育锻炼后，我坐在操场的草坪上，身上搭着一件校服外套。

　　秋天的天很高，很高，淡淡几抹云挡不住夕阳的光辉，光打在草坪上、同学们身上、足球门上，留下参差不齐的影子，我就这样感受着宁静的黄昏。

　　突然间一个影子映在了我身上，小胡走到了我旁边。

　　"要不要一起去逛湖？"

　　"好。"

　　我抓起身上的校服把它系在腰上，一下站起来和小胡向太阳的方向走去。

　　走过一栋修缮一新的教学楼，我们来到学校最年久的食堂，一人买了一根草莓冰激凌。

　　初秋的天气还有些热，或许是上天怕喜欢吃冰激凌的孩子吃不到冰激凌了。

　　我们迅速穿过一条林荫大道，走到一个汉白玉小桥上，在那里刚好能和太阳打个照面。我们像孩子一样怕夕阳溜走，这时候才放下心来。

　　"太阳比以前低多了。"

　　刚好长在树顶的太阳把湖面照得泛起金光，风吹着，水荡着。湖边的杨柳仍然绿着，随风舞着，扫在湖边的岩石上。我转头看见小胡趴在桥边上，夕阳扑面，照着她的脸，许是暖暖的，无限惬意的她忘情地望着湖面，望着湖光树影。

　　"我突然明白为什么我想考到潞河了，那么那么执着。"她突然开口。

我没回答，感受着风带来的湖水的气息，耳畔是水声、鸟鸣，还有远处同学们的欢笑声，各种声响相互应和，像一首和谐的奏鸣曲。

"全北京都找不出有湖的中学吧？潞河，真的太美了。"她顿了顿，突然转过头来，"唉，今天应该把相机带过来，没拍下这么美的景色，真可惜。"

"我们会一直记得这个景色，不用相机也可以。"我说。

"是啊，大概吧，等我们回忆青春的时候，就会想起你和我在潞河看夕阳，想起湖，想起大白鹅……走，到那边看鹅去！"

我们走过小桥，走到沿湖的小径上，垂柳像珠帘垂在两侧，湖边的石头上的坑坑洼洼注着雨水，每个小水洼都有一颗小太阳，闪着暖暖的柔光。一块竖起的大石头上刻着"协和湖"三个大字。

"你说，用什么形容这景色好呢？"我突然问小胡。

"什么都不说，静静看着，最好。"她回答。

来到两座木桥边，大的直通南岸，小的向右连着湖心岛。我们转向右边小小的拱形桥，看到一群大大小小的鲤鱼，红的、黑的、花的，从大桥下游过来，又穿过小桥，游向大湖深处。岛上有三个木质长椅，将小岛中心围成一个圆；岛的四周错落着岩石和灌木。靠南边有一棵又大又歪的柳树，树冠伸向湖面，夕阳下的柳叶泛着金黄色的光辉，让人想起"那河畔的金柳，像夕阳中的新娘"，着实生动而形象。

树下就是潞河最出名的几只大白鹅，浮在金色的水面上，悠然地荡着它们红色的双桨，用"曲项向天歌"抒发着自由的快乐。它们此起彼伏地唱着，树上的鸟儿们也比赛似的啁啾，形成一组自然的和鸣。

"嘎——嘎——"我张开嗓子学鹅叫。小胡听了也和我一起怪叫，八只大鹅突然噤声，像是被我俩的声音镇住，也许是吓住，没等它们反应过来，我们自己一阵大笑。

"哈哈哈哈——青春啊，这就是青春！"小胡笑着说。

面对着挂在树梢不忍离去的夕阳，在我们背后留下长长的影子。

"我今天不知道怎么回事，突然很想吃草莓味的冰激凌。"我边走边说道。

"我也是！"小胡附和道。

131

"我记得小时候第一次吃冰激凌就是草莓味的……"

又走过来时经过的汉白玉石桥，来到崭新的教学楼和 1919 年建起的膳厅的交叉路口，好多同学在教学楼前的空地上打乒乓球和羽毛球。夕阳的余晖给他们的脸上、身上镀上了一层金红，竟有些梦幻般的朦胧。耳畔是青春的喧闹，不同于湖边的宁静。正想说点儿什么，小胡的声音又在耳边响起："这里——也很美好。"

"当然！"我连忙表示赞同。回头望了一下半隐于高矮树丛中的协和湖，夕阳从枝叶间洒落下来，整个潞园都在光影交错中焕发着生命的光彩。等我们老去，一定会想起潞园湖边的夕景吧，想起这次踏夕，想起我们的青春……

"咱俩好像退休人员啊……"小胡突然说。

"哈哈！还真是啊，要不咱俩也打会儿羽毛球去？"

"走啊！"

我们一起往教学楼前跑去……

繁花·芳华

2024 届　段浩天

　　只管走过去，不必逗留着采了花儿来保存，因为一路上花
朵自会继续开放的。

——题记

　　轻轻拂尘，回望花朝月夕。
　　悠悠三载，常伴桂馥兰馨。

　　曾几何时，想到我们走在潞园的三年中，繁花一路相伴，载满半路
青春；可叹时光荏苒，年华似水，总也抹不去那驻在心头的花香。

　　初入潞园，正值孟秋。恰逢金风送爽，银桂飘香。那时的我们尚未
退去少时的稚气，行走在潞园之中恍有一种游离在一片诗情画意中的浪
漫与美感，是秋终究装饰了这里的一草一木、灰墙红窗，也使潞园那份
独有的百年沧桑的历史气息变得更为浓郁。玉簪的芬芳是我在潞园闻到
的第一缕花香，它的花香始终带有着一种属于秋的气息，成熟而又绚
烂。它银簪似的花容煞是独特，总是一丛丛的，仿佛它不曾有过孤独。
它正是我在这里的第一缕情愫，每逢相约，总让我想起那句"高攀才子
沾衣绿，争插佳人压鬓黄"而增添了几分情趣。

　　时至仲冬，气温渐寒。在潞园的冬天里，多数花儿都消逝尽了繁
华，陷入了沉睡，却有少数的花儿刚刚崭露头角，它们虽无法遮掩那繁
华落幕的黯淡，也挽救不了一片萧瑟荒凉，但它们常常能在细微处，绽
放光芒，去为一个漂泊者的心嘘寒问暖。红梅正是如此——一朵寒梅，

纤体穿着赤裙，乌鬓插着红钗，满身凌霜傲骨，精气血性方刚，颇有些巾帼的身影，又含着几许柔情……我是在某日放学的时候无意间瞧见了它。

那时我的学业正处低谷，一向争强的我输掉了一次比拼之后，有些惆怅与悲伤。在茕独黄昏中，一片灯火阑珊下，有片暗香疏影在烟霞与灯光的交织之下，花的颜色有些呈现出了紫色，我缓慢地接近它，瞧望它，轻抚它，终是红梅的那外表吸引了我，我又仿佛透过它层层的花瓣，看到了它那不畏艰难、勇往直前的战斗意志……不知为何，我竟受到这朵寒梅的感染，渐渐不再迷失，前行的脚步更加坚定。

一次文学课上，老师让我们自创一首小诗，我便写到与红梅的相遇——"宁断香愁尤为紫，翘首不畏争世雄。"之后，我常以红梅激励心志。

暮春细雨，使潞园的春有了些江南烟雨的气息，氤氲的空气之中弥漫着清淡的素香，是谁？在这里漫步，在这里轻歌曼舞？我寻着，觅着，发现了仁之楼下的玉兰，它使我沉浸于一片朦胧的幻想——玉兰盛开，恰如一位冰清玉洁，淡唇皓齿的少女，她的一颦一笑，都令我痴情难忘。她的眼角处涂着一道淡黄色的胭脂，乌黑蝉发尽是细腻的情丝。说话吴侬软语，举止言谈庄重而轻熟。一次相视，她浓眉下藏着一对黑眸，却含着缕缕暗愁，她忽然转身走去，消失在一襄烟雨之中。我方才初醒，却看到玉兰摇坠，散落在地上，我伤心流落下泪，有感"落花人独立，微雨燕双飞"的伤情，拾起残花，将它们葬在协和湖里，它们缓缓走在了湖中央，难言暮春的苦，沉了下去。

盛夏的时间不多，而 2021 年夏天的点点滴滴却最最值得我回忆。中考是我这三年的终点，那一次，我们每个人几乎都意识到了自己的人生去从，竞争带来的压力使每个人的神经紧紧地绷着。我们这一届，恰逢中考改革，还有去年尚未消灭的新冠疫情也不时卷土重来，我们面临着一场更为残酷的淘汰赛。每个人都在人生的跑道上奔跑着，而我怀着紧张的心情，为那决定一生的一分，不知跑了多远。

临考前两天，我想这或许是我最后一次郑重留在潞园了，于是我告别了亲友，独自一人徘徊在湖边。在湖的西南一隅，我看到了荷花。她高擎粉色的花朵，隔开有些浑浊的水面，似乎遗世独立，那份从容与淡然，不带一点儿矫饰与虚伪，正是"清水出芙蓉，天然去雕饰"。终于，领悟了它的真谛，我放下了包袱与负重，面对人生的分水岭，我变得从容不迫。虽不知前路如何，我会尽力走好自己的路。好在，我又可以与潞园相遇在繁秋中了。

记得泰戈尔说过："只管走过去，不必逗留着采了花儿来保存，因为一路上花朵自会继续开放的。"是啊，在潞园的初中时光，悄然间花开花谢已三载。在这"始于深秋，终于盛夏"的人生路途中，我始终相信，人恰如花，经沉浮枯荣，便是在生命的次次轮回中，过好自己的一生。

水润诗情

Shui Run Shi Qing

走着去潞河
疯狂地爱一场
不计后果

花落尽时候
潞园绿初透
青翠欲滴，点亮希望

——金明顺《有关潞河的三行情书》

潞河中学校歌（1928—1950）

潞河中学，潞河中学，
吾辈同欢唱。
颂我慈母，东西和心，南北协力，
赞扬潞河我潞河。

潞河中学，潞河中学，
恩寔如慈母，赞美至极，
循循善诱，三育全备，
称颂潞河我潞河。

一九四一班班歌

刘镜人 词　北人 谱

　　柳荫槐浓，兰娇梅嫩，虹梁卧碧波。危楼曲径，华庭芳草，山光映碧螺。

　　夕惕朝乾，月将日就，飒诵并弦歌。一曲骊驹，数声风笛，行矣，别潞河！

　　同窗同砚，联床联袂，切磋共琢磨。立雪坐风，青灯绛帐，提诱益良多。

　　浩莽长途，乘风破浪，前进莫蹉跎。一曲骊驹，数声风笛。行矣，别潞河！

潞河中学校歌

十年树木，百年树人，
我们的校园古朴清新。
先辈在这里曾付出心血，
培育出桃李天下芬芳。
啊，潞河，光荣的潞河；
啊，潞河，骄傲的潞河；
你有着久远自豪的历史，
为民族进步立下功勋。

阳光照耀，雨露滋润，
我们的校园焕发青春。
优良传统在发扬光大，
造就着社会主义一代新人。
啊，潞河，奋发的潞河；
啊，潞河，崛起的潞河；
你有着圣洁崇高的事业，
为祖国腾飞担起重任。

潞河中学附属学校校歌：潞河少年

春生、夏长、秋收、冬藏，
潞河少年，快乐上学堂。
明德启智，昂扬向上，正心健体，乐观坚强。
沐浴阳光雨露，畅游知识海洋。
探索世界奥妙，培育综合素养。

我们自信、自立、自律、自强，
人格健全，志正修远成栋梁。
五育并举，一生受益，
百年潞河，满园桃李更芬芳。

大美潞河[①]

1930 届　郭鸿昌

潞河中学建设北通，虽在城外捷径可行。

出入不为不便利，声气不为不相应，

外围铁篱院内雅静。

面铁路西达北平，背城河流水澄清。

左跨汽道直通津城，又临小村名曰复兴。

校址面积不下数顷，土地肥沃花卉丛生。

大树荫蔚临风作声，珍禽会此关关和鸣。

俯视校湖水明如镜，大小鱼类往来游泳。

仰观博庭耸高如蜂，彩石铺地青瓦装顶。

亭旁有山课暇可登，极目能以远眺，披襟可以逆风。

湖内有岛绕以浮萍，岛上植槐俨若伞形。

树者本为纪念，将来或做门屏。

湖亭之间路修且平，自东徂西直到校中。

瓦屋数列，高楼三层。谢楼在西文楼居东。

北为魏楼上下两层，负阴面阳其状法弓。

怀抱百年之老槐，目看常青之嫩松。

西头之下为委员办公之室，

东端之上做化学实验之用。

中为宿舍窗明案净，墙壁洁白器具玲珑。

昼充之以日光，夜照之以电灯，节省目力最合卫生。

---

① 题目为编者所加。

诚少有之净土，难得之学宫。

是故莘莘学子负笈担簦，载欣载奔来者日众。

言乎教员循循其善诱，提及学生孜孜其用功。

农科发展科学精明，文艺高尚思想新颖。

我校前途光明兮，渐渐入乎极佳之境。

中外人士合手兮，校誉永垂而无穷。

今吾学生兮播良善之种，

后果实现兮焉非吾辈之光荣？

明　日

1934 届　杨庆瑞

朋友们，明日我们大家要一起登上危船了
震荡的怒涛，狂暴的风雨……
来，来，来，一齐向我们进攻，袭击
他们绝不留情，绝不，更不会宽容
疏忽了你的心，失去了你的慎重
他们便会对我们使出那翻江倒海的威风
那，那我们只有沉沦，毁灭
朋友们，努力吧，危险已经包围了你
鼓起勇气，打起精神，珍重前途，努力冲锋。

朋友们，明日我们大家就要被困于荒山中了
猛虎的狂吼，豺狼的怒啸……
来，来，来，一齐向我们进攻，袭击
他们绝不会留情，更不会宽容
慌惧了你的心，战栗了你的身体
他们便要对我们伸出尖牙利爪
那，那我们只有死亡、歼灭
朋友们，努力吧，危险已经包围了你
鼓起勇气，打起精神，珍重前途，努力冲锋。

朋友们，明日我们的酣梦都要一齐醒了
弃舍了我们的幻妄，决定了我们标的

洗去我们梦中的昏迷，脱掉我们金色的衣裳
把扎过你脚的荆棘拔去，也许我们能得到安宁太平
朋友们，努力吧，危险已经包围了你
鼓起勇气，打起精神，珍重前途，努力冲锋。

四十二年今又是

1975 届 华 表

依旧是沿甬道的垂柳，
春色依依，春意浓浓；
依旧是园心的红楼，
古色古香，舒雅静幽；
依旧是恬淡的风华湖，
水光潋滟，沉静如昔。

哦，我亲爱的兄弟姐妹，我的同窗，
我们再一次回到阔别的故土，
都各自有怎样的心情？！

潞河，我的故土，
一中，我的母校，
是你涓涓细水的哺育，
见证了我们少时的如梦韶华。

今朝相见，霜鬓盈头；
岁月沧桑，话语多稠。
四十二年的光阴，弹指一挥，
我们各自经历了怎样的冷暖春秋。
啊，我的同学，
相逢莫叹青春去，

四十二载今回眸。

谁还记得当年操场上的风云，
谁又曾怀念教室里琅琅的书声：
氢锂钠钾铷铯钫，
铍镁钙锶钡镭……
谁还能回想起当年的潇朗容光，
青春旧影；
又有谁珍藏了少时的迷离尘梦，
缱绻春光；
有谁还能够体味，
当年劳动的欢欣；
又有谁还能忆起，学工、学农的勤劳！

同学们，我感叹岁月，
然，又欣喜于各位的健朗康明。
叨叨难尽，千言万语，
想开口，陡然顿觉万念空，
只有沉默我充实。
剩下这斟满美酒的金樽，
愿它见证我们的珍重与叮咛。

愿我们再一次沉醉在母校的怀抱里，
感受她的古朴，她的敦厚、清纯。
愿我们的友谊在这里延续，
不因沧桑变色，历久弥新。
愿我们此后每一次的重逢，
都有更多喜悦、心满
和老骥伏枥的壮志如云。

举杯吧，同学，举杯吧，姐妹，

举杯吧，我的兄弟！
这是伟大的时刻，
它又一次孕育了一个新的二班！
让我们绽放欢聚的豪情。
让我们再一次成为二班的新人！

今天的重逢，
是总结昨天的离别。
而明天的离别，
又将凝聚再见的启程。
此生，我们的命运，
和潞河——我的母校，
和二班——我的同学，
因心灵，因人文，
因为我们的热爱，
必将系于永恒之绳。

2018 年 4 月 29 日下午写于山东回京的高铁上
与潞河中学高中 75 届二班全体同学共享

致 潞 园

1981 届　赵会安

离别你已有很多年
却时时刻刻把你挂念
在绿树成荫的协和湖旁
在古香古色的红楼门前
在参天古树掩映的甬道上
在红绿相间的操场边
琅琅读书声依然回荡在耳畔
当年的青年学子
如今已步入中年
昨天的发奋苦读
为的是今天建设祖国美好家园
百年潞园
你是一代代潞园学子的骄傲
更是学子们情感的依恋
在我们的人生旅途中
因为有了潞园这一段经历
使我们的人生履历变得更加辉煌灿烂
潞园
我为你骄傲　为你自豪
祝愿你永远美好
意气风发
青春无限

高中文科班师生相识三十年聚会感怀

1987 届　钱　利

看清晨

旭日和朝霞点缀着你我的母校

想当初

我们青春年少

风华正茂

曾经是不谙世事的年龄

如今可以面对生活自信地微笑

那是因为在曾经的黄金岁月

有潞河的老师为你我

去惑答疑

悉心指教

春天里

协和湖畔的二月兰为何这样绚烂美妙

那是年轻的你我同学情谊的写照

秋意浓

博唐亭边的树林为什么别样艳丽妖娆

那片片枫叶上都铭刻着我们青春万岁的符号

一中的校友啊

解放楼记得我们的欢笑

潞友楼里仿佛还萦绕着恩师对我们的谆谆教导

在人民楼南面拍摄的毕业照片记录了我们班集体的美好

潞河同窗是我们永远的骄傲

让我们一生为它自豪

我的老爸是一个农夫

2012 届　麦麦提敏

我的老爸是一个农夫，
他的学问远远不如
一个博士高。但他种着
七亩地，把一家六口人
养得挺好的。

太阳火辣辣的中午，
老爸在农田辛辛苦苦地
干着农活。他汗流浃背，
皮肤是黑黝黝的。博士知道，
阳光中的紫外线对人体有害。
但老爸知道，沐浴阳光，身体会
结实的；身体结实，才能够
更好地养活一家六口人。

老爸赶着毛驴车，哼着
一首他只会唱一半的歌，
在他去农田的路上。博士知道，
毛驴的祖先是什么模样，
毛驴是怎么进化而来的。但老爸
知道，毛驴是他的好帮手。
所以，他把毛驴养得肥胖胖的。

农田里，看到长得绿油油的
麦苗，老爸哈哈大笑。博士
知道，土壤由什么元素组成；
应该如何如何施肥。但老爸
知道，下了功夫，流了汗，大地
就不会让人失望。

博士知道，村子里那条土路
最终通到哪里。但老爸知道，
只有一步一步走，才能
走到那条路的终点。

博士知道，今年冬天会不会
下雪，会不会很冷。但是早在
初秋，在院子里，老爸把冬天
生火用的木柴堆得高高的。
冬天来了，下了很多雪，天气很冷。
老爸把火烧得旺旺的，屋里
暖和和的。然后他靠着
叠着的被子，慢慢入睡。不久我们
就听到他像歌一样
动听的打鼾声。

老爸不会买给我们很多
果子或蔬菜。因为我们就在院子里，
自己摘着老爸种的果子吃；我们
吃的蔬菜也是老爸种的。

博士知道，怎样才能改变
大自然，怎样才能战胜

大自然。而我老爸知道，只有
顺其自然，他才能
把一家六口人养得更好。

博士取得成功时，只有他的
同事知道。只有他的同事
大声喝彩，庆祝他的
成功。而我老爸丰收时，
我们一家六口人围坐桌旁，一起
吃一顿好饭。我们的
快乐，我们的笑容
是对他最好的奖赏。

一旦博士失去工作，他就
像掉进水里的哲学家，
养不了自己的命，更不用说
养活他的家人。而我老爸
老了，白发苍苍，也不会
退休。土地也不会
遗弃老爸，我们一家六口人同样
活得挺好的。

假如有事可以自豪，
那就是：我的老爸是一个农夫。
假如有事可以骄傲，
那就是：我是农夫的孩子！

2010 年 11 月 2 日

155

白 月 光

2012 届　刘晓辰

清清白月光
轻抚脸庞
奔过河流山岗
落在身旁

曾想檐下的桃符
换了一张又一张
只说岁月醉了
味道变了
温度却还一样

悠悠白月光
照在心上
不小心丢在了陌生的地方
找不到方向

星光黯淡了
在夜的呼吸中
坠了翅膀
仰望
看不见的远方
写下——故乡

皓洁的月漾出纯白的光

像海浪

翻滚出家的模样

静静地睡熟了

梦里

把月光作被子

遮掩了

一行一行——想念和忧伤

我是青年

2013 届　刘　典

我是青年
我看着自己的脸
还有些许稚嫩
少了点沧桑的容颜

我是青年
我看着自己的手
还有些许娇贵
少了些时间的刻篆

我是青年
我看着自己的脚板
还有些柔弱
少了些岁月的老茧

我还是太小
不能将梦想实现
要成为一名青年
还要等三百六十五天

啊！我的上苍
我是青年

我有铁一般的臂膀
钢一般的双肩

啊！我的祖国
我是青年
我可以担起九百六十万平方公里的国土
捍卫这千万里长的海岸线

我是鹰
背上有天
我是牛
脚下有田

祖国啊！
请相信你的儿女吧
我们能创造明天

父　母

2014 届初中　董子佳

一个古老的名词
父母
更是一个充满爱的动词
很久以前都是同样的一个词
一直到今
父母的爱从未停歇过
这个古老的名词、爱的动词
到底有多伟大
什么能胜千言万语
唯有父母的爱

前些天
我们上完一节感人的班会
大家哭着走出校园
曾与父母争吵到比魔鬼还可怕的我们
听着父母感人的话语
竟像天使般落泪了
我们终究还是天使
心里装着你们对我们的爱
请不要为我们苦恼
原谅我们的固执
因为……因为……

我们还是自认为成熟的小孩子

回家后
泪水再次涌出
妈妈的丝丝白发
爸爸的层层皱纹
刺痛双眼
刺痛心灵
虽然白发　皱纹
是些老套的词
可是那天细细体会
这些老套的词竟是这么真实……

感谢这次班会
让我说出了不愿说出的爱……

通　州

2014 届　靖皓生

三千里运河水，
九曲回环。
两千载春秋梦，
方兴未艾。

八里桥畔，
目睹王朝之终点。
燃灯塔前，
见证历史的兴衰。

幽云之痛，
感伤千年空余恨。
燕赵悲歌，
悲染万里亦徘徊。

曾记否，
英法联军炮轰你的血肉，
多么凄惨。
曾记否，
日寇铁蹄踏碎你的尸骨，
何其悲哀！

沧海桑田，
中华崛起之时，
你是否察觉东方的震颤？
风云变幻，
神州屹立之际，
你是否感到内心的澎湃？

红色的鲜血浸染的这片土地啊，
你可看到春日的绿意？
黑色的恐惧笼罩的这片土地啊，
你可望见那黎明的曙光？

尽管浮华已然退去，
你可曾留念那尘封的记忆？
尽管悲伤已然忘怀，
你可曾忘记那永恒的梦魇？

就让这一切随滚滚运河水而逝去吧，
它已然走远。
就让这一切随滚滚运河水而消散吧，
它总该离去。

切莫担心，
逝去的它走远，
还会有新兴的它到来。
切莫忘记，
消散的它离去，
还会有后来的它更替。

送给自己和我最爱的你们

2015 届　高语晨

我们总是会在相处中犯这样一个错误
——把自己看成对方的世界。
因为我们互相在意，
因为我们互相珍惜，
所以，
我们的世界里只有彼此。
可惜的是，人生如走马观花，
不止有去有留，
还有时聚时散。
没有人可以陪你每时每刻，
因而也就空了时间，淡了彼此。
她的身旁一定会再有个她，甚至是他，
而自己的身旁也不知不觉多了风景，
多了繁华。

不要高估自己，
更别低贱自己。
别做无谓的伤心，
更不要有莫名的欢喜。
她的世界里都有许许多多的你，
无可否认，
你的世界里也有许许多多的她。

"友"深藏在"爱"的心底，
却无法成为"爱"的全部。
这，便是人生。
相互扶持，各自安好。

有关潞河的三行情书

2017 届　金明顺

1

走着去潞河
疯狂地爱一场
不计后果

2

花落尽时候
潞园绿初透
青翠欲滴，点亮希望

3

听　这熟悉的旋律　四处传扬
琴声长　笛歌长
从潞园　到塞上

4

如果毕业之前来得及
我要站到体育馆旁
假装自己第一次来访

5

文昭南　天钦北　此处风景谁沉醉
待好风　频借力　送上青云凌风行
烟云弥漫　望穿秋水　盼谁归

6

协和湖畔放歌
博唐亭外结果
德辰山下，沉静地收获

7

体育馆里留下太多青春
见证三年，四年，六年，蜕变
从最初，到最后

8

秋日，亦是潞河的节日
空明依旧，朗清依旧
潞水长，北燕归

9

我想
我要回去看看
不远万里，在想你的某一天

潞园与树梢

2017 届　焦家乐

叮咛，是谁，又在我耳边轻声低语
是鸟语、蝉鸣，还是老师的谆谆言语
黄昏，操场，目光寻着心爱的你
蓦地，我笑了，望着你骄傲走去
青春，盎然，辰光风流轻盈
跌倒，成长，我们笑看岁月老去
树梢，光影，午后漫步在洛宾道上
铃声，悦耳，响彻企望心灵的远方
潞园与树梢，吉他的弦音悠扬缠绕
永远年轻，永远热泪盈眶
潞园与树梢，他们的甜笑永不苍老
永远思念，永远为他们虔诚祈祷
柠檬茶，五三，我们的笑语天复一天
突触，神经元，四食堂的宫保鸡丁吃不完
湖畔，花开，一支笔写下一棵玉兰
桥上，雪落，她在岸边守着寂寞
那时，我想，给你一份轻柔的光静静凝望
清风，雨滴，湮没德辰山边的小凉亭
各奔东西，这是我们最珍重的珍重
多少遗憾，多少话语藏在心底
多少感慨，多少尘封于昨天的记忆
天上的云散了，地上的风起了，我们就要
　　分别了……

去体验一个更大的世界

2018 届　魏　钊

书桌旁，刺眼的光
寒窗里，对黑暗的凝望
静谧的月色，轻抚谁的梦乡
这样，令我无法阻挡
对安睡的愿想

清晨，我匆忙，他们安详
傍晚，我惆怅，他们张扬
为什么总是这样
于是，我向往
闲散舒适的温床

人，到底要去往何方
停下脚步又有何妨
生活依然向阳
也没有路途上的
坎坷与迷茫

可是
他们只瞥见，野草青黄
我却欣赏
那前路

百花的怒放

可是
他们只登上，矮小山岗
我却领略
这远方
山岳的雄壮

如果，你在梦乡
你如何知道
流星悄悄划过，我的窗旁
文字轻轻叩着，我的心房
钢笔匆匆诉说，我的梦想

你怎会理解
无边的海洋，是我的向往
广阔的天空，要任我闯荡
所以，不惧风浪，扬帆远航
所以，不畏艰险，展翅翱翔

因为啊
我们要去体验
　一个更大的世界

青春的着装

2019 届　王昕然

独自漫步潞园，
看清晨微霜打上枝头。
告别蝉鸣，
踏过残碎，
一路收集追梦的时光。
稚翼少年
今赴何方？

瞥见红楼旁的枫叶，
似身披红袍的少将，
踏实地成长。
满地繁星，
是他曾经的辉煌，
被他珍藏在土地上。
我抖擞精神，
抛下心中的迷茫，
像他一样，
轻装上阵，
迎面寒冬的锋芒，
面向阳光才是，
青春的着装。

成功是没有上锁的门

2019 届　哈斯也提·依明

你看
黄叶落了
又是谁把它踩过
在那惨叫声里
冷风乍起
它在空中失去方向的时候
冬天　来了

你看
千里烟波散了
太阳匆匆呼吸着
在那烟波消散的时候
那个"木偶"
永远地失去了自己

你看
太阳落山就会迷失自己
红霞沉睡只能在山谷里燃烧自己
当你要放弃的时候
轻轻告诉自己：
成功是没有上锁的门
它只是虚关着
在风雨里等待你

诗 二 首

2020届　崔　皓

种　子

写诗，写诗
把自己写碎

让，虚无
充盈我的身体，黑暗
照亮我的心

我的诗歌
是诗歌的种子。我
是诗歌的种子

诗　人

诗人
万事万物都要认真对待
谁知道哪个会摇身一变变成诗呢

诗人
每一首诗都要认真感悟

173

谁知道哪首会摇身一变变成什么呢

倒不是说这样就是诗人

但是诗人一定要这样

2019 年 8 月 5 日

潞 园

2021 届　初中　党紫瑄

潞园的冬悄然降临，
带着些许活力与广博的沉寂。
侧耳细听，
那寒风中似是藏着几声鸟鸣，
叽喳着打破冬日的片刻宁静。

举目四望，
冰封的协和湖在暖阳下闪闪发光，
宛如四季轮转中无处安放的宝藏。
冰层下藏着那悠久的岁月，
拂开历史的轻纱依旧光彩照人。

聪明的，我问你，
是什么让潞园在冬日逃离萧索的魔咒？
原来，是教师的热情融化了寒冬冻土，
原来，是学生的活力点燃起熊熊篝火。
又是什么使潞园百余年过后青春永驻？
原来，是烈士的执着打破了时空阻隔，
原来，是英灵的不朽维持着抖擞矍铄。

当今和平年代，
潞河人的情怀啊，

早已不能用生命与鲜血来描述。
它随着一代代莘莘学子的更迭，
悄然融化在了一草一木之中。
长远未来之外，
潞河人的情怀啊，
也定不会被历史轻易冲淡。
它卷携着时代上下翻涌的浪潮，
无声沁入代代潞河人的心中。

潞园，潞园，
我的心与你同在！

徜徉在秋天

2023 届　王颢森

我徜徉在诗情画意的秋天里
我赞美这万物别样的秀丽
我感叹这自然的神秘奇幻
我喜爱这稻菽千重的波浪

徜徉在秋天
我感到一切生命仍具生机
那过季的茉莉花
仍旧绽放它最美的风采
金光洒落，随风轻舞
我知道这一切的不易

徜徉在秋天
放眼望去莽莽榛榛
踱步林间
看枫叶的摇曳
踏静谧的气息
你说你喜欢万山红遍时
那样的暖阳
我却喜欢流水潺潺
满地铺金的乡间田园

徜徉在诗情画意的秋天
聆听风与泉的和鸣咏唱
看自然万物与和煦日光的
美妙光影
我赞美你的一切
我感叹生命的力量
我喜爱这秋的国度

潞园的秋

2023 届　张栩萌

我看见希望的光
洒在潞园秋天的每一个角落。
是浓浓秋意的洛宾道
洋洋洒洒的片片金黄，
是注入解放楼外
绿色海洋的点点火红，
是协和湖边细细水流的轻声歌唱。

我站在人民楼的镂空窗边，
半倚着身体探出小脑袋，
闭上眼睛
静静聆听古老的红楼钟声响起，
窗边点缀着向外伸展的
爬山虎的枝丫，
其中藏着秋的礼物，
那漂亮的紫色果实。

大白鹅正梳洗着它们的羽毛，
展翅昂首，洁白无瑕。
我细细感受每一丝阳光，
打在水上便波光粼粼，
落在叶上则是金色的梦。

看小鱼在湖中嬉戏，
锦鲤的红海也美不胜收，
那是协和湖秋的绚丽。

若是有时间，
请你漫步文彬路，
在路旁细心挑选一片枯叶，
倾听它的诉说。

这就是美不胜收的
潞园的秋。

水调歌头·潞园秋光

2024 届　熊嘉玥

风过黄拂叶，秋匿潞园中。
似蝶缱绻飞落，兀立客肩茕。
藤叶交叠错落，点缀满墙红色，
遮面掩真容。
清风若小扇，沙沙述秋浓。

园深处，碧渐清，叶见红。
浮光点点跃金，静水映晴空。
忽闻欢声笑语，又听歌喉婉转，
鸟儿凑趣鸣。
愿潞园学子，莫负好亭瞳。

小荷初绽蕊，潞水润诗情

——潞河中学附属学校小学子诗二首

毕 业 歌

2019 届　刘丞浩

六年时光，
不算多漫长，
更说不上短暂。
六年前，
我第一次迈入校门时的忐忑不安，
我第一次考取满分时的欣喜若狂，
我第一次跟同学们合作时的紧张，
我第一次看到校园风景时的惊讶……
犹然记在我心中。

六年来，
教室似乎成了一部相机，
见证了我们一次次的喜怒哀乐，
见证了我们天长地久的友谊，
也见证了我们一次次的争执。
教室聆听着我们的琅琅读书声，
观察着我们上课时的专心与走神，
更看着我们在联欢会上的多才多艺。

老师，
您的一双手不知帮我们批改了多少次作业，
您的一张嘴不知为我们讲了多少篇课文，
又告诉了我们多少道理。
您这六年来不知因为我们而缺少了
    多少对于家人的陪伴与关心。
您是路牌，
您是园丁，
您更像是我们的妈妈。
您照顾我们，关心我们，教育我们，
您是我们永远的榜样。

同学，
犹记得初次见面时的陌生与胆怯，
犹记得相互分享时的快乐与幸福，
犹记得一次次的争执过后我们还坚挺的友谊。
我的好兄弟，
我愿化作一本手账，
陪你共度余生。

六年后，
六年前的稚气早已消失，
心里多的是一份稳重。
刚刚熟悉了小学生活，
却要面对突如其来的分别，
好似一场风暴。
而我们还来不及反应，
还来不及告别。
入学的时光还历历在目，
转眼间便要走出校门，
走向又一所陌生的学校。

啊，母校，

我永远不会忘记，

您是我最初的启蒙。

我永远不会忘记您的名字：

潞河中学附属学校！

我更不会忘记您那一直激励着我们的校训：

一切为了祖国！

美丽的校园

2020 届　常浩轩

校园的春，

像是娇嫩的花蕊，

睡醒过来的花朵，吐出了芳香。

漫长的冬眠，积蓄了能量，

让春天的校园，

有了生命的气息。

校园的夏，

像是绽开的花朵，

经过了雷雨的洗刷，

变得更加坚强。

枝叶像是勇士，

呵护了花朵，

让夏天的校园，

有了跳跃的音符。

校园的秋，

像是成熟的硕果，

快乐在校园回荡。

风雨让这朵花，
经历了磨炼，
让秋天的校园，
有了甜美的微笑。

校园的冬，
虽没有春那么柔嫩，
虽没有夏那么欢快，
虽没有秋那么甜蜜，
但却有宁静的气息。
这漫长的休息，
可以让朵朵花儿，
在明年继续绽放。

我爱你，
我的母校，
潞河中学附属学校。

潞 河 图

2019 届毕业生

　　这首《潞河图》（歌词：2019 届 3 班代伊馨；编曲作曲：2019 届 14 班田瑞丰；混音：刘乐源；录音：潞河之星电视台；演唱：2019 届 5 班周玮璇），是 2019 届学生献给母校的一首歌。他们自编词曲，自己演唱制作，将歌曲传到网易云音乐平台，赢得众多潞河毕业生的收听和留言。

红楼钟响　多少人止步
只有她不知此间沉浮
悄悄踏入
我叹息相遇
恍然如初
又翻开了那本史书

第一页是傲骨清梅
遮了眉目
对人间世俗偏是不服
终是踏上归途
梅香满路

第二页是幽贞孤兰
隐了楚楚
不晓人情世故空作明珠

后来飞蛾扑火

不辨朝暮

你说这时间流转太快

容不下你留步

哪管玉烛还是冰壶

失足变成错误

那历史造得太硬

由不得你重塑

但他们早已忘记来路

不做回顾

只绘了一张

潞河图

第三页是洁正芳菊

失了觉悟不畏险阻

单怕挖苦

还是振作迈足

九龙金乌

第四页是秀逸玉竹

愈了根骨

满溢才赋不享家福

最后天下悬壶

江湖独步

你似是

看淡风云

意无踟蹰

又添了几笔在那

潞河图

若要说时间过得太快

容不下你留步

倒不如抓紧守护

别等失去再回味痛苦

莫要讲历史造得太硬

由不得你重塑

这里有太多人欲展宏图

义无反顾

却来不及倾诉

也未入史书

只草草留下了一张潞河图

百年月华甘露

我已饮得够苦

何必又执迷不悟

不过是等人再来绘一张潞河图

流芳向远

Liu Fang Xiang Yuan

我俩在树下坐了很久，望着马路上车来车往，各自在想各自的事情。

　　在潞河，有友善的同学、敬爱的老师；有各式各样的社团、一年四季的美景。

　　潞河啊，是多少学子的家，见证了多少次蜕变和成长，承载了多少温暖动人的回忆，是多少美好梦想的起点。

　　像那沓不断积累的资料一样，这些学子的故事必将会继续讲下去，也必将会传递下去，激励和感动一代又一代潞河人。

　　　　　　　　　　　　　——赵子萱《在潞河的往事》

前线归来

1934 届　丘　八（笔名）

　　自从在 L 车站与那蛮不讲理的查票员口角后，我的胸中不知怎的，有一种说不出来的难过。唉，的确气得我要命，我想，我这三个多月的战时生活是如何充满着危险和不幸，整天没昼没夜地蹲在山沟里，那时的心常似战鼓般地扑通乱跳，两眼总在目不转睛地注视前后上下、四面八方，看看有没有敌军来包围与敌机来掷弹。不用说两手在端着上好子弹的枪，耳朵呢也得留意一切消息。唉，那时我总是如临深渊、如履薄冰似的战战兢兢，也好像就要在这将来的一刹那结束我的生活。有时当真连眼都不能闭，但是我永在拼着满腔热血，抱着奋斗到底的决心，期待着与小日本鬼子拼命。有时当真和敌军展开肉搏，我真是见了敌人就眼红似的跟他们死干。唉，那时确是危险万状呀，敌军勇猛地冲锋着，两旁有大炮们在猛烈地掩护着；空中呢，也有五六架敌机在头顶上盘旋，飞着准备掷弹。但是，负有杀敌守土重责的我们，仍是不顾一切地向前干，我们早把生死置之度外了。唉！的确，宁做战场鬼不做亡国奴呀！

　　说起同胞们对我们那种热烈的赞许，真是足使我们奋起赴汤蹈火虽死不辞的决心，他们不住地通电慰劳和馈赠用品，真使我们感激得五体投地。他们曾称我们是"爱国健儿"和"国家干城"，唉，养军千日用兵一时，我们能到用兵的时候临阵逃脱吗？我真恨不得能身生双翼，飞机似的飞到敌军面前，杀得他们全军覆没。唉！不是我狂想，这时作战没有飞机真吃好大的亏呢！结果败了，停战合约协定了，我们兄弟们又被开回来了。但是"守土百万师，往者散何卒"？那些不能回来的兄弟们，恐怕将永埋在塞北之野，将永不能再回故乡，将永不能再看看他们的堂上双亲、闺中娇妻、膝下爱子了，他们是为国捐躯了。他们的悲歌将随胡笳共鸣，他们的忠魂将与杂草共处。唉，我真惭愧，我为什么不同他们做伴呢？我为什么那时不也战死疆场呢？是贪生吗，是怕死吗？现在可幸总算能再回故乡省亲了。我心中真又感觉非常荣幸，希望快回到我别来十年的故乡。这时，我真以"国家干城"和"爱国健儿"自居了。我打起精神要好护照，得意扬扬地乘上火车直奔故乡而来。谁知又因为护照会和查票员口角起来呢？难道说从前线归来的健儿还伪造护照吗？真的岂有此理！

火车加足马力似的开得越来越快了，两旁的树木也如飞似的不住向后退。麦田中的农夫们正在演活动电影似的收割着，由车头烟囱冒出的烟尘也随着微风吹进车厢来。快了，快了，一站一站地飞过，刹那间就到了我下车的 L 站。

我立起身来，一手提着小包，一手用手帕掸掸衣服上的尘土，便一跃下车了。唉，在外漂流了十年的我，现在真万幸又到了 L 站了。我兀自走到候车室，只见挂钟上的短针正指着三点。唉，快点儿回去吧，这里离家不过还有十里路，到家时还不至于日落。于是我遂决意徒步归去。

故乡的景色真个与离家时不同了。村东的荒草地原是公共的牧场，现在却成了树木茂盛的森林。村南的洼地原是作废已久的莲花池，现在也已铸成直通煤矿的铁路支线。尤其使我奇怪的，就是民国元年重修的石桥也已坍塌得破陋不堪了。唉，沧海桑田，其几何变？联想到我飘零的身世，不觉掉下几滴泪来。

进村不远，原是我幼时的学校，现在却变成熙熙攘攘的杂货铺了。高约丈余的门楼依旧巍然存在，只是不见了"国民学校"的横匾，却添了"顺兴号"的招牌。唉，抚今思昔触景伤情，不由得脑海中又浮腾起校役赵老头子被毙时的惨状来。唉，他死得多么可怜呀，六十多岁的老人还给学校当校役也是够受的了，谁知只因为不曾给排长杀鸡就被枪毙呢。这种拿人命当儿戏的事情，在那时我真看不惯呀。由于他的惨死，使我益发感觉到现代中国的社会是何等紊乱，军阀的专横是何等可怕。于是，在小学毕业后，就甘愿加入到军队里来做初步的工作。当我入伍时，我就立志，将来如要得志，定要整顿我国的军队，巩固我国的国防，铲除祸国殃民的军阀，打倒侵略我国的帝国主义。唉，我竟忍痛地离别了故乡、父母弟妹和我结婚未到两月的爱妻，只身加入到军队中来。在这十年中，东征西讨，南攻北伐，激烈的战事不知经历了多少，艰难困苦也不知尝了多少。现在呢，依旧是一个正兵，依旧孑然一身地从前线归来。唉，据实说来，我所带回来的东西，除了手提的小包和身穿的这一身破军装外，恐怕就是引起我和车上查票员口角的护照了。

当我行经我家后门时，只见用秫秸编成的篱笆已破得七穿八洞了。西边的院墙也已坍塌得破狼破虎了。路旁正在游玩得兴高采烈的小孩儿们，见了我都抱头哭喊着跑回家去了。在农场上工作的男女也都比手画脚的，连忙躲开了。唉，我是狼吗？我是虎吗？我是吃人的官僚吗？我是剥削民众的军阀吗？不是，不是，我只是一个从前线归来的兵啊。我叫李德胜，就是十年前的李六呀。我是特地回家省亲的，我有什么可怕的呢？他们为什么怕我呢？我真莫名其妙。

到了我家大门了，大门依旧未改它的旧时风采。我不管这还是不是我的家，是不是现在已经换了新主，便一直地走上石阶去拍门，拍得砰砰乱响。里面的声音问："谁呀？"

"我。"

门呀呀地开了，来开门的是一个年约八九岁的男孩儿，长得很像我。我初见时怀疑他是我十年不见的弟弟，后来一想就不是，因为我想我现在的弟弟一定长得比我要精神活泼得多。唉，到底他是谁呢？他见了我就要向回跑，我连忙用手拉着他，问他姓什么，他说姓李。于是我才确信这还是我的家。我放了他就要向里走，但是我一撒开他，他却害怕得什么似的，忙跑进去了。呀，莫非这不是我家吗？我很怀疑。我痴若木鸡似的在门内站了一会儿后，又慢慢向里走。

父亲出来了。唉，可真不是我十年前的父亲了，以前我离家时的父亲精神是何等好，身体是何等强壮！现在呢，也已鬓发苍苍、胡须满面了。我连忙上前脱帽，给他老人家行了一个鞠躬礼，随着问了一句："爸爸，您好。"

他老人家始而惊慌失措，之后知道是我回来了，眼泪却不住围着眼圈转，半晌没有说话。我知道他老人家是想我过度所致，我一看这种情状，不由得忆起我这十年在外饱尝的千辛万苦，也就落下泪来。

"你可回来了！"父亲的第一句话。

"嗯。"

"走着回来的吗？一定疲乏吧，快进屋休息休息吧。"

"坐火车回来的，不算太累。"

不知怎的母亲也知道了，连忙从后院跑了来，见了我也眼泪汪汪的，好像要哭。我连忙过去，也给她老人家行了一个鞠躬礼。

父亲要我洗脸，母亲要我先休息休息。的确，一连坐了两天火车，简直也真累得人要命，我遂放下小包，脱了军装坐在床边了。洗过脸后，父亲不住地问我这几年在外头光景怎样，我也只回答说，在外很好。唉，我还能怎样告诉他老人家呢？我在外确是饱尝艰辛，在作战时确也曾有时三两天不吃饭，也有时曾用刺刀挖吃冻成冰块儿似的凉粥，也有时一天走三百多里旱路，也有时拼着命逃跑。我还记得这次在罗文峪作战时，曾险些被炸弹炸死呀。唉，我不能将这些告诉他老人家，因为我真不愿他老人家这样的身体还为我难过。

我的妻也过来了，她这时正在厨房做晚饭，听说我回来了，也快乐得什么似的过来为我泡茶、端饭、折衣。唉，我这时真感觉太对不起她了，我为什么不曾给她写过一封信，报告我在外的景况呢？唉！我看她面色也呈着憔悴难看的样子，唉！我真的对不起她，为什么在结婚不到两个月便这样狠心地离别十年呢？她必怪我的心狠吧？但是我是要为国家尽我一份国民的爱国心才这样做的呀。她，她能原谅我的苦衷吗？

母亲也在追问我在外的军队生活，并向我报告自我别后的家庭状况。她老人家说，怎的妹妹已经出了嫁，弟弟也考入了省立中学，怎的家中的日子不大好过。最后她又说，她老人家怎的早抱了孙子，现在已然十岁，也在村里小学读书。哦，我明白了，原来方才给我开门的小孩儿，就是我从未见过一面的儿子良材呀！

天黑了，卧室内点上灯了，良材那个孩子也回来了。他见我很认生，我问他为什么方才见我就跑，他说，因为我是大兵。哦，如此说来，方才在路旁游玩儿的小孩儿们见我后，之所以哭喊乱跑，农人们见我后之所以连忙躲藏，一定都因为我是大兵了。唉，大兵就是可怕的吗？像我这样为国家曾经身临战场、流血战场的大兵，不是应当受同胞热烈的欢迎吗？也许是因为我们打败了吧。但是此次所以战败的缘故，

194

绝不是因为我们当兵的不拼命呀。请想，我们的军用品能和敌方比较吗？我方弹药的充足、接济的速度，能和敌方匹敌吗？敌军的飞机是何等之多，我方的飞机是否有一个飞来助战呢？敌军之强，自是不敢否认，但是我敢确信，若我国能发倾国之兵，拼死反抗，还不难杀退敌人，收复失地的。我虽然是个兵，但我以为，要想拯救中国的危亡，要想使中国在世界上永存，是必须首先整顿军队，巩固国防，铲除这群捣乱内部的军阀，统一全国的军队，然后再加紧训练，改新军械，厉行军人教育，改善军人的待遇。如是，兵精粮足战器锋利，同拼死命为国效劳，又哪能不打胜仗呢？那时得胜回来，人民许不致再怕我们如毒蛇猛兽了吧？

我尽这样胡思乱想，不觉得壁上时钟已九点。我妻正在床头注视缝破衣，良材早已睡得鼻息如雷了。我立起身来，走到床头，注视我这天真烂漫的小宝宝。他的双颊是这样红润得好看，他的双眉是这样的长得爱人，唉，我亲爱的小宝宝呀，在你这简短的生活史上，曾否记着有一个备极爱你的父亲呢？唉，我儿，我不是不愿常归来使你享受慈父的爱，我是恨倭奴未灭、失土未复、国家未强呀！我真对不住你这颗赤纯的童心哪，请接收你父对你这忏悔的吻吧。我用口轻轻地吻他的双颊，他一丝也没动。唉，他是一个多么可爱的宝宝呀！

"你还不该睡吗？我想你一路辛苦极了，早些睡吧。"妻在上床铺被了。

"好吧。"

灯熄了，夜静了，大地上的人差不多都已入梦了。在这充满了亲子爱、夫妻爱的小屋，时有一种强烈的鼻息声与喳喳谈话声，自窗隙传出来。

原载《协和湖》1933—1934 救国专号

1933 年 10 月 23 日　静观楼头

195

交集是出错

2004 届　冯志宇

时间： 6 月 8 日

地点： 高考数学考场

题目： 求证人生的交集是出错

一喜

记得那次放学回家的路上，天气很冷。我一路走着，只见路边有一个小乞丐，用那充满期望的眼神看着我。我记得自己还有六元钱，坐车四元就够了。于是给了他两元之后便走了。等到了车站才想起，刚才用了两元买了一瓶热果汁。坏了！大冷的天只能够走两站地了。由于自己一时弄错结果自己……不过当那乞丐用感激的眼神看我时，我感到由衷的欣慰。

所以：出错是"喜"——①方程

二怒

"×××，你怎么又把我钱弄丢了？"爸爸严厉地问。我想，这也不能怪他，因为丢三落四的我经常把钱弄丢或放错地方。不过这次我确实毫不知情，我忍不住怒了："你为什么一丢钱就找我，窗台上十几块我根本没动过！"爸爸也急了："难道你出的错还少吗？不找你找谁？"

原来钱被风吹到床下去了……

因为我平时做事错误百出，别人很难相信我了，因为出错过多，而使别人误解，弄得自己也很怒……

　　所以：出错是"怒"——②方程

三哀

　　"儿子，这次要是考得好，爸请你吃肯德基。""没问题！"我爽快地答应了。为了吃老爸的肯德基，我很拼命地学习。

　　因为我是个马大哈，就难免出错。考试成绩出来了，结果不是很理想。我哭了，不是因为我的肯德基，而是懊恼、悔恨得哭了。难题对了，可容易的题却因为疏忽出了错，使得我的辛苦等于零。我的努力也是徒劳，留给我的只有咸涩的泪水。

　　所以：出错是"哀"——③方程

四乐

　　"哈哈哈……"课堂一阵狂笑、爆笑、大笑，而后又是大家忍俊不禁！因为我又冒傻气说错话了，我天生一副油腔滑调，也可以说是能说会道，喜欢在错的言语中给大家以快乐！也正因为如此，所以我深受老师和同学的青睐，我就是他们眼中的"活宝"！这张爱出错的嘴自然也使得我和朋友关系更和谐融洽。真是，祸兮福所倚！

　　所以：出错是"乐"——④方程

　　综上所述：

　　因为，人的生活可以浓缩为四个字：喜、怒、哀、乐。出错，是不经意的一个意念引发的行为，它有时会给你带来意想不到的结果，可以使你陷入困境，可以使你一帆风顺，让你在喜、怒、哀、乐中品尝人生甘苦。

　　所以，人生的交集就是满足以上四个方程的公共解——出错。

环境与心态

2004 届　韩松男

这个小村静栖在通惠河畔，悄掩于绿树丛中，宁静淳朴，如一枚沾了晨露、沐了微阳、野生野长的山果。

村头，有棵古树，硕大的根块拱出地面，已被常在此休憩的村民坐得光溜溜的。枝枝叶叶严严地遮住树下爬满牵牛花和野葡萄藤的石板桥。灰绿斑驳，青苔肆意蔓延的石板桥下，有深谷里流出的山泉汇成的小溪潺潺地响着。

进了村，越发觉得人情味重了起来。且不说青石板铺就的小路两旁，密一片疏一片地歪了扎好的木篱笆，拦了一园青乎乎的菜蔬，似圈住似不圈住地站于人家的院外；也不说石板间偶尔冒出一两簇鲜绿水嫩的白菜，或爬出一根瘦长的瓜秧，居然还擎了一朵灿灿的黄花；单檐下那么几串挂了老长的陈年苞谷，还有门槛上那么一位埋了头，握了绣花绷子细细地飞针走线，只瞧见一条粗黑辫子搭在肩上的女孩儿，便已很让人觉得有一份莫名的感动了。

村外五百米，便是城市热闹街道的其中一条。人们喧闹地交易，激情地吆喝，无休无止地讨价还价，旁若无人地相拥谈情，肆无忌惮地大声争吵。躁人的喇叭声，各种叮当作响的现代化工具以及一颗颗躁动不安的心灵，充斥着每个角落。

谁都没有特别地注意小村，村民们也全无羡慕城市中的繁华。平静的烟斗花针，平静的苞谷黄花，平静的鸡鸣狗叫——平静的生活和心境，就像小石桥下的流水，清澈平缓，默默地流淌。

直到有一天，一台电视机悄悄地入住了小村。一个小小的"盒子"却从此使小村发生了改变。

开始时，全村人围着"盒子"，有些开心，有些好奇。后来，有时因为一个节目起了争执，有时为了收看不同的节目而争吵，甚至由此反目。再后来，家家有了"盒子"，人们在自家炕头上看节目，没有了争执和吵闹，也没有了大家同看一台戏的欢笑与热闹。"盒子"把人们裹在了家里，"盒子"也锁住了人们的心。

从此，农闲时少了街头谈天的身影，也少了孩子们玩耍、嬉笑、追逐，只有几个老人偶尔聚在古树下，说着他们过去的欢乐，也说着他们有些不明白的现在……

这一切竟都已成为回忆！小村何时成了城市的一部分？村民何时成了市民？平静何时变得喧哗？心儿何时变得浮躁？也许自然可以和现代化完美地融合，但原始的心可以保持其纯朴本色吗？

我 承诺

2010 届　崔雨朦

　　我曾经用力地睁开双眼看着这个世界，我看到了蓝色的天、白色的云、红色的花、绿色的草，我看到我的母亲坐在公园的长凳上，笑盈盈地看着我，眼中充满了欣喜，她看到了她生命的延续充满了青春和活力，一如当年的她。我的父亲在草地上采下一束束野菊，戴在我的头上，为我拍照，我天真无邪地笑着，眼中充满了幸福和对未来的希望。我对父母、对自己、对未来承诺，我会有一个完美的人生，正如此时，我承诺，我会做到。

　　我曾经紧紧地闭上了眼睛，不愿再回味这个世界，当我的父母因"非典"披上了雪白的被单，我的眼神变得空洞。我觉得一阵眩晕，我只看到了一片白，淡淡的白，犹如一场莫名其妙的雪，使整个天空变得昏暗，使世界缺少了色彩，它冻结了我的世界，我看不到母亲的笑，感受不到父亲的爱抚，我甚至回忆不起来父母的样子，我紧紧地闭上了眼睛。一片黑暗中，我看不到我的承诺。我感到我演了一场如梦的戏，一开始有父母，有家人，有朋友，但是他们一个个走远，我的青春在一阵唏嘘中无奈地散场，没有亲戚愿意照顾我，在这样一个物质的社会，养一个孩子的开销彻底击败了那本就不浓的亲情。我从此成为了孤儿，很少有朋友愿意接近我，因为在大家眼中，孤儿的心理都是不健全的。

　　我想起了曾经的承诺，我想我应该站起来，挺直了腰板告诉所有曾经瞧不起我的人，我站在这里。于是，我睁开了眼睛，开始积极参加各类活动，去结交各类朋友，去分担班级的责任。我本以为，我的过去会被掩盖，我的伤口有一天会结痂，但是，每当我新的朋友听说了我的身世，就会换一种心态来面对我，或许会疏远我，或许会因为"同情"

而"大度"地对我进行施舍，他们有着一种优越感，像一只趾高气扬的猫，故作优雅地从我面前走过，抖落几根猫毛，来表现他们的同情。周末，我没有家回。我坐在校园的湖畔边，静静地思索着，温热的水滴滑过嘴角，我想眨一眨眼，眨到一半，却没有再睁开的勇气。

于是，一整夜，我静静地蜷缩在宿舍的角落，没有人理睬我，我睁着眼，欣赏这无边的黑暗，我不知道未来的路该怎么走，我曾经想过站起来，但那不过是换了个更优美的姿势，又摔下去了。上帝，请原谅我违背了我的承诺，即使我看见了路，依然找不到梦的入口。

夜半，我猛然看到黑暗中出现了七色的光芒，它们汇聚到一起，变成了一道道耀眼的白光，紧接着我看到了太阳。我的脑海中闪过一幕幕我逃避已久的景象，我发现一个问题，我是如何控制自己的？我的思想来自何处？我这个本体是以什么形式存在的？我发觉我所有的感觉均来自于我的思想，当我的思想不再属于自己时，"我"在本质上，已经消亡。消亡?! 不！我的生命才刚刚开始！我要控制我的思想，而不是让我的思想控制我！我看着升起的太阳，心中萌发了一种信念，我要找回我原来的承诺，并且我发誓，我一定会站起来，我不会比任何人差！

白天到了，我再一次睁大了眼睛，来观赏这个世界，雪融化了，春天来了，我看见了梦的入口，它只不过窄了一点儿。我不会再闭上眼，我会遵守我的承诺，以最美的方式，成为我父母生命的延续。我要用我的生命，来拥抱雪后的暖春。

后记：

这是一个真实的故事，但并不发生在我身上，我敬佩这种自强的精神，这件事给了我很大感触，这便是我第一次感受到父母的重要，对父爱、母爱不再麻木。同时也被这种强大的精神力量所感动，愿天下父母健康长寿！

别忘了，我们的梦想

2012 届　侯依林

　　"尹遥，快点儿快点儿！老师还在等我们呢！"安芷拉着尹遥的手朝艺术教室跑去，而尹遥却忙着盘算时间。放学后半个小时才能回家，今天要找什么借口和妈妈说呢？

　　"尹遥，怎么了？心不在焉的。"周老师问她。周老师是学校教音乐特长生的老师，尹遥虽不是特长生，但是有着极好的音乐天赋，加上她自己也喜欢，所以一直在上周老师的辅导课。而这一切，尹遥的爸爸妈妈都不知情。"老师，今天月考的成绩发下来了，我想早点儿回家。"尹遥抬起溢满担忧的眼睛，像是早已料知将会发生什么。"那你快走吧！"周老师笑了笑，"你……回家路上小心点儿！"安芷从自己的画作上抬起头，却早已不见了尹遥的身影。

　　尹遥气喘吁吁地靠在家门边，快速的奔跑让她感觉不到路上的强风和掺杂其中的沙尘席卷到脸上的刺痛，平日白皙的脸上泛出了一片红晕。"妈，我回来了。"尹遥压住胸中的深喘，故作平静地说。"月考成绩出来了吗？高三上学期一定要抓紧，前两轮复习都是不能放松的……"尹遥自顾自地把成绩单递到妈妈手里。"这是什么？！这比上次退步了多少？！你这么长时间都干什么了？这样下去别说重点大学了，就是普通大学你都考不上！"妈妈一看成绩单上的排名，脸上的神色就变了，像是要把尹遥吃掉似的。"妈，我想考音乐学院，不想就这样埋头苦学做我不喜欢做的事了。"当时要是能这样说就好了。尹遥是想要这样说的，可是当她鼓起勇气，看到妈妈冷冰冰的脸时，她把已经到嘴边的话变成了"我去学习了"。一字一字地说完之后，她转身进了房间，锁门的声音成了妈妈分贝逐渐提高的声音的休止符。

尹遥把练习册合上，不知怎的，每次做题都会想起班里的景象：每个人都在埋头做题，无形中好像有一只手正按着他们的脑袋，一个强大的魔咒正禁锢着他们的身体，要把他们都拖进书本里。在这样令人窒息的空气中，尹遥不敢出声，甚至不敢喘气，她只能禁不住地发抖。她坐在窗边，躲到台灯照亮的袒露的苍白之外，看外面钴蓝色的天空下一个个窗户像一颗颗星星，而自己在宇宙之外，所有的绚丽璀璨，都与自己无关。就这样看着，一直到困倦不堪，爬上床，睡下……

第二天早上推开房门，发现旁边摆着一个凳子，上面放着一杯牛奶，已经凉了。"应该是昨晚妈妈放这儿的吧。"尹遥想着，眼睛就模糊了，背上包，揉了揉眼，便出了门。

"尹遥，你知不知道××大学正在招收特长生？我们一起去考吧！"安芷像一个小孩拿到了五彩的糖果一样兴奋地跑来。"艺术学校？可是……你是专业的特长生……我行吗？"尹遥一下子蒙了，不知道要说什么。"当然了！我问过周老师了，她说你一定行的！我的指导老师也说，以我的画技绝对能考上。"安芷已经开始幻想自己的大学生活了。"我……我再想想吧，什么时间？""下周日！"

周遭的灯火开始阑珊，尹遥依旧坐在窗前，思绪游荡。从小到大，一幕幕场景在眼前不断浮现，似乎所有的抉择都是由爸爸妈妈来做的。尹遥有一种要被蒸发干净的感觉，脑子里全是艺术招生的事。整晚，半睡半醒，所想的也全是这些。终于，她决定了，去参加考试！

安芷听了尹遥的决定，自然很是高兴。当安芷在她旁边叽叽喳喳地描绘未来的大学生活时，尹遥正在写一封长信："爸爸妈妈，我决定去追求自己想要的……"

尹遥把信放在茶几最显眼的地方，再点了点钱包里的钱，这些都是往年的压岁钱和平日的零花钱攒下来的，今天总算是派上用场了。"爸爸出差，今天下午才回来；妈妈上班，得到中午才回家。那个时候我应该已经在火车上了吧。"尹遥想着，最后再看了看家里，缓缓带上了门。

嘈杂的火车站，人们推推搡搡就把尹遥和安芷挤到了车站里。从来没有单独坐过车的两个女孩紧靠着墙看一群群人从身前擦过。"你怎么带了这么多东西？"尹遥指着安芷身上的大包小包。"这些都是我爸妈给我收拾的！他们本来想和我一起来，我说有你和我在一起，他们才没跟着。"因为人多，安芷几乎是在朝尹遥喊。

"尹遥！尹遥！""尹遥——""尹遥，那不是你爸妈吗？"顺着安芷手指的方向，尹遥看到了父母因着急而扭曲了的脸。她抓住安芷的手，想混进人群中，却又被推回墙边动弹不得。她只能看着父母的脸渐渐逼近，一直到自己的跟前。

尹遥已不记得在父母的拉扯中她的肋骨磕在墙角上时是怎样的疼痛，也不记得自己是怎样松开安芷的手，茫然地看着她错愕的脸离自己越来越远，更不记得他们的叫嚷引来了多少人的围观，爸爸是如何一遍又一遍地大声重复着如果不是提前回家就不会看到那封信之类的话，只是记得在很长时间的哭泣之后，自己在眼泪和疲惫中昏睡过去了。

像是做了一个很长很长的梦，梦里自己游走于一条又深又长的走廊，远处涌动的黑色慢慢袭来，包裹住她，带走了她的青春、她的梦想，所有色彩斑斓的一切，只留下她透明的躯壳。停下脚步，目光也失去了光彩。

睁开眼，尹遥发现自己在房间里。昏昏沉沉地走出房间，迎面碰上的是妈妈写满复杂的脸，她想张嘴说些什么，尹遥却抢先说："妈，不用说了，我以后……好好学。"

尹遥请了两天假。第三天，她在学校看见了安芷。她们一起度过了平淡且安静的一个月，只是尹遥不再去找周老师了，而且戴上了厚厚的眼镜。

安芷从包里掏出那张录取通知书的时候，尹遥正在钻研数学题。她碰了碰尹遥，把它递给她。尹遥先是一怔，翻开看见了"夏安芷同学"几个字就不再读下去了。她抬起头透过镜片，对安芷说："你真棒。"顿了顿，声音忽然变得哽咽，"对不起……我坚持不了……"安芷不作声，又把一幅画递给她。那是她们曾经一起梦想的大学，画中她们挽着手走在校园里，脸上的笑容一瞬成了永恒。右下角是安芷的几行小字：

> 我们曾经单纯而美好
> 执着于我们幻想的共同的未来
> 不管我们最后选择的是什么
> 我会一直陪在你身边
> 那么，也请你
> 别忘了，我们的梦想

丢　了

2013 届　王思越

　　他生活在大山里，一个叫嘎子村的地方。

　　她坐在县城的教室里，享受着冷气。这节课是自习，她一边拿出新买的指甲油，一边和身后的人谈天说地。拧开盖，一股刺鼻的油漆味儿弥漫开来，她欣赏着指甲油的颜色："瞧我买的，颜色可真好看！"她小心地蘸出一点儿，笨拙地在指甲上涂匀。她的朋友笑了："嗬，还抹上指甲油了，学会臭美了啊，嗯，可不是当初那个农村土妞儿了。"

　　对于好友的戏谑，她瞪了瞪眼，随之想起两年前紧张地站在讲台旁做自我介绍的自己："俺是从嘎子村来的，希望——"话还没说完，班里的啧啧声和议论声便像热锅里的油一样，炸了开来，底下的人已经在跟舌刚才那个"俺"字了，原来自己又把"我"说成了"俺"。

　　现在想起来，那时的自己真是土得不得了，傻乎乎地跟在别人屁股后面小心翼翼地问"可以让我帮你吗"，说话都僵硬……怪不得那个同学会露出那样的笑，不过——她忽然觉得那样的她竟令自己有点儿怀念，但很快她就笑出了声，有什么可怀念的呢？

　　这时的他，也坐在教室里，和她同在一片蓝天下，却隔了好远好远，远到她已经记不起河边那棵刻着他们名字的小枣树了。也许她想找都找不到了吧，那棵枣树长得很高了。

　　但是他没有忘记，他还在等，等着她回来。他时常坐在村口露天汽车站那唯一的石椅上，看看书，然后望望汽车开来的方向，那份少年时代的友谊因此被沉淀得越发绵长，浓厚。想念啊，常常让情感变得像化不开的愁，蒸发了水分，就越发黏稠；还像村口那条涓涓流淌的小河，拥抱着亘古未变的河床，那份儿隽永的依恋，持续几百年或几万年。他

205

和她就是在这条小河里，青梅竹马一直玩儿到她走的前一天。他们在河中央的石头上，看沁凉的水花沾湿裤脚裙边，就那样说啊笑啊，直到火红的晚霞染红了两人的脸颊，直到她流下眼泪，直到他也流了泪，然后两人跳到岸上，互相指着对方的眼睛笑得很凄凉。那个火红如血的傍晚便永远地刻在他的心里，而她的眼泪就成了山溪里的、浸润他心田的泉水，那叮叮咚咚的流水声悄悄地告诉他，她会回来的，回来找他。

那条小河弯弯曲曲的，带着他的念想，流过她所在的县城，但在这里，小河汇入了一条大河，早已没有那明镜照影的清澈。巧的是，这河恰好经过学校的后门，那里有一座花园，是她和她的朋友们常常光顾的地方。一个下午，阳光碎银一样地洒在河面的水波里，女孩们在河边谈论着十分现实的话题。她诉说着母亲如何唠叨，父亲如何严厉，像别的女孩子那样抱怨衣服不够名牌，鞋子不够新潮。

在别人唾沫横飞的空当，她四处张望，看见一棵新栽的枣树，好像被很精心地嵌在河边松软的泥土里。她失神片刻，于是想起了和他一起种在村头小河边的枣树，上面还歪歪扭扭地刻着他们的名字呢；于是她想起了和他在河中的石头上度过的最后一个下午，他们好像还哭了呢；于是她开始想他的样子，可最后想得心都慌了，也没能记起他那天傍晚流泪的样子。哦，原来已经两年了啊，和他分别的日子。那个昔日里最好的朋友，和他在一起的时候，并不用担心自己的头花不够漂亮而被嘲笑，不会因自己的毛衣破了洞而被鄙夷。恰恰相反，他会脱下自己新买的夹克给她披上，尽管那不是女孩子穿的，她并不喜欢，可夹克上那暖暖的体温，让她觉得安心，像是两颗心没有距离没有隔膜地挨在一起，在寒冬腊月的日子，互相传递着温暖与安慰。那份心安，已经很久没有感受过了，她很怀念，也很担心，他们之间那份温暖，经过两年的隔离，会不会已经消失了呢？

在他的心里，一直以为那份叫友谊的温暖还在，而他不知道，友谊之所以不叫想念，是因为它们终究不是一种东西。就像友谊是两个人之间的，而想念有时却是一个人的事情。所以他一直盼啊盼的，不管那有没有意义，毕竟功夫不负有心人，她还是回来了。

那时，他没有在汽车站，她试着找到他的家，两年的时光不算长，但她真的不记得去他家的路了。就在那条河畔，他看见了她。她笑，而

206

他怔住了，惊愕代替了狂喜，眼前的，是她，可自己怎么不认识了呢，她变得太多了，又黑又直的头发怎么变黄、变弯了呢？红润的带着婴儿肥的脸颊怎么那么白皙、尖长呢？眼里曾经的诚恳呢？嘴角的酒窝呢？绣着可爱花色的毛衣呢？

她小跑着过来，看清了眼前的他，但也觉得奇怪，她奇怪原来朝夕相处的少年去哪儿了，眼前的分明就是在县城里打工的蓬头垢面的农民，只是依稀认得出他眉宇间的清秀，她开始不那么期待那一份重逢的温暖，因为对面的他变得陌生，甚至有点儿招她讨厌。面对面的两个人在对视了几秒之后，都笑了笑，不，只是牵动了一下嘴角，两个人的身影映在小河里，意外的僵硬。说点儿什么呢，他们都在想，可是两颗心久久不愿挨近，是不敢吗，还是不能？而河里的水从没有变过，没有弄丢任何一滴，欢快地，亲热地，拥抱着朝前奔跑，永远永远。

轮　　回

2014 届　孙伟成

　　黎明的馈赠难以揣测。阳光拨弄开窗前的绿荫，如此斜切在地面上——恍惚却明亮，在地上推推搡搡的，似在呼唤我呢，还是在幻化迷津。

　　天亮了。

一

　　只见眼前似有恍惚。天亮了吗？在床上撑坐起来，推掉薄被，挪着身子坐在床边。今天的阳光比平时亮得多啊。起身穿好僧服，捋顺褶皱，拭去尘埃。今天也许是最后一次穿了，我要还俗。

　　我的屋子恰在山腰，彼时绿意正浓，虽至仲夏却无焦躁之感。我的师门，也就是佛家的寺庙，单字一个"俗"——俗寺。无论是从音调还是意喻，都与传统大相径庭——起初我一直认为名字是"熟食"。当然了，整座山仅有师父与我二人，也许是寺院的名字太过稀奇，亦或者是如今的人都比较"正常"。

　　师父的住所临着山顶。他每天的事，就是席坐在山顶一个自然造化的石凳上，观望着缥缈在山与苍穹之间那些阴晴不定的云。像在洞察这个世界，像在窥视灯红酒绿中的人们。

二

　　循着石板路一级一级虔诚上行。

山里生着很多竹子，风的一句呓语都能轻易让它们婆娑，至乱颤。不过，每一次欢愉地起舞都得以萧瑟落叶作为厚重代价。每一级的石板上都会有零星不等的竹叶，雨的挽救却让它们倒更显得烂黄憔悴。如此，我以虔诚的姿态践踏着雨叶上行。

良久，旋绕到了山顶。师父正静坐在石凳上，默默地观望世界。

我开门见山，周遭有淡然的清风微吹。

"我想还俗。"

"那就还俗吧。"你即刻放出这句话，你拿什么印证你的不假思索。我的眼睛几乎要蹦出来了，双手放在胸前直颤。

"师父，您不……"

"把头发留出来再走吧。"你居然歪头看着我，甚至咧嘴邪笑，"还有，如果回来，帮为师捎一个手机。"

终归谁都会变得"正常"。一定是这样的。我太聪明了。我不假思索。

三

彼时僧人二十九岁。北京大学毕业。足够聪明。金融系博士。怎么会找不到工作？未过半载，僧人就在一家跨国公司混得风生水起。年终会议上，僧人是最耀眼的，像是某一天的黎明。哪一天呢，僧人在离开时就忘了。

我就要趋于"正常"了，僧人此刻如此执拗地认为。

僧人不是什么都不会，只是不能心平气和对待已不复存在的光辉。

年少的他太过聪明，傲气欲斗破苍穹。一帆风顺，苦了多少人的十年寒窗却被他视若游戏——我小学年级第一，初中全区第一，高中全市第一，不用高考直接保送啊。活得真充实！你们怎么能说我很空虚？！

大学亦如此风顺，但终有尽头。与他人相比，僧人并没有特长——面试的时候总不能说自己很会考试。僧人也不会与人应酬，不知低头，不知谄媚，不知"正常"为何物。

其实"人情世故"僧人都明了，只是累，赚钱累，每天与人聊天累。无心为了证明自己生活尚佳，于是不自觉地打探他人生活的现状，

209

以此安慰自己对生活暂且的归属感亦会累。如此累，如此不能心平气和对待已不复存在的光辉。

后来僧人考上了公务员。父母都为他感到欣慰，毕竟考上的是中央级的。又是考。

尽管如此，僧人依旧过得庸庸碌碌，起早贪黑，滚打在圈子里。近来，因为僧人表现良好，挣来了一周宝贵假期。

城市的远郊有一个"进而不出"的自然区，名为"黑谷"。进而不出，便是此地流传近两个世纪的不成文规定，并且常有人唤此地为"野神农"。当然有其他说法，褒贬不一。

僧人依旧是不甘愿，仅以逝去的光辉作为幸福底线。在这样一座应有尽有的大城，不缺僧人这样桀骜不驯的青年，有更多疲于奔命的人可以替代他。路上随处一喊，一定有数百人愿意接替他的不甘愿。可他又觉得该留下，因为这么多人都留下了，并且如此出色。云朵起了涟漪，掩面涕零。僧人如此在车上思考着。不觉天亦动情，渐入狰狞阒寂，试图抹去雨的姿态，以示安慰。不过，所谓安慰，不过是承认了痛苦的存在。雨扭曲地飞扬，愈加放肆——这也是一种难以逾越的"人情世故"吧，亦是常说的给点儿阳光就灿烂。

僧人思考得恍惚，以致忘路之远近，循着一条天然造化的路驶进了黑谷。

僧人也不明了如何遇见俗寺的，似有人呼唤，还是幻化的迷津。

这便是一切的由来。

四

年终会议后，僧人自被公司给予更多的机会。才将将三年，僧人就坐稳了公司副董的位置。当然很快，便有妖艳狐媚的女人投怀送抱。现在自己的孩子都会寻父亲献媚了。

僧人不以为然。这一切不都是"正常"的吗，我现在是个活脱儿的"正常人"。僧人依旧如此执拗地下定义。

为了更深刻地实践"正常"，僧人开始涉足黑市，为了敛财不择手段。这又花了僧人五年的时间交织出一个庞大的关系网。僧人太贪婪了，滥用公司的职权疏通了大大小小的关系，为此塞给财务不少数额巨大的"傀儡费"——为他舞弊。

僧人越做越大。他太妄自尊大了，编了个法儿做掉了公司顶头，扶摇直上，灯红，酒绿，名利双收，只手遮天。僧人从未像此刻如此切肤地蚕食"正常"，但他忘了，欲望会使人的智商骤降——恢恢法网在窥视他，僧人被匿名举报。这是一场"正义"的阴谋。

五

我不断回头，狰狞阒寂的后方冒出零星含混的光。他们在不断接近！

"浩子能不能再快点儿？!"发腥的烂泥沾满邋遢的西服，手几近撕开正跌宕的车座，却又哆嗦颤抖，止不住溢汗。

"不能，在深山已经是极限了！不过……前方是黑谷。"

我停止对后方的回顾，眼珠灵动地转起来。"好……浩子，就这样，"我循着车灯可见的光指向一条似熟悉的、天然造化的路，"浩子，就这样开进去！"又重复了一遍，唇齿间弥散着无尽的腐臭。

嚼！这时爆出令人震颤的一声，再回头，那些零星越发明亮了。车被浩子硬生刹住。你木讷地观望那条路，怎么能如此心平气和地竭力拖长最后四字——"您还有妻室老小……"

我不断地回头啊，零星愈加清晰。"那群大狐狸精还带着一窝小狐狸，不还是为了钱！钱！钱！"

"……我拒绝进黑谷。"你依旧竭力拖沓，"您又不是不了解……黑谷的'进而不出'有多真实！"

我拨开眼前昏白的碎发，目眦俱裂。我拽着你的领子，面起青筋，手却哆嗦如初——毕竟身后的零星已经成形。七零八碎的词句在脑子里胶着、变形，我试图拼凑一句不可抵抗的、令你足以折腰的腐朽！

"我再说一遍，我拒……""绝"字尚在成形，却戛然失声。如此便很好地解决了两个人的僵持——浩子不明地倒在血泊中，我的思维亦被这颗子弹阻塞了。零星自成形时便进入了可狙击范围，兴许是雨的挽救，弹道偏离了。

我几乎落荒而逃。跃入黑谷的一刹,我埋头深深地苦笑了一声,我想,有时没有选择却比有要好,我真可笑。彼时身后的零星陡然隐迹,依稀听见窸窣的脚步声了。

终究还是放下尊严亡命了。

尽管岁近花甲,但为了"生存",亦为了"正常"地活下去,我要努力地打破这个死局!

这条天然造化的路延伸近一千米后便出现了分岔,并且越深入,越错综。不知何故,心里似生着一缕熟稔——它带着我一次次越过黑夜下的难以抉择。身体在这个过程中似不受约束。我开始管它叫"直觉"。但如果不是呢?

如此越过十几个分岔后,风也渐渐伴着心跳的频率恣情相随。脸被风搔得犯痒,猛一拂面,却是两片竹叶。应该快到深处了,快要摆脱他们了!我这么想着,继续让那缕熟稔引我前行。

天色已完全遁入黑暗。黑谷生出阴森的薄雾,这里的树不同于他处——四季都在落叶,却依旧常青不毁。不知过了多久,我遇见了单字一个"俗"的寺院。寺院冒出零星含混的光,但与之前的不同,这里有人家,还是佛家。太好了!我即将要获救。

良久良久,再也听不到类似脚步的声响后,我虔诚地踏入这座寺院。

六

经过一声应许,僧人推开了半掩着的门。只遇见一位已过耄耋之年的老僧背对着僧人,席坐在一块草毡上,默默地观望着顶上的佛像。老僧与僧人的对话,一直是背对着后者的——

"回来了,手机呢?"他说。什么手机?什么叫回来了?我很困惑,未予回应。"我说,我让你捎的手机呢……"他心平气和地重复。

"不,不,我是向您求助的,我想您是弄错了。"他伸手拍了拍脑袋,似兀自明白了什么,但动作僵硬如被阻塞。"哎哟,老了老了,当初怎能忘了告诉你,出了黑谷,便什么都忘了。"我难以理解,愈加焦急。

"不能啊！我不能出黑谷啊！"我几近嘶声了，他却仍然平静。"那烦请……手机借用一下。"我的尊严早已被那颗子弹杀死了，我跪在地上，痛哭流涕。"不要啊，不要打给警察，求求你，求求你……"

晚风推着半掩的门吱呀低诉，蝉鸣，还有鸳鸯傍月。僧人还是妥协了。老僧拿着手机拨出一个号，含糊不清地对电话另一头的人呓语了几句便挂掉。

"你打算如何报答我？山腰有间不错的屋子，存着一套僧服，可能，不，一定合身。我要你留下来。至死方休。"这件事后来不明不白地被匆匆结案。过了些许年，兴许就是那几句呓语救了他。

七

我推开眼前满布尘霾的木门，径自走向衣柜，取出一个锈迹斑驳的铁箱，双手不自觉地抚摸着箱子，分明地感受着棱角。

良久，那份尘封被再次打开，那个铁箱，埋藏着遥远的记忆。

我想起来了，我想起来了，我在摸到箱子的时候就想起来了……

八

如今我的住所临着山顶，我每天的事，就是席坐在山顶一个天然造化的石凳上，观望着缥缈在山与苍穹之间，那些阴晴不定的云。像在洞察这个世界，像在窥视灯红酒绿的人们。

一位临近中年的僧人被黎明的恍惚惊醒。誓言最后一次穿僧服。以虔诚的姿态践踏着雨叶寻我，呐喊着我要还俗。

已近大限的我啊，明了一切的来龙去脉。却妥协放他远去，不然黑谷的意义何在。只是叮嘱：真理之眸永远在观望你，真理之眸永远在观望你……

如此，不断轮回，轮回。永无止境，至死方休。

霾

2015 届　侯云松

当逸风挣扎着从床上爬起，强撑着惺忪的睡眼望向窗外时，窗外的一切仿佛是将一桶灰色染料倾倒在落满尘埃的画布上，又被人在其中不在焉地勾勒出枯藤、老树、广厦、琼楼的轮廓。神秘得像预言，抽象得像梦境……又起雾了……

出门，上学。街边的路灯在这虚无缥缈中发出慵懒断魂的柔光。为远方镀上的，是神秘还是虚幻？逸风想剥开它，窥探它妄图隐藏的东西，可雾的尽头，依旧是雾。逸风深吸了一口气，一股刺鼻的二氧化硫味道呛得他一阵剧烈的咳嗽，同时也提醒他：这不是雾，是霾！

边走边揉着昨日被撞得酸疼的肩膀。昨日篮球比赛，第一次上场的逸风被对手的推拉撞拐搞得状态尽失，当他被换下场，向队长抱怨对手的小动作低素质时，得到的却是冷冷的一句："他对你使小动作，你也对他使，这就是比赛，这就是篮球！"这就是篮球？这就是我一直热爱的篮球？逸风怎么也想不通，起初只是单纯地为了享受打球时团队协作、齐心协力最终获得胜利的快乐，如今却被卷入这场为了胜利几乎不择手段的角斗中。那群抱着篮球欢笑着、蹦跳着的孩子们在逸风的记忆中渐渐漫漶了，取而代之的是那个为了打倒更强的对手而夜以继日训练的少年。如果不是今天队长的一番话，逸风也不会意识到成长在自己身上留下的痕迹，无法挽回，不可磨灭。"是我们变了，还是我们的篮球变了？"望着这混沌的虚无，逸风喃喃自语道。

逸风也曾想成为一名篮球运动员。可是他和队长去参加选拔，那个坐在办公桌后的男人语重心长地对他说："小伙子，你很努力，基本功也很扎实，只是……差了一点点'天赋'。"他在说出"天赋"这个词

214

时，打了一个响指……那个响指对于逸风和队长是那么的刺耳，那一次次的响指声成就了多少"天赋"过人的球员又打碎了多少纯洁无瑕、晶莹剔透的梦。队长终究没有回应那声响指，留在了校队。而他，连留在校队的勇气都没有了。

这不公平，那么什么是公平呢？逸风在沉闷潮湿的雾霾里想了很久……或许……只有高考吧……相同的时间，相同的试卷，相同的答案，却左右着千万人不同的轨迹。没有捷径，没有退路，这独木桥逸风终将独自走过。赌上他的青春、他的未来还有他的亲人全部的期望，而这一切在高考面前都显得那么苍白。横亘在他面前的只有高考一条路，这是多么庆幸又是多么悲哀啊。

恍然间已到了学校，自从文理分班后逸风总感觉少了点儿什么，又似乎多了点儿什么。虽然离高考还有六百多天，但在这所市重点中学已经算是倒数日了。那场本应氤氲缭绕于高三楼的硝烟已经无声无息地笼罩在高二楼的上空。走进教室，和前桌的木羽打了声招呼，木羽只是简单地应了一声，他的视线依旧没有移开正做的那套卷子。高一时的他一定会和逸风听赤衍向他们吹嘘最近一款好玩的游戏或者一起点评昨日的篮坛赛况。而那时他和赤衍的成绩却好得令逸风嫉妒不已。然而自从上了高二，木羽的话越来越少，桌子上的书越摆越高。直到那次考试，逸风看到木羽，那个曾经因被调侃只会红着脸尴尬地傻笑的木羽，面对当场发现他作弊的监考老师，面对向他射来或惊讶或嘲讽的目光时，他的瞳仁里闪耀着令逸风胆寒的淡然。"对于会考科目的考试，及格就行了，有背史地政的时间还不如做几套理综卷子呢。"逸风真不敢相信这话是从高一史地政几乎满分的木羽嘴里说出的。只是从那以后木羽做题越来越多，成绩却起起伏伏的。木羽更加沉默了。

当逸风回过神的时候，早自习已经开始许久了，而赤衍的位子依旧空荡荡的。赤衍逃课的次数越来越多，就算上课，不是忙着睡觉，就是忙着用手机看 NBA 直播。除了数学，也只有数学课时，他停下手中的一切，收起了平日的玩世不恭，静静地聆听，那一刻他的世界中仿佛只有他与数学，也只有那一刻他的眼神才重新迸发出明亮的光彩。和高一时一模一样，赤衍还是赶在数学课前慢悠悠地晃进教室。中午，赤衍拉着逸风来到操场，霾仍未散，刺鼻的硫黄味直冲入逸风的鼻腔，几乎令

215

他窒息。"这才是世界本来的样子，包括这霾，包括我们此刻呼吸的每一缕空气。"赤衍顿了顿，望着远处的混沌说，"你站在起点，却望不见终点。亲友、老师、同学都告诉你这是百米冲刺。当你为这冲刺耗尽所有时，你才终于醒悟：这不是百米竞技，而是一场没有终点的马拉松……我不是厌恶学习，只是厌恶戴着枷锁。"赤衍说完，抛下逸风兀自走进霾中，留下逸风良久的沉默……

回班后正赶上昨天模拟考试公布成绩，关于数学状元——依旧是赤衍。全班综合成绩倒数前三中也依旧有赤衍……

逸风看着不知疲倦地吞吐试卷的木羽以及赤衍空荡荡的座位，开始怀念高一聊篮球侃游戏的"早谈会"，怀念午休时三人在球场上挥洒淋漓的汗水，怀念从小卖部买回一袋薯片遭两人疯抢……而如今，木羽和赤衍走上了两条截然不同的路。而，站在岔路口的逸风，不知将何去何从……

霾，仍未散。这一天又是在吞吐试卷的苍白中一点点消逝。当《回家》的旋律从喇叭中悠扬地飘出，逸风揉揉太阳穴，拎起书包，钻入霾中。

逸风的背影逐渐被霾气吞噬，他却不知道：这个世界不会因为逸风的迷茫而停下它的脚步。走过平湖烟雨、岁月山河，那些历尽劫数、尝遍百味的人，会更加生动而干净。昔日种种的辛酸痛苦、失意彷徨都会因岁月的沉淀酿造出别样的芬芳。而这唯经自己苦苦求索得到的顿悟，才是属于自己的宝藏，也只有这样才叫作成长。

不知有多少人希望今夜起风，将霾吹散，沐浴久违的月光。

相见如故

2016 届　王博涵

一

这些年我就混迹在这个不太大的城市广场，白天总是人来人往川流不息，到了晚上就变成一块四方的黑暗。有时我也能赚到一点儿钱，比如维修摄像头、擦大门旁边的柱子，以及控制这座不规整的喷泉。四季随时出水，但是只有在夏天我才会定时打开它。总会有一个男孩和两个小姑娘蹦跳着跑来说，"叔叔你早五分钟打开它好不好，就五分钟"。每次听到我的答复后，他们就安静地坐在椅子上等待喷泉喷出时的一声脆响。现在，我蹲在路边准备用这一包香烟度过漫漫长夜，第十二支烟灭的时候你出现在街角，我一眼就认出了六年前送你的黑白格的围巾。我跑到广场中央，竭力转动齿轮，让阔别了一季的喷泉开动。随着一声脆响和切肤的冰冷，我看到白色的海洋、黑色的陆地、六年前并肩走过这儿的我们，以及此刻站在路对面依然如故的你。如果你也能看到我就更好了，我躲在水布后面想，并点起了第十三支香烟。

二

自从老朋友把这个偏远小镇里的房子借给我住，我唯一的邻居就是拥有着一只精致的木头邮箱的老人。她只身一人居住，出门的时候总是撑着一把没有伞面的伞，像极了一只瘦狗的骨架。每天晚上六点，她会准时撑着伞走到路对面，慢吞吞地停在邮箱前面，打开墨绿色的隔板，费力地塞进去一个奶油色的信封。有时候我会透过窗子和她问好，有时候我只是默默地注视着她。"你知道吗，"老朋友来做客的时候说，"那个屋子里的老头在三年前就死了，那是个雨天，他们撑着伞过街，谁会想到一辆汽车呼啸疾驰过去，然后，这条街就隔开了阴阳两界。"我忽然想到在往邮箱里塞信的时候老妇人嘴里总是念念有词。"一切平安，儿女们也常常来看我，对面新开了一家超市，可以买到你最爱吃的黄油面包。雨天记住打伞，记住多穿衣服，记住躲避车子。不要总是酗酒。一切都好，你放心吧。"我想，她一定是在这么说。"我要走了。"朋友穿上毛茸茸的外套。打开房门的瞬间，我看到了老妇人，她举着伞，一边笨拙地把信放进装得满满的邮箱，一边愉快地把思念放进装得满满的天堂。

三

天空格外蓝，似乎几千英尺下的沙漠都比往常碧绿，空中小姐也变得温柔无比。我知道，这一切都源于她的归来。"哥你在哪儿，我想回家。"这个陌生的号码里面熟悉的声音让我欣喜若狂。三年前她离开家，消失在芸芸众生里不知去向。妈已经死了，爸则变成了一个酒鬼。不过这些我都没告诉她，事实上我连她在哪里都忘了问。我辞掉工作，订好最快的机票，没来得及收拾行李便踏上归途。真好啊，窗外的大自然层次分明，让人有种葬身这里的冲动。身边杂乱的惊呼让我意识到飞机正在急速下坠，像一颗熟透了的苹果，老天爷一定是误以为我在真诚求死，然后同样真诚而慷慨地成全我。人们在一阵恐慌后安静下来，闭着眼等待拥挤的机舱变成一束绚烂的烟火。

"你别死。"有人抱住我。原来她一直坐在我身后。一瞬间我想到家里挂着的那张不大清晰的全家福，相片里身高不到一米的她就是这样从后面抱住我，丝毫不介意软绵绵的小脸被我挡住大半边。我转过身同样紧紧地拥抱她，开心地想，久等了妈妈，我们这就回家。

镜

2016 届　祝琦鑫

　　她坐在一片白色里面，惨白的颜色却并不能刺激她的任何神经。听别人说，她有精神病，她自己也这么觉得，真的。

　　她知道她有一个姐姐，是孪生姐姐，她知道自己和姐姐在外貌上没有任何差别，但她觉得她比不上姐姐。因为她敏感、懦弱、自卑而虚伪；而她的姐姐却开朗、勇敢、自信且豁达，她不知道有多少人说过那些话，但她知道，她的姐姐永远比她更胜一筹。

　　"我努力过了啊！"多少次她崩溃地在心中呐喊，但是没有人听，从未有过人听。所以，"我被送到了这里，哈哈……"她站起身来，站到镜子前面，看着镜子里面，看到了她的姐姐，"你又来了？又是来看我笑话的？姐姐，别人说我有精神病，你听见了很得意是不是？"她的面目变得狰狞，她很讨厌，很讨厌她的备受瞩目的姐姐。

　　"哼，虚伪的家伙，你不是一直都渴望获得别人的关注吗？这个愿望，我替你达成，怎么样？"她看见她的姐姐向她露出微笑，天知道，她有多么渴望别人给她一个微笑！鬼使神差地，她和她的姐姐达成了一个约定……

　　班里的人都很奇怪：为什么新学期那个很孤僻的女生不来上学了，却换了一个她的孪生姐姐代替她？

　　很明显，班主任也觉得奇怪，他给学生的家长打过电话了，可对方明显……

　　"家长您好，您家原来的那个孩子……"

　　"对对对，就是那个方案……哦，抱歉，您说什么？孩子的事，请您跟她谈谈吧，她前不久病才好，医生说，没大碍的……我还有事，待

219

会儿给您打过去，好吗？"

她晚上窝在家里，听着她姐姐说学校里的事，但她实际上却是在目光空洞地盯着镜子看，心中泛酸，"要是什么事都是姐姐替我做，那她一定会做得比我好吧……"

渐渐地，她越来越不想出现了，她的姐姐会替她办好一切事情的，她这样想着。她每天都对着那面镜子，像是不需要其他什么东西一样……

"姐姐的话，应该可以做得很好吧……"

她的宁静在一天早上突然被打破了，"哗——"，这是玻璃碎掉的声音。

她粗心的母亲把镜子弄碎了。

她看着满地的碎渣儿，在母亲惊诧的表情下，抱头痛哭。

她说："我的姐姐，我的姐姐……"

她坐在一片绝望的白色里面，空洞的白色并不能刺激她，她早已没了魂魄，布娃娃一样地受人摆弄。别人说，她有精神病。她不那么觉得，真的。她只是渴望有人多注意她一点儿，她只是渴望有人多爱她一点儿，她只是渴望有人能代替她活得精彩，如此而已。

但她已经没了渴望，只有白色包围着她。

她，从未有过姐姐。

追　寻

2017 届　焦家乐

一

在远古的森林里，一片绿绿葱葱的大榕树下，几只剑齿虎正在树下酣睡。

"爸爸，天又要黑了，你给我们讲故事好吗？"一只小剑齿虎睡不着，上蹦下跳欢快地对着旁边一只正在睡着的大虎叫着。

大虎被她吵了起来："那好吧！爸爸今天就给你们讲一个故事，从前有一只老虎，非常强壮，充满力量，甚至可以单独猎杀成年的犀牛。"

"老爸，你讲得好假啊！我们怎么可能打得过犀牛呢？"那只小剑齿虎听了之后一脸不屑。

"哎，你先听我把它讲完嘛！——这只剑齿虎不惧怕黑暗，他经常一个人深夜出去，直到白天才回来，他爸爸妈妈问他去干什么了，他只是淡淡地回答说自己去追寻光明了，对此他的爸爸妈妈很苦恼。终于，一个夜晚出去后，他再也没有回来，没人知道他去了哪里，只知道他去追寻光明了。"

"哦哦哦哦！爸爸我也要去寻找光明，我也要去追寻太阳！"小剑齿虎听了手舞足蹈地说着。

"哦不不不！孩子，我跟你讲这个故事不是为了让你学那只大笨虎在黑夜出去。你要知道，黑夜对于我们来说是噩梦，我和你说这个故事是为了让你明白黑夜的可怕。"大虎听了有些紧张起来。

"可是我觉得那只大虎没有死，他找到了光明。"小剑齿虎睁大眼

221

睛对她爸爸说。

"胡说什么，那只大笨虎在黑夜里出去，就再也没有回来过，他一定是死在外面了，好了，不说他了，快睡吧！天快黑了。"大虎感到不安起来，把小剑齿虎推进了榕树的树洞里，用草把洞口封了起来。

半夜了，小剑齿虎翻来覆去睡不着，她还在想着那只虎后来怎么样了，他追寻到光明了吗？

终于小剑齿虎耐不住内心的煎熬，趁着爸爸妈妈正在睡觉的时候偷偷打开了洞口，向外面望去。

只见外面一片皎洁的月光照射在大地之上，将一切都照得那么美，那满天的繁星一闪一闪的，小剑齿虎看呆了，她不敢想象黑夜竟然这么美。她走出了洞口，外面的天空让她着迷，她感觉这一刻是那么自由。

小剑齿虎回头看了看洞口，又看了看满天的繁星，心里说了一声："爸爸，对不起了，我也要去追寻光明了。"

说完就向着远处那高耸的山尖跑去。

二

第二天醒来，大剑齿虎像平常一样想回身搂住女儿，结果发现空无一物，瞬间就惊醒了，看到那被打开的洞口，他的心里焦急了起来。

"贝娜，你在哪儿？贝娜！"大剑齿虎赶紧跑出了洞口朝外面大叫着。他的叫声吵醒了另外几只剑齿虎。

"爸爸，怎么了，姐姐不见了吗？"一只小虎跌跌撞撞地走出了洞口，一副没睡醒的样子。

"儿子，你姐姐不见了，快帮老爸找找。"

"什么，贝娜不见了？可她能去哪儿啊！"一只雌虎听到后惊叫了起来。

"她，可能去寻找光明了。"大虎叹息了一声，看着远处的山峰。

"怎么可能，那不是你乱编的故事吗？她怎么能相信你随口说的故事啊！"

"不，那不是我乱编的，那是一个真实的故事，至少它在我的心中是真的。"

"可现在怎么办啊！如果你说的是真的，那贝娜岂不是很危险？"

"所以我们得去找她，我们必须赶快把她找回来，快快快。"

大虎说着自己先向那耸立的山峰跑去了。

贝娜在一处山谷里，走了很久，这里很闷热，她只觉得口干舌燥。

"这是哪儿？我到哪儿了？我要跟着太阳走！"贝娜看了看那穿过层层遮挡的阳光，终于让她感觉到了一丝心安。

"贝娜，孩子，你在哪儿？"大剑齿虎叫着。

然而却没有丝毫的声音回应他。

"瓜哥，快要天黑了，怎么办？还要继续找下去吗？"那只和大虎差不多体形的剑齿虎问道。

大剑齿虎看了看快要落下的夕阳，又看了看前方茂密的树林，心中紧了紧，对着他说道："你先带着孩子们回去，我要把贝娜找回来。"

"不，我们不能丢下你和贝娜，我们要一起去！"

"我也要去，我也要去！"这时那几只小虎纷纷叫嚷着。

三

天很快黑了，贝娜已在一处山脊停了下来，她靠着一块石头，看着天上的繁星，那一闪一闪的星星无比美丽。

那些寻找着贝娜的剑齿虎们正在茂密的丛林中穿行着，枝叶遮挡住了他们的视野，他们依旧没有停下脚步。

"等等，是什么声音？"这时大剑齿虎停下了脚步，他仿佛听到了一声恐龙的咆哮。

"天哪，快跑！"这时一只小虎惊叫了起来，只见在他们的身后，一只硕大的霸王龙正在以势不可当的姿态向他们冲了过来，那茂密的树林，在霸王龙的脚下显得那么渺小，仿佛不存在一样。

"怎么办，就要被它追上了，爸爸，怎么办，我好怕！"跟着大虎的小虎紧紧趴在大虎的背后，此时霸王龙已经距离他们越来越近了。

"前面有个山洞，我们进去躲一下。"大虎看到了前面的山洞，对着背上的小虎说道。

大虎很快就跑进了山洞，那只霸王龙却如同没有看见他们一般，径直地经过那个洞口，向着远方跑去。

大虎看着那跑远的恐龙，正想庆幸之时，大地突然开始摇晃起来，乱石纷纷掉下，他们急忙跑出了山洞，只见那山洞已经倒塌，大地撕开了一道道裂缝，如同地狱大门般敞开。

"爸爸，小心！"这时趴在他背上的小虎叫了起来。

大虎右侧那原本是一处岩石的地方突然掉落了下去，刚才那只恐龙也连同一起掉了下去。

"爸爸，这是怎么了，我好怕！"

"孩子，别怕，没事的，会没事的，我们会找到你的姐姐，然后我们一起找个山洞，我们会没事的！"

大虎说着向远处的山巅跑去。

四

此时的贝娜也遇到了山崩，那满天的碎石几乎要把她掩埋了。

大虎终于远远地望见了贝娜。

"贝娜，孩子，你还好吗？"大虎欣喜地喊了起来。

"爸爸是你吗？爸爸我好怕，这是怎么了？"贝娜听到了声音，高兴而又紧张地回应道。

"爸爸，我们快找个山洞躲起来吧！"贝娜对着大虎叫道。

大虎沉思了起来，过了一会儿，他说道："孩子们，我要向你们讲一个故事！"

"瓜哥，都什么时候了，还有时间讲故事，先等我们找个安全的山洞再讲吧。"这时那只和大虎一样体型的剑齿虎着急地说着。

"不，你们应该听完这个故事——其实很久以前的那只大虎的故事还没有讲完，那只大虎曾经说过，某一天末日就会来临，而只有一个地方能躲避灾难，那个地方叫明天，那儿很美，没有黑暗，太阳也在那里生活，那里没有灾难，有很多食物，我觉得我们应该去找到明天。"

"可是瓜哥，我们怎么确定那儿安不安全呀？"另一只大虎问道。

"'永远不要害怕！'这是那只大虎说的，我觉得他是对的，孩子们，我们要去寻找明天，记住永远不要害怕，追随光明的脚步。"

转　身

2017 届　陈　宁

　　转身，一个用两个字就能形容的动作，注入了"情感"二字，就有千斤重。在此刻，我生命中的那个身影的每一次转身，就如同夕阳下的剪影，黑黑的、暗暗的，却只在一瞬点亮了心房。那些被忘了、被时光遗弃了、恍若隔世的陈年旧事，蓦然回首，我端详着它们的脸，它们用温暖穿越时空，用爱连接着，诉说着，延续着——

　　记忆中，他总是转身等我，和蔼的笑容，挂在黑黢黢的脸上。

　　小时候的我，离开学步机，就像他离开放在酽茶里的苦丁。他总说他的一生就像泡过苦丁的水，到了现在，已经入口，也该甜了。他说的时候总像呷了一口茶一样的平淡。可他过去的日子的确苦啊！即使他从不跟我说起，我也可以在他沧桑的脸上读出些什么。年轻的他可能会穿着一双要磨破的黑布鞋走在黄沙满布的土路上，用自己一整天的辛苦劳动给家人换来的一块猪肉，给一双儿女带来的一小罐麦乳精，被他用细细的绳子勒在粗糙的右手上。他和一般农村人一样，总能在一排相似的平房里，准确地找到自己的家，也许是家中袅袅升起的炊烟比旁人家多拐了一个弯儿，抑或是在那片土地上，本就有一份家的归属与召唤。那陌生的词汇，古老的物品，让苦日子变成和现在不同的甜。当过兵的他，在任何情况下步履都稳健而有力。就像那时，他气宇轩昂地在前面走着，背着手，把有刀痕的右手拇指压在左手拇指下面，那样小的我还不知道，他的痛总不愿别人帮忙承受。小时的我跟在后面，明明走不好，还要邯郸学步，滑稽地学着前方的他。必然的摔倒与哭泣，接着的竟然是他的一个转身外加一阵大笑，一如他对命运的态度，只笑不哭。此刻，转过身的他，身后像被追光照亮。我扬起稚嫩无畏的脸，迎上他沧桑黝黑的脸，抹干了泪，笑着爬起来，追上了转身等待的他。当然，这些温馨的旧事总有一部分被文言文、公式挤出了我超负荷的大脑，被另一个人提起。另一个人，是令他自豪的儿子，也是我骄傲的爸爸。

还有，是我所记得的，他常会骑着印有红色"铁龙"二字的铜蓝色三轮车，带着我游当时的通州。他穿着白色短袖衬衫，在蓝天的映衬下，他仿佛只有三十岁。车上戴着小白太阳帽的我，吃着粉色草莓棉花糖，把几块海绵垫子坐得像真皮座椅一样，高兴得跟什么似的。不得不说，那时的快乐的确简单。他自己开辟了一个步行道，每到此，他就会抱我下车，走着前行。可怜的三轮车就这样被停在路边，而他却一点儿也不在意，大步向前走去。当然也不会忘了转身等待专注吃糖的我，然后高声讲着老通州的样子、燃灯佛舍利塔的历史，讲着为什么通州有一段漕运码头。紧接着，他笑了，笑得很温暖。他微微转过身来笑的样子，我永远都会记得，那是他少有的认真、严肃；我永远也会记得，他用一个转身的等待，让我感受到亲情的温暖；他用对他家乡赤诚的情，为我心中的爱启蒙；他用他并不丰富的知识，唤起我学习的兴趣；他用他善良而高贵的灵魂，为我指引着人生的道路。

儿时的每一次转身，让我相信着无论人生多艰难，前路多险阻，他总会在前面转过身来等我，挂着阳光般的笑容。

而现在，我不敢，也不再这样想。岁月是无情的流水，似残忍的长鞭，在他的脸上留下填不平的沟壑，晕黄了他明亮的眼，压弯了他年轻时挺得笔直的背，全身各处都留下时光流逝的印记，如同他手掌上，干活儿干出的厚厚的老茧。不知从哪一天起，蔚蓝的天空消失了，罩上了透过高级滤镜才能看到云的霾；肥沃柔软的菜地不见了，耸起了冰冷灰暗的高楼大厦；他的家从朴素的平房，搬到高大的塔楼；就连小屋前那盏光如豆的小油灯，也被满城绚丽的光代替。他不再为我挡风遮雨，我也无法替他阻拦岁月的冲击与侵蚀。他开始像个任性、倔强的孩子，而我则成了守护他的天使。

时间过得好快，万物都新陈代谢着，时代也不例外。不过一直没变的，是我与他之间的那丝情、那缕爱。没变的是十几年间，我与他熟悉的位置，比他高的我，不再需要他转身的等待，而我依然故意放缓了步伐，跟在他的身后，只是希望陪伴他走过接下来的每一次苦痛与无助。

只是希望在他感到孤独，在他将要迷失在这钢筋水泥、绚丽光影筑成的新新世界时，转个身，像年轻时候一样，会看到跟在他后面的我，他从小宠溺的孩子，就在一个转身就能看到的地方。我会对他笑，笑而不语，一如当年，一样的坚定而温暖。

远　方

2018 届　魏　钊

初雪飘然而至，新年的脚步更近了，京城平日里耀眼的灯火、街道上流动的人流开始渐渐蒸发……每年到了这时候，父亲都会繁忙起来。

他从柜子里丢出旅行箱，几乎把脸贴在上面，吹去陈年的灰土，顺便找出最新的大衣，匆匆套上，站在镜子前照了又照；又不知从哪儿抽出几张火车票，小心地夹进钱包里，最后塞好一箱子东西，早早地堆在大门口，期待着出发的日子。

我知道，他要带我们去远方了。

我喜欢叫那里远方，偏远的山中小村，即使在临近新年的日子里，也没有京城街道上人多，有些地方的路灯还没有完全接通，供电也很不稳定。而那附近最繁华的地方不过就是不远处的县城，在夜晚就可以很清晰地看到它的灯火。

诸多不便，爷爷奶奶也早已去世，父亲却每年都要回去，哪怕只是待上一两天。

一声闷响，列车在和轨道吱呀的摩擦声中缓缓驶出，京城的流火在窗前飞转着离去，我特意把靠窗的位子留给了父亲，他会意地笑了笑，坐下，缓缓脱下闪着光泽的大衣，望向窗外，又开始了回忆。我知道，他和那里的故事，那是他的远方开始的地方。

黄昏最后的点点余晖，终于从狼藉的瓜子堆中离去，黑暗笼罩了小镇的夜，也将这个家带入了无尽的深渊。原本冷清的门庭，今日的客人却络绎不绝地进出着。他看到，他的母亲，挤出笑容，仍颤巍巍着拿出一把瓜子，轻轻覆在来人的手上，听着客人的安慰，她只是点点头，就这样转过身去，再沏上一杯热茶，从屋内到屋外，从清晨到黄昏。这个家，失去了父亲，便是失去了一切，客人们是知道的，可他们对一夜苍老的母亲闭口不谈，母亲是明白的……他不忍看，跑到街上，一直待到月明星皓，才步入家门。穿过垂挂着的素布，他切切地听到，在摇曳的烛火间，母亲轻轻地抽泣着，她白日里压抑的悲苦，到了夜深，还压抑着，声声阵阵，撕裂了他平日里嬉笑玩闹的梦，击碎了他无所忌惮的心。

几个星期后，他像往常一样，背上书包回到了学校。他的哥哥，却放下了书本，离开了那个也让他留恋的课堂。当哥哥穿上像爸爸那样的工装，背上远行的包裹，他什么都明白了。在村口，远行的大巴停下，哥哥把手放在他的肩上，把脸贴上他的耳旁，紧紧地抱住了他，"爸走了，我也要到远方去……"哥哥突然红了眼眶，哽咽着，"你要好好上学，要比我走得更远，明白吗？"他迷茫地点了点头，哥哥转过身，又回头看了一眼，挥了挥手，踏上大巴，那背影像父亲，也一样突然地在满天烟尘中离去。

父亲就埋在了自家的麦地里，几棵刚刚栽种的松树中央。在星辰明皓的夜，阵阵微风轻拂他的脸庞，是父亲种出的点点麦香。在这里往南望的远方，在四周的一片黑暗中微微发亮，那是县城里稳定而明亮的灯火。伏在父亲的坟茔上，他决定去那个明亮的远方。

他变了，树头的蝉鸣，窗外孩童的打闹，流水激起的水声，再没了他的身影。只剩下母亲苍老的脸、哥哥沾满泥点的工装、一支笔、破旧的书包、长满冻疮的双手，还有有着远方的那双眼睛。

夹着书，急急忙忙地穿梭在宿舍和教室之间，数着几张算了又算的毛票，打算着，怎样才能抢到食堂免费的热汤，熄灯后的宿舍，他悄悄蹲在马桶上，忍受着双脚和小腿的麻痛，但能借着从那扇小窗射进来的月光，轻轻地打开书，还能再看几个小时，他常常这样想。到了后来，没有闹铃，到了晨光照亮操场的跑道，他就能准时睁开眼，厚重的课本也早已被翻烂，那些东西也全部都深深地印在他的心上。

他是镇上的第一个大学生，第一个来到远方，不只是小镇，不只是县城，他让我降生在北京，跨过大半个中国，跨过南方和北方的分界，来到中国的中心。他的哥哥，已经成为全国首屈一指的高级技术工人，也早已离开当初的家乡，到了我也说不清的很远的地方。当年的他们，何曾想过会这样，没有对远方的念想。

现在，透过弥漫的晨雾，他终于在冷清色的麦地中，隐约寻到一座一座土丘的轮廓。

于是，缓缓地踱近，他注视着坟茔上的那几点新绿，若有所思。起风了，这故乡的晨风，从远方轻轻掠过麦地，在这个阴冷的冬日，再次唤醒了来自他脑海深处的记忆。他一怔，忽然，那一切便不过像是昨天。

他静静地伫立着，看阳光拨开弥漫的晨雾，从灰暗中，射出条条光柱。清冷的麦地，反射着温暖和金黄，从远方的云雾间，一片片地向着父亲的脚下前进。在阳光照亮坟茔和松树的瞬间，他猛地挺起了胸膛，顿了顿，缓缓地回过头，看着他身后的我和母亲，慢慢地微笑了……

我看着他眼里闪着的光，也笑了。我走到他的身旁，轻轻握住他粗糙的手，再缓缓地抬起，指向南方的县城。

"我要去那里。"

"嗯，我们要去那里。"

青　鸟

2018 届　马菁晨

　　振翅飞翔，飞翔。它早已深深明了，自己不属于这片灰色的丛林。但在这灰色的丛林中，它看不到灰色的边界，寻不到心间的家园。曾经被囚禁于牢笼中的恐惧，再一次萦绕在它的脑海中。它只能向着落日余晖的方向，振翅飞翔，飞翔。

　　累了，倦了，它在一株水泥的树木上落下了脚。它歪着头，伸展开有些沉重的双翅，用那歌唱自由的细喙，静静梳理着尚未丰满、渴望飞翔的青色羽翼。一条不易察觉的细链在落日的映照下，在它的颈上不易察觉地闪动着。

　　晚霞燃尽整片碧空，流云也染上了些许赤色，属于这个城市的一日又要匆匆落幕。她静静地伫立在六楼的阳台上，双眉微蹙，乌黑的眸子流露着可以触及的哀怨，朱唇紧闭着，但似又可能随时吐露出重重心事。她静静地伫立着，向着夕阳远去的方向。沉向远山的落日，就要将最后一缕光辉隐没在地平线下，一切都将归于沉寂。它仍只是静静地伫立着，在一株水泥的树木上。

　　不知多久后，她静静地转过身来，一个比夕阳更加吸引她的事物，此刻就出现在她的眼前：一只青色的鸟儿，在六楼的阳台上，细细地梳理着自己的羽翼。它似乎感受到了另一个生命的存在，抬起头来，正与她对视。

　　"青鸟……"她的双唇翕动着，不觉伸出了自己的左手。

　　它没有被这一举动惊得飞去，只是歪着头，用那双圆溜溜的黑眸打量着面前的这个生命。一丝猜疑从它的眸中闪过。在它看来，她与囚禁它的那个人，似乎没有什么分别。但不知为何，它没有如从笼中逃脱一样，迅速振翅高飞，而只是静静地，歪着头与她对视着。

她的眉宇骤然舒展开，眼角也扬起一丝笑意。她慢慢地挪动着身子，尽量向这只似是迷路的鸟儿表现出友好。

"所以，你要回家了吗？"她轻声问道。

出乎她意料的是，它收敛起自己的羽翼，卧在了这株灰色的树上。是因为疲惫吗？她无法回答这个问题。

再一次，她伸出了左手，想要抚摸这只青色的小鸟。也许，它会被吓跑吧。但出人意料，似也在情理之中，它只是低着头，接受着来自她的抚慰。顺着它油光可鉴的羽毛，她一次又一次地轻抚着。只属青鸟的羽毛的柔和，触动着她柔软的内心。她可以感知到，在华丽的青色羽毛下，一个渴求飞翔的灵魂正在躁动着。也不知，它曾几次这样接受着人的轻抚，但可以确信的是，只有这一次，它没有被困在那个冰冷的囚笼中。

"咦？……"她瞥见了青鸟颈上的那条细链，那条细链仍在不易察觉地闪动着。青鸟似乎察觉到了她的目光。它用那圆溜溜的双眼直视着她，身体不安地扭动着。

"所以……"她似乎体会到了它的想法，青鸟注视着她伸出纤细的双手，握住细链上的环扣，轻轻地拨开。最后的桎梏，终于被解除。

毫无预兆的，一股重生的力量，在她的面前爆发，使她不由得连连后退，坐在了地上。伴随着欢快的啼鸣，它舒展了重获新生的双翼，直向属于它的天空冲去。她可以清晰地看到，在它乌黑的眸子中，闪烁着不可名状的喜悦。恰如一众文人竭力描绘的情景一样，青鸟似黑白键上的欢快旋律般，于夕阳下翩翩起舞。但这曼妙的舞姿，最优美的文字无法描述，最浓重的色彩无法描绘。只有她，有幸将这重生的舞蹈深深镌刻在脑海中。

它骤然转向，向着她的方向飞去。在她未能反应的那个瞬间，青鸟绕着她，连飞三圈，伴以悦耳的啼鸣。又在她未能反应的另一个瞬间，它向着远方，翩然离去。

终于，它远去了，向着最后一缕阳光消失的地方，远去了。

232

故事里的人也是我的故人

2019 届　倪思远

一

听说，你最幸运的事是成为我最好的朋友。

情侣空间提醒，白云苍狗这九年。

已不记得初见什么模样，若想谈及初遇，你定厌极了当时自己，没关系，不是所有故事都要从头开始翻阅才有意思。

若要谈你，想起的全是不好的故事，你说我矫情、造作、孤傲、冷漠，你甚是同情我。当时话一出口我觉得我们的友情完蛋了。

你深知我骨子里的自卑，所以你每次出口必戳我痛处，我也同样如此，以为是好友，便可以不用顾及微表情，直至所有人都劝我远离你，说你的离经叛道，说你的特立独行，可你哭过闹过之后也回到我的身边。

我懂你的尴尬，懂你的不言，懂你眼中触及的骄傲，懂你在经历一切后的疲惫，其实我也不懂，只是我不会再去触碰，有些禁忌，留着在坟墓里分明吧。

讲真，你是唯一一个讲粗话我觉得好听的人，你是我见过在胖子界逆袭为王的瘦子，你是所有好友最自作自受的傻瓜，你是我见过为人处世最愚蠢的人，你也是我这九年以来渐行渐远中没有甩在身后的人，恭喜你，成为我的挚友。

我不记得给过你多少封书信，不记得陪你多少场宿醉，也不记得多少心事寂然，我只知道九年来每次的相杀，和我每次的敷衍，也感激这

233

九年来这么妖孽的你陪我度过无数个爱与恨的时光。

我不爱你，也不习惯有你，可这话说出来的时候我想到的竟然是你，也许爱吧，联不联系，见不见你，都在心上。

多少凉薄也只有自己最清楚。

二

听说，你给我的昵称是"老婆大人"。

一弹指顷，恍恍惚惚过八年。

若时光能重来，我不想遇见你，真的。你到处炫耀我的好，其实是一种变态的欺压，我为你做过的事情，被糟蹋得只剩下敏感的心，可能是我自虐吧。

你说话很好听，唱歌很好听，嘴巴很甜，你很懂事，我妈妈很喜欢你，可你是个女孩，你欺骗过另一个女孩，因为她沉默、木纳，那时候的她只懂付出和善良，可你欠她的怎么还？

好长一段时间里，她都不相信友情，甚至不需要友情，多少致命一击，才能让我退场。而后的我对你，剩下的都是淡漠，芸碧说你背叛了她，其实你背叛的是我。

不太想原谅你，我攒了太多你的局，却喝了太多，只记得上半场，从初二到高一，从宿舍到网吧，从饭堂到教室，每一次念及，这心沉沉地下降，到底有多伤，才让我对你丧失了信任。而下半场，我喝得歪斜，胡乱讲笑话，断了片，不愿再有所提及。

我有点儿恨你，终究不太想放下，毕竟不爱，是放下，是遗忘，是不在乎，偶尔还有惦念，你真幸运。

天性的悲凉，这一生难以解释。

三

不是好友的好朋友。

日月既往，七年之痒不痒。

我和你之间隔了一层雾，很久都想不通差在哪里。也许你是好朋友

234

的好友，不是我的好友，是我的好朋友。

我们未有过正面的相杀，我无法到达你的心底，你也从未到达我的笔端，这是第一次，怕也是最后一次。不太想多靠近一步，那些荒唐的岁月，你怨过怒过，我也如此，于我们四人之间，你最好，好到时间有座山。

你有足够强大的个性、办事的能力，以及完美的言语，雷厉风行，我羡慕过你的优秀，相信过你的选择，你没把日子过成想象中那样，终究是有所落差的。

我愿你好，愿你脱颖而出，我不知我能否等待你的成就，但一个好姑娘，我不太想去恭维，你知我根深蒂固的偏执，不善言语，却一直期待你比我好。

我没有忘掉你，即使已然有三年不见，每一次我都以来日方长推托，也许你早深知我的敷衍，想见，想想还是不见的好。

终其一生，不过渐行渐远。

四

时间都不知跑哪儿去了，我们四人，还是散尽天涯路，我没有觉得可惜，反而庆幸，那些浑浑噩噩的日子，我是不想回去了，真的。

我所有的叛逆，所有的不安，所有的矫情，你们都见过，我的软肋，我的卑微，我的傻气，我的成长，你们都参与。

说好的一辈子，可我的一辈子，岂是你们的一辈子，到这我已是感激不尽，你们，我不会忘，但也不会主动联系了。

我的心，给过温柔，也会持续温暖，我在等风，等雨，等你们学会感恩，等你们成长，等我向世界妥协，向你们妥协。

道一句故人，多少压抑，各自其实都明白。

记忆交换所

2020 届　张艺蒿

　　我的代号是 M597，是记忆交换所的一名制造者。

　　从我有记忆起，世界就是这样的。我所在的星球叫作梦星，梦星上有各种各样的风景、建筑、设施。但有人居住的只有叫作记忆交换所的地方。记忆交换所里有三类人：代号以 D 开头的梦者，代号以 S 开头的交换员，还有像我这样代号以 M 开头的制造者。梦者是最高级的，他们能够通过做梦和想象创造记忆。我感觉梦者和制造者的作用是一样的，都是创造记忆。只不过制造者的任务更麻烦一点儿——到现实中去创造记忆。比如说需要第一视角的蹦极的记忆，在梦者想象不出来的情况下，就需要制造者走出记忆交换所，亲历一次蹦极，再将记忆带回来。制造者就是这样危险系数极高的工作。至于交换员，就是字面意思，负责交换记忆。

　　记忆交换所是一栋巨大的建筑，除了工作区、休息区等必需的部分，记忆交换所中最重要的就是"梦阁"。这里分为两部分，一部分储存梦者和制造者制造的记忆，叫作"贮梦阁"。一段段记忆就用储梦罐装好，整整齐齐地按类别码放在架子上。另一部分是"藏梦阁"，也就是所谓的"禁区"，命令禁止所有的人进入。我虽然好奇，却也没胆子进去看一看。

　　"M597，磨磨蹭蹭的干什么呢？今天的任务发下来了。"我从发呆中惊醒。叫我的是我们的小队长 M590，每天的任务由梦者发布给大队长，再由大队长分配给小队长。

　　"队长，今天的任务是什么？"

　　"收集记忆'在悬崖边自拍'。"从他的声音中可以明显听出丧气来。

"什么？怎么又是这种蠢任务？"

"我那天去收集'火山爆发'受的伤还没好呢，今天又要去找死。"

"这些交换记忆的都是些什么人啊？"

抱怨声纷纷响起。

"任务还是要完成的，没准下次的任务就会好些了。"队长无奈地一挥手，大家只得向洛兹罗兹山的悬崖进发。

到了洛兹罗兹山的悬崖边，大家都安全地拍到了自拍照，舒了一口气。就在这时，我突然一脚踩空，跌下了悬崖。幸好洛兹罗兹山不高，在昏过去的前一秒我这样想着。

再次睁开眼，我已经是在记忆交换所的"梦阁"里，眼前一个人都没有。我忍住剧烈的头疼，一边查看周围的环境一边搜索头脑中的记忆。果然，大脑里只剩了队长发布任务时的记忆。S开头的这群东西真是吸血鬼，连坠落悬崖这种记忆都要搜刮，我低声咒骂着，惊出一身冷汗。我这不是在"禁区"还是在哪儿？装着深色记忆的储梦罐随意地码放在一排排的长架子上，和另一边装着美好记忆的罐子形成鲜明对比。这些是什么东西？好奇心战胜了恐惧，我蹑手蹑脚地走近，打开了其中一个深色罐子。战争、死亡、鲜血……我倏地扔开了手里的罐子，任由它砸在地上。我的头好疼！我痛苦地抱住脑袋。

过去，在疼痛中渐渐清晰。我是梦星人，我的名字是梦钰钰。我们梦星人是梦的使者，能够控制梦和记忆。在过去的很长一段时间里，我们过着与世无争的快乐生活。一天，一群贪婪的殖民者来到这里，破坏了原有的一切。他们屠戮梦星人，但在发现了梦星人的特殊能力后，他们消除了梦星人的记忆并建造了记忆交换所，通过交换记忆的业务赚钱。我握紧拳头，深吸一口气。这样的日子该结束了。

接下来的一个月里，不少的记忆交换者发现，自己花大价钱购买来的居然是地球人的灰暗记忆。霎时间，地球人的信誉度降到零点，记忆交换所被迫关停。

望着轰然倒塌的巨大建筑，我的心里并没有多少喜悦。对入侵者的报复，也是对自己人性的摧残。我们虽然夺回了梦星，却一步一步，离昔日的自我越来越远。已经发生的事情无法抹去，我们又该走向何方……

未来教师

2021 届　靳赫然

自从两年前"因机器人老师冷言冷语对待高中少女，导致其患自闭症，少女家属大闹教育局科技部三天三夜"事件之后，机器人老师这部分的科技成果一直无明显突破，当时刚刚走马上任、年仅三十三岁的科技部李部长这些年来急得严重脱发，近来头顶已成"地中海"了。直到某天早上，李部长在翻看历史资料时发现了一个"如何将人的灵魂转移到机器人身上"的专题研究，他突发灵感：如果将老师和机器人结合，这样既有人的真性情，又有机器人的缜密思维，那真是再好不过了。于是李部长立即派人找来了当时上交这个专题研究的王大二博士，并花高价买下了这门技术。然后他马不停蹄地赶去教育部，和教育部张部长沟通了自己的想法。张部长表示赞同，并将全力召回当时因机器人的出现而退居二线的优秀教师。两位部长召集手下开始说服这些优秀教师参加这次实验，开始有些老师因分外思念自己的学生立马同意了，而有些老师因不想成为一台机器就直接拒绝了，后来得知"只需要上班时间和机器人结合，一下班就可以脱离这架机器，回归到正常的生活中了，而且工资比以前还涨了不少"，就立马同意了。

不久之后，在两位部长的催促下，工厂也连夜加班马不停蹄地赶制完了那批可结合人的灵魂的机器人，最终成功结合了第一批机器老师，简称为"机师"。

"这些机师虽然只用了很短的时间就制造完毕了，但每项技术都很成熟，可谓将人的情感与机器的精准完美结合，希望广大家长积极为孩子报名参与，而且现在交学费，一学期只要三九九，是的你没有听错，不要八九九，也不要六九九，只要三九九，走过路过千万不要错过呀……"这是在说服家长们给自家孩子报名时说的话，教育局也可谓是下血本了呀。家长们并不是很相信，所以大部分家长只付了一个学期的学费。后来啊，很多家长后悔不已，不过这都是后话了。

某高中高一学生王小明从他爸爸王大二那儿得知将有一批机师来上课，还把消息告诉了同学们，这消息一传开，全校都沸腾了！大家都期待着这回的机器人老师，也都希望比以前的强。

星期一一大早，同学们早就在教室里坐得好好的，静静等候着这位未曾谋面的机师来上课。铃声响了，教室门轻轻打开，一位似曾相识的人走了进来，原来走进的正是他们曾经的班主任刘翠花。大家又激动又疑惑，七嘴八舌地期待着刘老师接下来的讲话。

刘老师走上讲台，清清嗓子说："同学门，大家好久不见，我现在是一名机师，代号机师007。"同学们面面相觑，刘老师怎么就是机器人了呢？刘老师似乎看出了大家的心事，又说，"我的灵魂其实还是以前的我，只不过外表是个长得像我的机器人，但我现在脑子里的内容、肚子里的墨水可是比以前多了许多许多，也能称得上前知五百年，后知五百年，仰知天文，俯察地理，学富五车，满腹经纶，出口成章，学贯中西，才华横溢……"

这一天课教得真是好得没话说，刘老师没一句多余的话，一个个问题都说得很清楚，作业也不多不少，完全符合大纲要求。而且刘老师一个人上我们班所有的课程，一天下来却精神抖擞，使大家佩服得五体投地。同时，大家又发现她的许多优点：刘老师的眼睛和后脑都有小型摄像机，上课时能自动摄下你的小动作，放学时请你到办公室重放给你看，让你自省；谁和谁吵架了刘老师也能清楚地知道谁对谁错，每个人的作业是如何完成的刘老师也清楚得很，所以少了许多的欺骗与矛盾，因为那些说谎的学生知道刘老师都知道真相也就不敢说谎了。刘老师还能感受到同学们心情好坏，从而充当心理老师，为他们调节身心。

最后啊，这批机师收到了很好的反响，好到少了许多内心自闭的学生，好到有的家长对当时没有多交几个学期的学费而后悔莫及，好到科技部部长的头发都长出来了。

在潞河的往事

2021届　初中　赵子萱

这既不是一个真实的故事，也不是一个虚构的故事，而是我相信一定会发生在未来的故事。

下面我将把我听到的这个故事转述给你们，虽然不会一字不差，但我的转述一定和这个故事原本的味道一样。因为这个故事深深地触动到了我，让我记忆犹新。

一

2021年10月3日，正在国庆假期。这天我一直在通州图书馆复习功课，希望在升入初中的第一次月考中展现出自己的真实水平。我复习得很认真，以至于我很长一段时间都没有抬眼看表，直到感觉周围的人少了很多时，我才看见图书馆马上就要关门了。

这时我注意到有一个和我相隔了一桌的大姐姐，和我一样仍然在认真学习，她就是这个故事的主人公。

虽然我知道盯着人看很不礼貌，但我还是盯着她看了很久。她和其他一些我见过的学习者们不一样，她手边没有摆着奶茶，眼前也没有支着平板。她专注地在书上工整地写着字，直到工作人员开始催促，她才注意到我的目光，向我笑了笑。

出门时她问我是不是潞河中学的学生，我回答是的。这很明显，我出门常穿着校服，因为进入潞河中学我一直感到很自豪。

她托我在仁之楼图书馆的一个架子上找一沓往届学生留下的复习资料，里面可能有×××同学的作文本，让我帮她带过来，我答应了。

我们约定在放完国庆假期的第一个周末还在图书馆门口见面。

到了我和姐姐约定的那天，我赶到图书馆门口，她早早就在那里等着我了。看见我后，她兴奋地向我招手。

"带来了吗？"

我拿出了一个皱皱巴巴的作文本。

"就是这个！"她高兴地说，接了过来，认真地翻看着。

"对啦，为了谢谢你，你想不想知道我和这个作文本的故事？"姐姐问。

我的好奇心真想立刻得到满足，连忙同意，赶紧拉着她到树边的长凳上坐下。凉风习习，树叶沙沙地响着，好像也想知道这个故事一般。

二

"我是 2018 年入学的 7 班的学生。我并不是划片分进来的，而是考艺术特长生考进来的。刚刚进入新的班集体，我还不适应，所以沉默寡言，而且在第一次月考的时候成绩并不理想，所以在班级里并没有什么存在感。但第一次月考过后，我的班主任还是让我当了小组长。

"一个小组有三个人，我们组有我和另外两个男生。我非常紧张，觉得自己一定管不住，无法胜任这个工作，所以向老师推辞，但老师执意要我做，我就只好硬着头皮做了下去。

"一开始我这个组长干得手忙脚乱，他们从不听话，我制订了一系列的小组规则和改革计划，但都不起作用，每周的小组评比总是最后一名。这些事情弄得我更不知道融入班集体该怎么做，心情更加糟糕了。

"记得有一次，我的一个组员扰乱了早读秩序，所以整个小组又被扣掉了五分，我的那个组员还挨了三戒尺。而当他挨打回来，我问他疼不疼，下次还长不长记性，他居然回答我说不疼。我心情复杂，感觉这个组长太难当了，扭过头去，整整一天都不再说话。这时候我的那个组员倒还挺乖觉，整整一天也没犯什么错误。等到放学的时候，他向我真诚地道歉，说自己明白了自己的错误，下次一定长记性。我点了点头，但心里还是难过，没说什么。

"最后他又补充道：'你知道今天老师打得为什么不疼吗？''……''我给你讲啊，老师当时拿着一把戒尺大喊：这一打！我要告诉你班级纪律的重要性！……然后戒尺狠狠地落了下来！我当时紧张得双眼紧闭，心都要跳出来了！结果你猜怎么着，打歪了！哈哈哈……我当时强

241

忍着笑你知道吗，后来老师气急败坏，剩下那两尺子一定打得很重但都被我后来给笑忘了！'

"最终我终于忍不住，'扑哧'一声笑了出来，这是我第一次听说老师打戒尺打歪了的故事，更是我第一次听说疼还能给笑忘了的故事。'哎，笑了笑了！'他兴奋地说，我俩笑了好长时间才停下来。"

我同姐姐一样也笑了出来，这样的组员可真有意思。

"自那之后，我开始仔细观察我的组员们的一些举动。他们会把食堂里卖的不同颜色包装的卫生纸用各种奇葩的名字代替，会往桌子上洒水模仿摊煎饼，当你再回忆起这件事情，你总能被他们逗笑。我发现，只要我去了解和贴近他们的生活，说话自然会更有权威。我变得开朗，开始融入了这个班集体。虽然直到期末考试，我们小组的总分并没有追回来，仍然是最后一名，但是这段经历是给我印象最深的一段经历之一。

"那时我们仨经常去图书馆一起学习，我就会在这个作文本的后面记录一些有趣的事情，你看！"姐姐从包里掏出了一支笔，那是我小学的时候也很流行的隐形笔，笔帽上带有紫色的灯。她翻开作文本，拿到阴暗的地方，用紫色的灯一照，那些隐藏的旧事现了形。

"那这个作文本就是你们记日记的一个载体喽？"我问道。

"这个啊……"姐姐关上了灯，摸了摸那些清晰可见的黑色字迹，"这就是我印象最深的第二个经历了。"

三

"我刚才说我是考艺术特长生才进入潞河中学的，考上了艺术特长生就意味着加入了韵之灵国乐团。"

"在社团招新的时候，我了解过韵之灵国乐团，虽然很喜欢，不过因为我不会什么乐器，并没有加入。"

"啊呀，那真是太可惜了。"姐姐听说之后，惋惜地说，"你完全可以入团之后学，老师和师兄师姐们都会手把手地教你，你能认识很多你没见过的乐器呢！"

"嗯……那我回去考虑考虑。"

"对，再考虑考虑。"姐姐赞同道，"潞河的社团活动太丰富了，你一定能找到一个适合你的社团。社团招新的场景简直太壮观了啊！"

姐姐说得没错，潞河的社团招新活动参加过一次便难以忘怀。从文昭楼到黄昆楼的路上，路边有各个社团摆成的摊位，科技的、美术的、文学的、音乐的……一眼望不到头。同学们都兴高采烈，新生们寻找着自己向往的社团，老生们则欢迎着新鲜血液的加入，那热闹的场面毫不逊于春节逛庙会的情形。

"我在乐团里交到了很多好朋友，学到了很多乐理知识，还施展了我的特别能力——我会拉萨塔尔，要不是来到这里，恐怕就要被埋没了呢。我还跟随乐团参加了多次比赛，为潞河增添了荣誉。"姐姐说着，脸上露出自豪的表情。

"我们声部里有一位师兄，和我是同一个二胡老师，我来到乐团之后他对我很照顾。我想想……他四次帮我拿琴，五次帮我扶门，两次帮我逃排练——有时我事多忙不过来的时候会托他帮我找个理由，他……"

"他的事你怎么记得这么清楚？"我问。

姐姐看着我一双迫切地想要了解"爱情故事"的大眼睛，说："我很喜欢他啊。"

"现在也是吗？"

"……不知道。"

"后来呢？"

姐姐笑笑说："后来在初一下学期，有一次师兄告诉我'数学是万物之源'，我便努力研究起了数学，发现自己真的喜欢上了数学并且擅长数学。真感谢他呢，给我指了条明路。"

我有点儿遗憾，本以为是个爱情故事，没想到是个励志故事。

"别难过呀！"姐姐见我沉默不语，说道，"这个作文本是我入学不久有一次在图书馆里捡到的，是他初一时的作业本。当时我特别高兴，就把它一直放在那里，常会往上写点儿隐形字，这段时间还挺想念它的。现在再回忆起这段经历的时候还感觉挺美好的呢。"

四

"关于数学，这就是第三段让我难忘的经历了。

"在那之后，不知道有多少次我在老师和同学们面前表达我的数学梦想了，无论是想要参加数学竞赛还是做数学老师，反正我一直努力学习数学。

"我学习数学的过程不是被迫的，而是快乐的。每做出来一道难题，学会了一条定理，我都会高兴地为自己点赞。为了提升自己，也让更多的人喜欢上数学，我还创建了自己的公众号。我积极地为同学解决数学困难，每当我站在台上为大家讲数学题的时候，我总觉得自己离梦想又近了一步。

"后来我想要参加西安交通大学少年班的招生考试，学校和老师们很支持我，我很感激，并且更加努力地学习。"

"那考上了吗？"

"没有。"

我沉默不语。

"是啊，当时我也很难过，觉得自己辜负了学校和老师们的期望，但是老师告诉我，她发现我的梦想始终没有改变过，并且我为自己的理想做出了很多努力。所以他们会坚定不移地支持和鼓励我，即便第一次失败了，他们相信我未来一定会成功的。"

姐姐也沉默了一会儿，又说："当时我哭了，不知道那心情怎么说给你才好。"

我想，那泪水一定不是充满了失败后的悲伤，而是充满了梦想得到了认可和支持的喜悦和感动。

"所以我现在还在努力，那天你看见我时，我就在研究一类竞赛题型。"

五

我俩在树下坐了很久，望着马路上车来车往，各自在想各自的事情。

在潞河，有友善的同学、敬爱的老师；有各式各样的社团、一年四季的美景。

潞河啊，是多少学子的家，见证了多少次蜕变和成长，承载了多少温暖动人的回忆，是多少美好梦想的起点。

像那沓不断积累的资料一样，这些学子的故事必将会继续讲下去，也必将会传递下去，激励和感动一代又一代潞河人。

这是发生在 2021 年 10 月的事情，所以你去图书馆找找，没准还能找到这个作文本，但请你一定不要把它带走，因为几个月之后，会有一个来回忆在潞河的往事的女孩需要这个作文本。

正 无 穷

2022 届　黎昕琦

1986 年，我被我身为科学家的母亲生下，在十三岁的时候，通过人体冷冻技术我被封锁在了一个约十一平米的极度低温的冷冻间里，我躺在正中央的金属床板上，我的记忆便止于此……

三千年后，由于科技仍没有达到将我解冻的水平，创造我的博士将我的部分记忆存入芯片，装入了一个金属的躯体，于是，我以新的身体重见天日。此时我的记忆只知道我是一个机器人，博士不光是我要听从的对象，也是我的老师。

现在是五千六百年，说来也奇怪，机器人的寿命并不长，而博士却一直在改良我，从未想过让我报废，我暂且理解为这全部源于博士对我的关爱。也许是人类的科技太发达了，某些事物似乎阻碍了人类科技的进一步发展。

一次博士为我装上新的运转芯片时，我恍惚间观测到了在没有机器人的大街上，一对母女在凛冬的街头被风吹得瑟瑟发抖，女人脱下单薄的外套搭在了女孩的身上……我眼前一花，芯片连接处出现了火花，我疑惑地问博士这是什么，我从未见过这种场景，或许是博士累了，她并没有回答我的问题，只是笑着摸了摸我的金属脑壳。

几天来，我的"脑子"一直在运转，我学到了一个新的名词——母爱。我用高根方程计算着母爱是什么，可结果却一直是正无穷。这是我有生以来第一次解决不了的问题。尽管我努力地搜索着，可都于事无补。我很执着，我不顾程序高速运转引发的芯片高温而继续搜寻着，直到我的各种程序和机能极度混乱，甚至连博士都无法修补……

我被列入了淘汰行列，我知道我的死期就要来了……我感受到了博士很伤心，她想尽了一切办法修复我、拯救我，但这都是没用的。博士用哭腔和我说了很多话，可却从未落下泪水。

我被取走了芯片，于是我陷入了持续好几天的虚无之中。但令我费解的是，不知多久之后我又奇迹般地醒了过来，正在我疑惑的时候，我被人告知是博士救了我，博士为了救我将她的高新芯片装入了我的体内，此刻我才知晓，博士为何不会流下泪水，想到此处，一幕幕母女的温馨画面不知为何浮现在我的脑海之中，这……这是博士的记忆！等等，那个女孩，那个女人，为什么记忆中的一切都是那么的熟悉？我再一次想起悉心照料我、为了我牺牲了自己的博士，她所属的记忆便是那个女人，而我，正是那个女孩。在几千年前我们曾是亲母女，我从未想过我们会以机器之躯延续这段母女情分。我终于理解了，明白了什么是母爱，为什么它会是正无穷，一切都明白了。

我的触摸屏幕竟然渗出了两行无色液体。

后来，我并没有被淘汰，反倒成为记入史册的第一个流下泪水的人工智能机器人。我开始加入研究人体解冻科技的事业当中，我希望以后的亲情可以用血肉之躯来延续和表现。

机器人小 Q："博士，为什么您可以流下泪水？"

我望着天边："因为母爱！"

不能忘记的"荣耀"

2023 届　李心昂

人类终于来到了千辛万苦找到的新的栖息地——比邻星——一个和地球生存环境几乎一样的星球。享受着青山绿水、蓝天白云，人们欢欣鼓舞。经过几个世纪人类共同的劫难，人们分外珍惜历经劫难而幸存下来的彼此，各色人种情同一家，能相见的都是亲人。人们比邻而居，不再划分什么国界，"地球村"的梦想此时真正得到了实现。

移居过来的不长的日子里，人们用各种高科技的设施和装备建设着各自认为舒适的家园。笑声、歌声和机器的轰鸣声汇流成欢乐的交响曲，到处热火朝天喜气洋洋。

可是，在一个风景宜人的地方，却有一个寂静的"庄园"，这里建筑华美，芳草茵茵，鲜花盛开，泉鸣鸟唱，是一个休闲度假的理想所在。可是，无论有着音乐喷泉的中心广场，还是掩映在树丛中的楼宇门前、曲径通幽的石板小路，都看不见一个人影，寂静得让人感觉这是一个无人居住的地方。

在一条小路的尽头，独栋的别墅没有拉上窗帘。日暮将晚，最后一点儿残阳流进一间不大的小屋，停在许许多多的杂物箱上，橘色的，带着些醉人的温暖和即将消逝的哀愁。老李无聊地坐在桌前，用手轻轻捧起这缕光，哼着一首不知多少年前的老歌，打发着时间，等待但一点儿都不期待消毒箱中的晚餐。房子很大也很空，老李把所有东西都搬进这间原本是杂物间的小屋，像是尽量填满空间就能够弥补内心的空虚，缓解他的落寞与孤独。

"叮"一声，老李缓缓起身，从带有油污的消毒箱里拿出自己的晚餐——两根香肠配上菜膏，按原来的样子把香肠做成红色，但里面细碎

247

的蓝色的肉质依旧明显。

拿起筷子，看见一粒粒混在香肠里的蓝色肉粒，老李不得不回忆起从前的日子，每当他一人用饭时，他总要重新审视一遍自己的过往，重新接受眼前的一切。

他，老李，尽管如今门庭冷落，他曾经却无比辉煌——他曾经有过崇高的理想，曾经为自己的理想而战并取得成功。但那种烈火烹油的日子却成为他现在心中煎熬的祸根，他不能忘记，即使折磨自己也不能忘记。

从小，老李就生活在嘈杂而混乱的地下城里——地球上所有的幸存者混居在一起，使得空间有限的地下城拥挤不堪。不复存在的太阳系已经消失在将近四光年以外的遥远天际，人们无时无刻不期待着赶快结束这没有阳光的生活，踏上那颗日思夜想的新星球。听检测员说那新星球与以前的地球丝毫不差，那该是怎样的美好啊！但是这一切都要在不远的将来才能实现，老李接触到的一切都在告知他是人类幸运的一代——生逢其时，他将亲身经历人类带着地球远航的征程的结束，他将带着人类历史上最光荣的使命，踏上新的家园。数百年来，多少代像他一样的青年带着梦想努力奋斗，克服了人类宏伟计划中的重重难题，终于使幸存的人类即将完成星际大迁徙。站在这些伟人的肩膀上，人类即将抵达旅途的终点站——比邻星。老李生在这样一个见证历史的时代，他把自己的梦想与这次征程的最后一战紧紧联系在一起。在那个行星之上，人类会走出不堪忍受的地下城，离开冰冻的世界，再一次沐浴阳光，最终在那颗新的星球重新开始生息繁衍！于是，消除人类移居比邻星的最后障碍，便是老李在还是小李的时候的梦想，这个梦是千千万万同龄人的梦，他们热爱自己的种族，他们要人类在崭新的天空下摆脱过往的灰暗生活，谱写新的历史。"为生存而战，为人类未来而战，这一战必将胜利，我们是正义的！"这是每一个地球幸存者的心声。

这场"战斗"决定着人类的未来，也决定着比邻人的未来。比邻人，如果也能称之为人的话，是生活在比邻星的唯一智慧生物，体型相较人类小得多，同时也比人类落后得多，但不容小觑的数量仍然让科研工作者十分头疼。这注定会是艰难的一步，所有人都这么想。有限的空间甚至满足不了人类的需求，比邻星是人类最后的希望，无论怎样也必须得到它。

承载着人类梦想的航天器飞向了比邻星，划过黑暗，留下长而耀眼的痕迹，它们均匀地将比邻星层层包围，悬停在比邻星上空，凝视着下方与地球不二的山川河流。与此同时，将这颗星球数据光速传到地球联合战略部署总部，进行关于战后资源分配问题的讨论。不出两天，如何重建表面建筑与地下资源分配就会有结果。而在那星球的表面，无数比邻人聚集在一起，将目光投向空中，望着从未出现过的天体，无比震惊和惶恐。并没有多久，他们的不安和恐惧就被全身痉挛的痛苦替代，每一个比邻人都被一道激光锁定，强烈的刺痛感使他们都蜷缩成一个球，在自己世代生息繁衍的土地上颤抖着，紧接着毫无例外地死亡，变成淡淡的绿色球状物。老李坐在舱内，看得清清楚楚。这种特别的病毒老李了如指掌，他也曾参与研制试验工作，它们的恐怖不仅仅能够精确控制并杀死比邻人，更可以通过改变比邻人蜷缩扭曲的身体的肌细胞成分，使之成为人类食物，补充人体所需除水分之外的一切营养物质——这将成为人类登上新星球最初一段时间内的必要补给。

看着操作台上方多屏播放的设备，老李充满胜利喜悦的心情随地球人的庆祝声一同雀跃。和他执行相同任务的数万名飞行员与他一样，面对这些"敌人"——人类将要栖身的星球的"占领者"的死亡，心中充满了战胜者的激动。但是，随着最后一批比邻人的身体滚成一团团的圆球，那扭曲痉挛的挣扎画面却像定格一样，固化在老李的眼前。老李猛力地摇头、眨眼，那画面怎么也挥之不去……一丝不安像蛛丝一般慢慢在他的心头展开。

与老李一同回到地球的飞行员们有不少人被送进了精神病医院，"人类的英雄"享受不了人类的狂欢与乔迁之喜，他们一个个临近崩溃的边缘，将近一半的人选择结束生命，而活着的也无法再次融入眼前的幸福生活。地球人协会早已安排好这些"英雄"的后半生，他们会荣耀地接受万人敬仰，他们的故事将永远激励后人不忘来时的路。可是，搬上新星球的人们怎么也不能理解人类的英雄为何如此奇怪，难道他们还沉浸在占领星球的鏖战中吗？

在新的星球上，人们按照比邻星规划发展部部署好的计划有条不紊地建设发展，大难带给人类的团结与和谐发挥了巨大的作用。世界大中型城市稳步恢复，文化古迹搬运安放修缮工作有序进行，工业产量按计划生产分配……当然，比邻人尸体收集与保存也在其中。他们将比邻人的尸体放进能够保鲜的储备库中，集中保存。这些是度过建设时期人们食物的重要来源，因中毒而变成淡绿色的比邻人都蜷缩成一个球，人类当然也为这个方便运输与辨认的科学成果甚是满意。他们按人数分配给各地区，加工、包装成为人们口中的食物。把这些尸体的肉质放进消毒箱前可以长期保存，当消毒后淡绿色逐渐变为蓝色，并且会散发出诱人的香味，尽管看起来是与原来的肉食大不相同，但是联合总部不断地宣传着"品尝比邻星的过往，建设美好的未来"，使人们欣然接受这些比邻星提供给人类的第一个"自然"资源。

随着人类分批进驻比邻星之后，那些第一批登上新星球的先行者也逐渐显露出老李们一般的奇怪行为，人们不得不把这些人也送去精神病医院，带着人类最高荣耀的英雄们与先行者们在普通人眼里简直不可理喻。渐渐地，连采访他们的记者与作家都不愿与之交谈了，于是他们彻底与社会脱离，像离群的鸟一般无力又茫然。

老李止住脑海里茫然的幻影，夹起盘中的香肠，终于还是吃了起来，他实在是饿了。脑子里不敢想曾经的画面，不敢想这些食物的来源，他必须让大脑处于一片空白的时候，才能凭本能吞咽那些东西。而他能控制大脑的时间越来越少了，眼前的幻影却越来越清晰。

老李等先行者们早就被告知，不能告诉后来的人们比邻星原来的状况。他又何尝不想做一个一无所知的人呢？他多想像万千平凡的人类一般，欢天喜地地享受着久违的蓝天白云啊！但他不能，他不能不回忆往事，他不能饶恕自己，他总在晚饭前想起过去又过不去的经历。他的身边一无所有，连没有自杀的航天员也不会聚在一起，他们的"荣耀"早已变成难以忍受的痛苦，使他们各自蜷缩在空荡的别墅一角，等待着生命自己离开这具早已全无活力的躯壳。他们无法忘记过去，无法融入人类健康又高速的发展与新生活。

外面的世界里看不出比邻人生活上千年的痕迹，人类将它们掩盖得毫无踪迹。但老李忘不掉，同去的航天员忘不掉，忘不掉痉挛颤抖的小生命静止的瞬间，忘不掉他们被肢解、粉碎、变为盘中餐的生命。老李把他们生前的样貌完完整整地藏在脑海里，不让他们离开，不让他们被建筑材料裹挟、带走、推平，最后如同在这个星球留下的痕迹一般，消失殆尽。

"陪陪我吧，"老李边吃边嘟囔着，"'人类的英雄'，他们原来都这么叫我，哼。陪陪我吧，答应我，不要离开，就住在我心里……你们，不应该消失啊，不该出现的是我们……"说着，他机械地把印有编号的香肠包装袋整理好，装进不久还躺在残阳里的杂物箱里，在黑夜中沉沉睡去……

到了那个地方以后

2024 届　王晓岚

在浩瀚的宇宙中航行，我无时无刻不在寻找着那个星球的身影。那是一个很小很小的星球，小到星球上只有一棵高大的猴面包树、一朵娇艳的玫瑰花，和一个小小的房子以及里面那个小小的金发少年。

终于我在这偌大的宇宙中找到了那个地方，那个属于小王子的B612 星球。

进入眼帘的是一颗小小的星球，在深蓝色的背景中安静地睡着。我看到了小王子用来做板凳的死火山，看到了被清理过的土地，看到了太阳和无数亮闪闪的星星——却没有见到那个金色头发的小男孩。

"你是谁？"一个细细的声音在我身后响起。我转过头，哦，是小王子的玫瑰花，她在玻璃罩里舒展着枝叶，美得动人。"是他让你来找我的吗？"玫瑰花显出高傲的神情，"除非他自己回来否则我是不会原谅他的。"我听明白了，原来这时候的小王子已经踏上了征途。

"不是的。我并没有遇到你说的那个人。"我解释道。玫瑰花低下了头。我能感觉到她的失望，即使伪装在高傲的外表下，也依然清晰可见。"所以你只是路过的客人咯？那么欢迎你来到这里。"她挤出一丝微笑，"你看，我在玻璃罩里，没法招待你，你自己歇息片刻吧。这里的景色很美。"

我不想仅仅成为一个过客，或许这个美丽而孤独的玫瑰花需要我的帮助呢。

"他现在也许正坐在国王的宫殿里，和国王谈话呢。"我笑着说。

"他？你不是说没有遇到他吗？"

"没错，但我听说了他的故事，所以我才会来到这里。"

"那他到底去了什么地方？请快些讲给我听吧!"她的声音很急切，有一丝颤抖，有一丝紧张。

我点点头。

"小王子离开家之后，先到了邻近的小行星……后来他来到了一个很大很大的星球，叫作地球，"我顿了一下，"我就是来自地球。"

"他在沙漠里走了好多天……"我注意到玫瑰花的脸上浮现出担忧的神色，"但是他一直很好。后来他遇到了一只狐狸，他们成了很要好的朋友。"

"朋友？比我还重要吗?"她打断我，有些不满，"我可是全世界独一无二的玫瑰花。"

果然是个高傲的家伙啊，我在心里叹了口气，接着说："其实并不是，小王子在地球上见到了许许多多像你一样的玫瑰花。"她愣住了，"你说什么？像我一样的玫瑰花？不可能!"

她的眼泪大颗大颗地滴落到土地里。"他见到其他玫瑰花之后，是不是会忘记我?"那一刻，她的骄傲不复存在，我看到的是一颗固执却真诚的心。

"不会的。"我坚定地说，"他不会忘记你。他说，他的玫瑰花是独一无二的，谁都无法替代……"她的啜泣声渐渐小了。

"你知道吗，在他想起你的时候，会觉得天上所有的星星都有你的身影。"

玫瑰花擦干眼泪，甜甜地笑了。

我该离开这里了。玫瑰花依然静静地开放在 B612 号小行星上，等待她的小王子回家。

我想，小王子一定也在某个地方等待着吧……

潞水长流　文脉悠悠（编后记）

张丽君

潞河中学今年一百五十五岁了。

时光知味，岁月沉香。历经一百五十五个春秋磨砺并春夏淘洗的潞河园地，该层积多少芳华清味，沉淀多少书香气息呢？也许，卫氏楼前的两棵古槐知道，协和湖畔的几株老柳明白吧？

时值暮春，杂花生树，群鸟啁啾，青蔓满墙，碧草成茵。白鹅浮绿水，锦鲤戏清波。红衣少年，绿衣少女，并有蓝衣学子，穿梭于满目青翠之间，欢声笑语喧喧，诵念书声琅琅——真个弦歌不辍，芳华待灼——此景入目，看似一幅画；此声入耳，听像一首歌。

历经沧桑的古槐老柳，也随着春风的节奏，枝摇叶舞，俨然矍铄清癯的老者，看着朝气蓬勃风神健朗的晚辈，满怀欣慰轻轻颔首。他们记得，大约一百年前，也是这样风华正茂的后生们，曾在这美丽的园子里，以满腔的书生意气，抒写他们的壮志豪情——

　　利用这优美的环境，你——潞河的人们！
　　培养着美妙的灵魂，创造着光荣的生命。
　　负起这重大的使命，你——潞河的人们！
　　保守着有过的历史的光荣，担负着人类的幸福的责任。
　　这大时代已经来临，你——潞河的人们！
　　不要沉醉于梦幻与憧憬，捏着时代的尾紧紧跟从。
　　请认清前途努力猛进，你——潞河的人们！

　　　　　　　　　　　　——1930届《协和湖》刊头

星海横流，岁月成碑。当年那些指点江山激扬文字的少年早已化作天上的星辰。但是，这优美环境里培养出来的美妙灵魂，却创造着一代代光荣的生命，担负着为人类幸福的责任，随着大时代的脚步紧紧跟从，传递着潞河的光荣，似兰斯馨，如松之盛；川流不息，渊澄取映。请听——

> 红楼的钟声，从今天的黎明传来
> 从昨天的黎明传来，从百年以前的黎明传来
> 红楼的钟声，把我从沉睡中叫醒
> 把潞河的鸽子叫醒
> 红楼的钟声，传到百年古树的树梢
> 传到协和湖的最深处，给潞河以崭新的开始
> 红楼的钟声，红——楼——的——钟——声
> 传入千万潞河人　永远的记忆！

——2012 届　麦麦提敏《红楼的钟声》

站在潞河教育一百五十五年的历史节点，回望一个半世纪的沧桑来路，但见百年潞园，钟灵毓秀，雄才蔚起，翘楚辈出。"人格教育"浸润培养的潞河精神，使相隔百年的潞河学子心照神交，文脉相融，发出深深烙印着潞河情韵的隔代回响，在潞河教育发展的历史卷轴上，写就光彩夺目的篇章。

潞河文脉，从"人格教育"的源泉里汩汩流出，是潞河教育一百五十多年发展中最高等级的生命潜流和审美潜流——蜿蜒成一行行文字，刻印在学校《章程》《年刊》《旬刊》《半月刊》《协和湖》，还有《潞河学刊》《潞园文韵》《潞园》和《足迹》等一卷卷页面泛黄或还散发着墨香的书刊里——一路汇聚，丰盈，形成川流不息的滚滚长河，滋养着百年潞河教育史上的一路芳华，成为潞河文化的载体。

2003 年秋天，我走进潞园，徜徉在山水间，陶醉于书香里。2007年，潞河中学一百四十年校庆，我主持编辑了《潞园》专刊，经由一首《校赞》走进潞河历史，回溯"人格教育"之源，看到了泛黄书页

里不仅刻印着《校赞》一样的华美辞章，也蕴含着《民族的反省》一样的对国民精神的思考，还有在科学、艺术、体育等其他方面内容的完美荟萃——应该说，潞河的历史与这些刊物密不可分，尤其是潞河《年刊》和《协和湖》。《年刊》记载了学校每一年度的大事小情，从校长对毕业班的致辞、学校参与的各方面活动和成绩、每一个学生团体的活动介绍，到毕业班全体学生的照片和同学互致的毕业留言等等；《协和湖》则是偏向文学作品，刊载着当年的潞河才俊们用生花妙笔写就的诗词歌赋，其中还有章回体长篇小说。但是，不管哪一种刊物，都体现了潞河学子心中的一份责任感和使命感，刊物的内容不只是文体活动赛事，也不只是风花雪月少年心事，而是与时代命运息息相关。《年刊》里有抗战时学子远赴外地军训的军训日记，有应九一八事变而生的研讨一切军事问题的"军事研究会"；《协和湖》有"抗战专号"，书写着少年学子为国家命运担忧的壮志豪情和深沉思考。而这一切，全部是学生自己组织编写的，足见当年的潞河学子不仅思想丰富，文体活跃，也把国家命运系于胸怀，富有担当国之重任的使命感。每当打开这些影印的史料，我都情不自禁对当年的学长们油然而生敬意。尽管世易时移，历经一百多年的沧海桑田，但潞河"人格教育"的宗旨没有变，"一切为了祖国""一切为了学生发展"的情怀与担当没有变，课外活动依然多彩，学生社团仍然活跃，潞河场上驰骋着新的少年才俊。他们的笔下，同样描绘着锦绣云华，文字里展现的胸襟与情怀，不输前辈的优秀学长。无论将来置身何处，带着主动发展追求卓越的健全人格，都将知命不惧，日日自新。再过百年，岂知潞水长流之间，潞园星空之上，不会仍然波光粼粼，星辰熠熠？

　　潜流涓涓，化被芝兰；长流万里，赖及古今。文脉悠远，与古为新；同情共性，精魂并存。一代代潞河学子心有灵犀，血脉里涌动着"主动发展，追求卓越"的价值追求和"健全人格"的审美意象，产生了异代同声的交融共鸣。这种"交融共鸣"，彰显着审美品趣的贴近性，也彰显着精神风骨的传承性。因此，在这部为潞河一百五十五岁生日所做的纪念册中，我精选了近百年来潞河文字刊物里的师生作品，合作一集，以"潞水长流"为名，为一百五十五岁的潞河祝福、庆生。又以"潞水长流"四字为首，将全书内容分为四部分——

256

潞河溯源——上世纪二三十年代师生散文作品；

长歌以颂——上世纪四十年代末以来的师生散文作品；

水润诗情——近百年来潞河学子的诗歌作品；

流芳向远——近百年来潞河学子的小说作品。

如此编排，力图彰显潞河教育长流悠远，绵延不断，也为突出百年潞河文脉赓续，薪火相传。可惜能力不及，时间有限，不能充分表达潞河深厚文化底蕴之万一，希望更有深爱潞河文脉的老师或学子予以校订和补充，使之不愧于前辈，亦无憾于后人。

万物有所生，皆知守其根。知其源远，方感流长。百余年之于人类历史转瞬即逝，相较中华五千年文明也算不得悠远，但若以中国现代教育史而言，应属开山奠基之数。所以，潞河教育的历史值得追溯，百年积淀的底蕴值得珍视发掘并继承发扬光大。从我走进潞河至今，将近二十年的工作历程中，我看到当代潞河人为此做出的不懈努力。于是，在从事校园文学工作的十年中，我也渐渐深入其中并乐此不疲。有徐华校长带领的学校领导的大力支持，尤其是张洪志副校长的执着引领和不断鼓励，使我在潞园文学社的各项工作中始终坚守潞河文脉的传承，也使文学社的工作取得可喜的成绩并具有一定的影响力。在校史资料的获取方面，还得到学校办公室杨建华主任、刘晓蕾主任和黄凤红副主任的大力帮助，使得当今潞河场上激扬的书生意气里，一直流淌着百年潞河积淀的生命潜流和审美潜流；团委书记徐甲在文学社活动中的鼎力相助，也让我在潞园厚积的书香文韵里，享受到心灵的畅快和满足。

流年似水，长逝不回；日月既往，不可复追。岁月承载着历史的脚步远去，大地积淀了文明的精华长存。祝愿一百五十五岁的潞河随时光的脚步永远向前，蕴蓄了审美品趣生命风神的潞园愈发润泽丰厚，沐浴在"人格教育"春风里的潞河学子更加朝气蓬勃，昂扬奋进——勇立青衿之志，坚信未来可期！

2022 年 5 月 16 日